目次

雫の街

家裁調査官・庵原かのん

裁判所法

第六十一条の二（家庭裁判所調査官）

一　各家庭裁判所及び各高等裁判所に家庭裁判所調査官を置く。

二　家庭裁判所調査官は、各家庭裁判所においては、第三十一条の三第一項第一号の審判及び調停［…］並びに第三十一条の三第一項第三号の審判に必要な調査その他他の法律において定める事務を掌《つかさど》り、［…］

三　最高裁判所は、家庭裁判所調査官の中から、首席家庭裁判所調査官を命じ、調査事務の監督、関係行政機関その他の機関との連絡調整等の事務を掌らせることができる。

四　家庭裁判所調査官は、その職務を行うについては、裁判官の命令に従う。

幽霊

1

街の空気は全然ちがうが、北九州から川崎に移って、庵原《いおはら》かのんが新しく通うことになった横浜家庭裁判所川崎中央支部の雰囲気はそれまでの職場とさほど変わってはいなかった。与えられたデスクにつき、また新たな書類に目を通すところから一日が始まる。ただし、今回は書類を開くまで内容がどんなものになるか、はっきりしない。少年事件なら分かりやすいのだが、新しい職場では家事事件を扱うからだ。離婚か、相続か、問題は多種多様だった。

【家事審判申立書　事件名（就籍《しゅうせき》）】

横浜家庭裁判所川崎中央支部　御中

令和二年○月×日

申立人　中原　聖　㊞

申立人

本籍　不明

住所　神奈川県川崎市中原区下小田中七丁目○番×号　カーサ弥生二〇一号室

氏名《フリガナ》　中原《ナカハラ》　聖《キヨシ》

職業　無職

申立ての趣旨

申立人は全生活史健忘につき、本籍地その他が不明のため、本籍神奈川県川崎市中原区小杉町三丁目二四五番地、筆頭者中原聖、生年月日不明、父母の氏名不詳、父母との続柄不詳として就籍することを許可するとの審判を求めます。

申立ての理由

申立人は二〇一六年十二月二十五日に川崎市中原区内で発見されたとき、自分の氏名や住所などが一切答えられず、搬送された救急病院で記憶喪失の可能性が大であるとの診断を下されました。専門病院に移送し検査したところ、全生活史健忘であると診断され、その後、三年の入院を経て現在に至るまで記憶が戻ることがありません。

保護された当初、警察署も指紋照合等を行い、全国の都道府県警察本部に対して指紋およびＤＮＡデータ、顔写真等を配布しましたが、いずれの警察本部からも該当する人物ありとの回答はありませんでした。
申立人は推定年齢二十代から四十代で身体的・精神的には疾患もないことから、今後は定職に就き自立の道を歩むことが望ましいと考えられ、本人もそれを希望しています。しかし、現在の無籍のままでは就職ばかりでなく、住民登録をはじめとして健康保険等への加入、免許証の取得や一般的な行政サービスも受けられず、社会生活を営むためには支障が大きいと判断し、就籍の申立てを行うものです。

【添付書類・身元不明者情報】
・氏名　空欄
・（仮名）　中原聖
・生年月日　空欄
・（推定年齢）　二十〜四十代
・性別　男
・血液型　Ｏ型
・身長　一七二センチ
・体重　五八キロ
・髪型　黒髪で長髪
・その他　痩せ型。瞳は茶色く、顔立ちや肌の色も平均的な日本人とは異なって見えることから、当初は東南アジア系ではないかと思われたが、本人は「日本人だと思う」と主張しており、また、日本語以外の言葉はまったく理解しない。
・最初に確認されたときの状況
二〇一六年十二月二十五日午後八時四十分頃、川崎市中原区丸子橋公園付近を、後頭部および左手から血を流した状態でふらふらと歩いているところを帰宅途中の会社員に発見され、「どうかしたの」と声をかけられたものの、何も答えないまま逃げ去ろうとして昏倒したため、川崎市内の病院に救急搬送された。

翌日、意識は回復したが、自分の氏名や年齢、住所を含めて一切の記憶を消失しており、どこから来たのかも答えられなかったため、全生活史健忘（記憶喪失）の疑いがあると診断された。

なお頭部外傷による脳の損傷、後遺症などは認められない。
・発見当時の服装
紺色スニーカーに灰色スエットパンツ、青色パーカー及び緑色のボアつきブルゾン。
・所持品
ブルゾンのファスナーつき内ポケットに五百円玉一枚と十円玉二枚が入っていた。その他はなし。
・装身具（指輪など）　なし。
・身体の特徴（手術痕など）
頭部および左手の怪我以外に、左脇腹に古い刺創《しそう》がある他、背中、肩にもケロイド状の傷痕、刺傷痕が数カ所ずつ残っている。他に発見当時、比較的新しいと思われる打撲痕が背中と脚に数ヵ所ずつあった。

首の後ろおよび左足首にそれぞれタトゥーあり。両耳たぶにピアスホールの痕と思われるものがある（既にふさがっている）。

・その他身元確認に寄与すると思われる事項　　なし。

・現在の状況

発見後、救急病院から精神病院に移送され、脳波検査、血液検査、心理検査を行ったが、いずれも異常はなく、加えて麻酔分析療法、催眠療法などを試みたものの、症状に改善はみられなかった。三年間にわたり閉鎖病棟および開放病棟で経過を見たが記憶は戻らず、今後いつ記憶が戻るかという見通しはつかないとの医師の判断により退院となった。

退院直後は保護施設に入ったが、ふとした拍子に短気を起こし、他の入所者とトラブルを起こすことが数回あった。ことに「お前は日本人か」など容姿に関することを言われると激高し、相手に殴りかかることがあったため、一ヵ月ほどで退所することとなり、現在は生活保護を受けながら市内アパートで生活している。

アパートでは弁当などを買いに出る他はほとんど自室にいて、大半はテレビを見て過ごしている。定期的に訪問しているケースワーカーによると特にアニメが好きらしく、記憶しているアニメがあるかと聞いたところ『ドラえもん』『アンパンマン』『機動戦士ガンダムＳＥＥＤ』などと答えた。中でも好きだったのは『クレヨンしんちゃん』と答える。

また「江の島に行ったことがある」「小田急線に乗った」「海が見たい」と語ることも

あった。他に思い出したことがあれば、何でもいいからメモするようにと促しているが、あまり書いていない。また、文字は稚拙であり漢字はほとんど使っていない。

自分から口を開くことは少なく、日によってはケースワーカーが話しかけても「しつこいんだよ」「思い出したら苦労してない」などと声を荒らげ、苛立った様子を見せる。自分よりも年上と思われる相手に対しても敬語や丁寧語などは使わず、言葉遣いは常にぶっきらぼう。方言や訛りなどは確認出来ない。短期記憶については問題ない。

2

家事審判申立書に添付された「身元不明者情報」には、複数の写真も添えられていた。中立人の全身写真一枚、顔の正面と横向きのもの各一枚、首の後ろと足首にあるタトゥーの部分写真に、発見時に身につけていた衣服の写真が数点。庵原かのんは、まず顔を大写しにした写真に目をとめた。

中原聖。

川崎市中原区内で、クリスマスに発見されたからと、誰かが命名したのだろう。写真は、おそらく最初の入院先で撮られたものだと思う。作務衣《さむえ》のように前あわせになっているくすんだピンク色の検査衣を着て、白い壁の前で棒立ちになっている男性は、ぼさぼさの長髪頭にネット包帯を被せられており、片方の手には包帯が巻かれている。頰の肉はそげ落ち、そして、見事なほどに無表情だった。書類には二十代から四十代と、かなり幅のある表記がされているが、なるほどその顔は老け顔の若者にも、若く見える中年にも見えなくはなかった。

中でも印象的なのが、そのまなこだ。虚《うつ》ろで、感情がまったく読み取れない。これが、過去をすべて失った人の眼差しというものかと、かのんは背中が薄ら寒くなる思いで、その写真を見つめた。

顔の彫りはある程度深く、眉弓の部分が張り出している。眉は太く真っ直ぐで、茶色と記載されている瞳の色は、写真では分かりにくかった。鼻筋は通っているが小鼻は横に広がり気味で、唇は厚い。そして、小麦色の肌だ。添付書類にある通り、確かに東南アジア系に見えなくもない。

「三好《みよし》主任、ちょっといいですか」

写真を手に、かのんは斜め向かいの席にいる主任調査官を呼んだ。彼女はつい十分ほど前に、朝一番で開かれた離婚調停から戻ってきたところだ。何でも二十代前半の夫婦だったとかで、主任は調査官室に戻ってくるなり「だめだ、こりゃ」と大きなため息を洩らした。

「まるで子ども。とにかくもう、単なる駄々っ子よ。ゲーム機一つでも取り合う始末だし、調停委員が『お子さんのことを一番に考えてあげませんか』っていくら呼びかけても、どっちも理由をつけて育てたがらないときてる。やれ自分に似てないから可愛く感じないだの、産みたくて産んだわけじゃないだの。これには調停委員まで呆れ果ててたわ」

離婚調停には、当事者である夫と妻、男女一人ずつの調停委員、書記官、そして調査官が出席する。とはいえ、夫と妻とが同席する場合はなく、一人ずつ交替で話を聴くことになる。調停では当事者と調停委員とがやり取りをして、書記官はそれに立ち会い、家裁調査官は必要に応じて話を整理したり、当事者に働きかけたりする。だが、あくまでも「心理的な調整役」として、ひたすら当事者と調停委員とのやり取りを聴いて過ごすことが多い。これが、実は意外と気骨が折れる。質問の投げかけ方によって流れが変わるので、ツッコミどころが満載でもまず調停委員とのやり取りに耳を傾け、ひたすら黙ったまま、ときとして生々しく、また激しい怒りや怨みのこもった話を聴いていなければならないことも多いからだ。三好主任は今、そうして過ごしたことによる疲労とストレスをコーヒーとデスクにひそませていたひと粒のチョコレートで自分の中に溶かし込もうとしているのだった。

「この写真、ちょっと見ていただきたいんですが」

かのんの呼びかけに、三好主任はマグカップを持ったまま、もう片方の手で顎まで下げていたマスクを引き上げてから、こちらに顔を突き出してきた。かのんたちのデスクには、正面と左右に透明のアクリル板が仕切りとして置かれている。つい最近になって、家事部のフロアーでは、受付、書記官室、調査官室から、面接室や児童室など、すべての部屋に、このアクリル板が設置された。いずれも人との距離を保ち、飛沫による新型コロナウイルスの感染を防ぐためのものだ。

「これ、この顔。日本人に見えます？」

かのんはアクリル板が交差する手前から三好主任に向けて「中原聖」の顔写真を掲げて見せた。アクリル板に邪魔されているのか、三好主任は右へ左へと頭を傾けて見やすい角度を探してから、「ああ」と頷いた。

「それね、私も思ったんだわ」

「ちょっと、違うような気もしますよね」

「でも、本人は日本人だって言ってるんだったよね？」

「らしいです。日本語しか分からないっていうし」

改めて机の上に広げたままのファイルに目を落として、かのんは「こんな申立てが来るなんて」とため息をついた。

「本当にいるんだ、こういう人」

そのとき「そこなんだ！」という野太い声が調査官室に広がった。この調査官室のボス、平瀬《ひらせ》総括主任調査官だ。

平瀬総括主任家裁調査官のデスクは調査官室の一番奥、窓を背に配置されている。その手前に二つのデスクの島があって、それぞれが主任調査官の名前から「三好組」「四戸《しのへ》組」と呼ばれていた。二つの組には主任調査官も含めて五人ずつの調査官がおり、かのんはこの春から三好組の一員になった。

「そこそこ、そこなんだわ、庵原調査官」

平瀬総括は、ちょっと下ぶくれで色白の、一見いかにも優しげなお母さん風の顔立ちの人だ。だがその顔も今は半分マスクに隠れてしまっている。にもかかわらず、彼女の迫力ある声は、とにかくよく響いた。しかも、少し熱が入るとマシンガンのように言葉が飛び出してくる。もしもマスクをしていなかったら、怖ろしいほどの飛沫が飛んでいるに違いない。

「つまり、ひょっとしてってことも、こういうケースの場合は考えなきゃってこと。それは、分かるよね？」

手にした伸縮性の孫の手を指揮棒のように振りながら、平瀬総括は自分のデスクの前に置かれたアクリル板の向こうで、花柄の布マスクの上から出ている目を大きく見開いてこちらを見ている。かのんが曖昧に目を細めると、それだけで今度は「ダメダメダメ！」という声

が響いた。

「にっこりー、じゃ、なくてさ、庵原調査官！」

総括はついに席を立って孫の手を持ったまま、かのんの方に近づいてきた。かのんの左横に並んでいる醍醐《だいご》くんが、すっと背筋を伸ばして緊張した様子になったのが気配で分かる。東京下町にある老舗かまぼこ店の三男坊だという醍醐くんは、見るからに気が小さそうな坊ちゃんタイプで、かのんと同様この春に異動してきた。どうやら平瀬総括のようなエネルギーの固まりといったタイプはあまり得意でないらしい彼は、何日かにいっぺんはガンガンと一方的にまくし立てられて、ぐったりとうなだれている。

「で、どう？　どう考える？」

平瀬総括にすぐ横に立たれて、かのんは首を捻《ひね》って総括を見上げた。マスクをしていても、石鹸のようないい香りが微かに感じられる。これが、いつもの平瀬総括の香りだ。優しい香りを身にまとい、厳しい言葉と孫の手を武器にして、総括は腰を屈めるようにして、かのんにぐっと顔を近づけてきた。

それはやめて。ソーシャルディスタンスですから。

心の中で呟《つぶや》いて、反射的に身体を傾けて椅子の肘置きに寄りかかる格好になりながら、かのんは「つまり」と、マスクの下の唇を湿らせた。不織布マスクは蒸れて暑い上に汗で肌がかぶれやすくなるし、唇も乾く。

「全生活史健忘を訴えてくる人の中には詐病《さびょう》の可能性があることを考えるべきで——」

「で、で？」

「——で、この中立人の場合は、さらに、その外見から、もしかすると日本人ではないかもしれないということも考えられるので、そこもはっきり調査する必要があるかと」

「じゃあ、なんで日本人じゃない男が、詐病してまで日本人として戸籍が欲しいんだろうか？　問題はそこなんだ」

目元しか見えていないというのに、平瀬総括はいかにも意味ありげな笑みを顔中に浮かべているのが分かる。そして、さらにその顔を近づけてくると「ところでさ」と、急に囁くような声を出した。ちょっと、こわい。

「苗字は、庵原のまんまでいくわけ？　籍は入れたんだよね？」

「ああ——はい。職場では、旧姓のままでいこうかと」

「そうか——で？」

「——は？」

「どう、新婚生活。楽しい？」

これが男だったら、完全にセクハラと言えそうな場面なのだが、何しろ相手は女だ。

「今日もお弁当かね？　やっぱり、ダンナさんが作ってくれたの？」

「——この家裁は近くにコンビニしかないって言ったら。もともと、ずっと自分のお弁当を作ってた人なので」

平瀬総括は「ふうん」と腰に手をあててかのんを見下ろしながら「さぞや美味しいだろうねえ」と、目元だけでも十分に冷やかしていると分かる表情になった。

「ま、最初はみんなそんなもんだ。何たって、まだ一週間もたってないんだもんね」

「暮らしの方が落ち着くまでは多少時間がかかるだろうけど、気持ちの方は一段落したんじゃない？　ずっと遠距離恋愛だったんだもんね」

一度は自分のパソコンに向かっていたはずの三好主任が、いつの間にか再び細面の顔をこちらに向けている。主任の言葉に、今度は醍醐くんが「へえ」と微かなため息のような声を洩らし、それを平瀬総括の「そうか！」という声がかき消した。

「そうだったんだ、へえ。ダンナさんて、何してる人？」

「動物園で、ゴリラの飼育員をしています」

今度は隣の島から四戸主任の「ゴリラ！」という声が聞こえてきた。「四戸組」のトップになる主任調査官は、むっちりとした小太りタイプで、小さくて可愛い瞳の上の下がり眉が、やたらと濃く繋っている。

「ゴリラかあ、いいなあ」

前の職場の主任調査官もそうだった。どういうわけだかゴリラと聞くと、やたらと目を輝かせて興奮する人がいる。ゴリラって、そんなに特別な何かがあるのかしらと、かのんはその度に首を傾げたくなる一方で、妙に誇らしい気持ちになる。自分のことでもないのに。

「そのゴリラの飼育員さんを、ずっと待たせてたってわけだ。そんならもう、彼にしてみれば嬉しくて嬉しくて、お弁当でも何でも作っちゃうって感じだよねえ」

「本当はちゃんとお式も挙げたかっただろうにね」

冷やかすばかりの平瀬総括とは対照的に、落ち着いた柔らかい声の持ち主である三好主任は、情のこもった優しい眼差しで「こんな時だけに、可哀想だったわね」と言いながらマグカップを傾けた。

「本当なら、私たちだってささやかにでもお祝いしてあげたいところなのに」

平瀬総括も、それには「そうだねえ」と、ようやくマスクの上からのぞく瞳を和らげた。

かのんが栗林《くりりん》と入籍したのは、つい五日前の日曜日のことだ。六月で日曜日の大安というのがこの日しかなかったから、仕方がなかった。

3

前任地の北九州で四月一日に異動の辞令を受け取ってからというもの、かのんにとってのこの三カ月間は、まさしく嵐のような日々だった。ただでさえ次の任地に赴くまで一週間程度と厳しい日程を組まれる上に、今回は同時に結婚という大きな決断を迫られることになったからだ。前々から、任地が東京かその近辺になって、一緒に暮らせる条件が整ったら、そのときはそろそろけじめをつける潮時だとは思っていたのだが、新型コロナウイルスのせいで「そろそろ」などと悠長なことを言っている場合ではなくなった。

二〇二〇年一月、中国の武漢で謎の肺炎が爆発的に広がっているという報道があった。日本でも厚労省が注意喚起を行っていたが、二月に入って、乗客がコロナに感染しているクルーズ船が横浜港に入港したことで、日本国内でもにわかに緊張感が高まった。次いで、中国人旅行客と接触した観光バスの運転手やタクシー運転手などから、ぽつり、ぽつりと感染者が出始めた。予防法といえばマスクと手洗いしかないという。人々がマスクを求めて右往左往している間に、二月末には、安倍首相は全国の小中高に臨時休校を要請すると発表した。

三月初旬、プロ野球とＪリーグが開幕と公式戦再開を延期し、春の選抜高校野球も中止が決まった。政府は「歴史的緊急事態」と指定し、ＷＨＯは「パンデミック」という表現を使うに至った。それでも月半ばまでは、感染者は全国的に見てもまだ大したことはなかったのだが、下旬に入ると増加し始めた。これはただならぬ事態だという声がそこここから聞こえてきて、ついに夏に開催される予定だった東京オリンピックの延期が決定された。

「何しろ、治療法もワクチンも開発されてないっていうんだから。人によっては、収まるまでは早くても二年か三年くらいはかかるだろうって言ってるよ」

　中学時代のあだ名のまま、未だに栗林《くりりん》と呼んでいる彼は、タブレット端末の向こうで憂鬱そうに頬杖をついたものだ。彼が勤める動物園も二月下旬から臨時休園に入っていた。来園者への感染防止対策なのはもちろんだが、動物たちを守るためでもある。中でも類人猿のゴリラは遺伝子的には人間と非常に近いから、コロナに感染する可能性も高いはずだという。

　とにかく、コロナ禍が落ち着くのを待っていたら、また結婚のタイミングを逃すことになる。そうでなくとも栗林にはもう十分に待ってもらっていた。しかも、お互い既に三十代後半に差し掛かろうとしていて、もしも子どもを望むなら、残された時間はそう多くはない。

「確かめるけど、かのんてさ、俺と一緒になる気はあるんだよな？」

「当たり前じゃん」

「変わってないか？」

「もちろん」

　それならと、二人で出した結論が、この際出来るだけ早く入籍だけでもしてしまおうということだった。こんなときだから挙式や披露宴もすっ飛ばし、新婚旅行も我慢する。ここはとにかく二人の生活に踏み切るのが先決だ。

そこからは、さらにバタバタになった。まずは新居となる部屋探しを始める一方で、かのんは母に電話をして事情を説明した上で、北九州から引き揚げる荷物はすべて実家に送ることにした。妹は既に独立していて、今は両親と末っ子の弟だけが暮らしている国分寺の実家に一時的に身を寄せれば、余計な家賃がかからずに済む。

三年間慣れ親しんだ職場に慌ただしく別れを告げて東京に戻ると、栗林に会うどころか実家に運ばれていた荷物をすべて解く余裕もないまま、もう三日後からは川崎への通勤が始まった。桜も満開を迎えていよいよ春本番という季節に、マスクをした大勢の人たちが気ぜわしげに行き来する東京の通勤風景は、慣れない路線を使うせいもあってか、かのんの目にはどこか異様に映り、知らない世界に迷い込んだ気分にさせられた。

横浜家庭裁判所川崎中央支部は、川崎駅から東に向かって十五分ほど歩いたところにある。管轄する区域は川崎市全体だ。

「コロナ禍という未曾有の事態に見舞われて、多くの人が生活の変化を余儀なくされ、今後は家庭内の問題も増加することが十分に考えられます。家裁も少なからず影響を受けるでしょう。リフレッシュしたメンバーで、新たな気持ちで取り組んでまいりましょう！」

最初だけはマスクを外して、平瀬総括はそう挨拶をした。その後は、前任者が途中まで担当していた事件の引き継ぎ作業だ。既に予定が入っていた調査面接や調停などの日程はそのまま自分の予定に組み入れて、解決待ちの事件の資料ファイルを机の上に山積みにし、まずは片っ端から読みこんでいく。その中に際だって厚みのあるファイルが二冊あった。

「見て分かると思うけど、どっちも長引いてる事件なんだ。厄介だと思うけど、よろしく」

マスクをしているせいで、表情は分からないが、三好主任の声は柔らかく穏やかだったから、それで少なからず緊張が解けた。かのんは、まずその分厚いファイルから読み始めることにした。

相続と、子の面会交流か。

北九州では少年事件を担当していたし、その前にいた北陸の小さな町では、初めて独り立ちした家裁調査官の倣《なら》いとして、少年事件と家事事件の両方をかけ持ちしていた。だから、家事事件を専門に担当するのは今回が初めてということになる。しかも、百五十万人以上もの人口を抱えている川崎市だけに、持ち込まれる案件も多種多彩に違いなかった。

まず、遺産相続の方は、名前からしていかにも資産家らしい「黄金井《こがねい》さん」という一家が申立てている調停だった。父親が亡くなり、母親と四人の子どもが遺産相続人と思われたのだが、その後、実は父親には前妻がおり、その前妻との間にも二人の子どもがいることが判明したとある。遺言はあったものの、そこには「長男に任せる」としか書かれていなかったことから、その長男というのが前妻との間に生まれた長男のことか、それとも再婚した後妻との間に生まれた長男のことかと、まずそこから諍《いさか》いになった。しかも、それぞれの子どもたちが「任せると書いているだけで具体的に何を残すかは書かれていない」と主張して、現在、泥沼状態になっている。

「これから結構、どろどろした話を聴くことになりそうだよ」

やっと栗林と会えたとき、かのんはまず新しい職場と仕事内容について、そんな感想を聞かせた。彼は、最近は新しくSNSでゴリラのことを発信することになったとかで、ゴリラの健康管理の合間を縫ってはカメラを構えている日々らしかった。

「少年事件のときは『更生』っていう一方向に向かっていけばよかったわけじゃない？　だ

けど家事事件は、どんな場合も対立構造なわけ。ぶつかり合いだよね」

「それの、板挟み？」

「板挟みっていうほどでもないけど。ただ、出来る限り本当のことを調べるだけだから。でもねえ、結構、嘘つくんだわ、これが。誰だって、ついつい自分が有利な方に持っていきたいものだから」

それが人間だもんな、と言う栗林は、ゴリラのことだけを考えて呑気に過ごしているように見えるが、これでも意外と大変なんだと笑っていた。動物にだって感情があって、様々ないざこざを起こす上に、何しろ動物園にも肝心の人間が大勢働いている。

その頃から新型コロナの感染者は急増し始め、四月七日には七都府県、十六日にはついに全国に緊急事態宣言が発出された。マスクどころかトイレットペーパーまでが店頭から姿を消し、ＳＮＳ上にはデマなども流れて、典型的なパニックの状況を呈し始めていた。

そんな中でも、かのんは栗林と共に着々と結婚の準備を進め、ある日は互いの実家を訪ねて、それぞれの両親に挨拶をしに行くことになった。もともと同級生の保護者同士だし、住まいも隣町で、これまで面識がなかったわけでもない。しかも前々から結婚するつもりであることはどちらの家でも承知していたのだから、話はごく簡単に済むはずだった。ところが、かのんの実家の方はすんなりと終わったというのに、いざとなると栗林のお母さんが、ただ入籍だけというのは「どうかと思う」と言い始めた。

「まあ、うちはいいのよ、べつにね。ゴリラと結婚するって言い出さなかっただけでも、ほっとしてるくらいなんだから。でも、そちらのお母さんは、本当は淋しく思ってらっしゃるんじゃない？　薄情な娘だって。だって、実の子でもないのに、ここまで立派に育てて下さったんでしょう？　継母だからこそ、気を遣った方がよくないかしら」

「薄情」「継母」などという言葉がいちいち胸に刺さった。もともと思ったことは何でも口にせずにいられない、無神経なところがあるお母さんだとは聞いていたが、なるほどこういうことかと、かのんは、まず軽い先制パンチを食らった気分になった。結婚するということは、つまり、こういう人とのつきあいも引き受けるということなのだと初めて実感した。

「立派な仕事してるんだから、家庭の問題なら色々と見てきてるんでしょう？　それなら『生《な》さぬ仲』っていうのが厄介だっていうことも分かるでしょう」

　そういう言い方、するんだ。

　だが、だてに家裁調査官として心理学などを学んできているわけではない。ここは上手に聞き役に徹して、とりあえずは相手に逆らわないことが一番の得策だった。

　それでも、栗林のお母さんの希望を容《い》れたことで、忙しさにはさらに拍車がかかった。コロナの影響でホテルなどはキャンセルが相次いでいたのが幸いして、どうにか希望の日にレストランと写真店の予約が取れたのはいいが、今度は記念写真を撮るときの貸衣装のことにまで頭を悩まさなければならなくなったからだ。

「おそるべし栗林ママ」

　もともと、かのんはブライダルプランナーを目指していた。人と関わることが好きだったし、誰かに喜んでもらえる手伝いをしたいと思っていたからだ。結局は夢が叶わず、就職したホテルを三年で辞めることになったけれど、それだけに自分が結婚するときには、かのんなりに思い描いていた夢があった。それが写真撮影だけというのでは、かえって消化不良になろうというものだ。

「入籍だけの方がシンプルでよかったのに」

栗林を責めても仕方がないことは分かっていたが、それでもかのんはしばらくの間、ぶつぶつと心の中で文句を言い続けた。いくら心理学や社会学などを学んでいようと、家庭の問題に詳しかろうと、自分のこととなるとそう簡単にはいかないものだと、ここでも学んだ。

五月の連休が明けたときにはコロナの感染者は数を減らしていて、下旬には全国で緊急事態宣言が解除となった。それでも国内での死者は八百人を超えていた。最初は五人、十人の感染者にも神経を尖らせていたのに、数字に対して次第に鈍感になっていくのが分かる。そんな日々の中でも、昼間は平瀬総括の大きな声にはっぱをかけられ、三好主任の指示を受けて慌ただしく動き回って頭を悩ませ、夕方以降は自分の結婚のことでアタフタして、毎日が過ぎていった。

「一日に何回、頭を切り替えなきゃならないか、分からなくなりそう」

栗林にＬＩＮＥでそんなメッセージを送ることもあった。それに対して栗林は、常にゴリラの写真や動画を送ってきた。ことにマウアという名の雌ゴリラはまだ三歳で、そのあどけない様子が、いつもかのんの心を慰めた。

それともう一つ、何よりも有り難かったのが、食生活だ。久しぶりの実家暮らしになったことで、朝晩、母の手料理を味わえることが嬉しかった。

「でも、特にお父さんはそろそろ高齢者なんだからね。家庭内感染だけは勘弁してちょうだいよ」

母は、かのんが帰ると必ず「手を洗って」と言いながら玄関口でかのんの服に除菌スプレーを吹きかけた。勿論、弟が帰宅したときも同様だ。

「誰かと暮らすっていうのはね、こういうことの連続なのよ」

呑気な独り暮らしがすっかり板についていたかのんは、ここでも「なるほど」と頷かないわけにいかなかった。栗林との生活が始まれば、かのんは彼と、彼が飼育担当しているゴリラたちのためにも、細心の注意を払わなければならない。

「ちょっと、面倒な気もするけど」

毎日のように「新しい生活様式」という言葉が聞こえてくる頃だった。それでも街には人が増え始め、川崎駅の東口に広がる歓楽街などは、夜はもちろん昼間でも、缶酎ハイを片手にマスクなしで騒いでいる人たちを多く見かけた。

「ちょっと気をつけた方がいいかもね。目つきや表情が、何となく妙な人が増えてきたみたいな気がする」

家裁から川崎駅まで帰る途中、並んで歩いていた三好主任がさり気なく呟いたこともある。確かに、下ろされたままの商店のシャッターにもたれかかり、どろんとした目つきで辺りを見ている若者や、その場にへたり込んでいる労務者風の男、また大きな荷物をカートで引きずりながら、肩を落として歩く中年女性の姿などが目立つようになっていた。政府が連呼する「安心安全」から切り離されつつある人の姿が、明らかに目立ち始めている。そうした人々から発せられる不安や諦め、怒りといったものが、街角やビルの片隅に澱《よど》んで溜まり、渦巻いているように感じられた。

そんな五月も末になって、ようやくかのんたちの出した条件に近い賃貸マンションが見つかった。場所は、北品川だ。ＪＲ品川駅までもそう遠くないから、上野東京ラインを使えば、お互いの通勤時間も予想外に短かくて済むし、実際にマンションの周辺を歩いてみると、すぐ傍にコンビニやドラッグストアがあるばかりでなく、旧東海道沿いには庶民的な雰囲気の商店街が続いていて情緒が感じられ、暮らしやすそうな街だった。

それからはカーテンだエアコンだベッドだと、暇を見つけては買い物に歩き、ちぐはぐな家具や食器類、ダブって持っている家電製品などは相談しながら整理していくことにして引越を済ませ、とにかく六月二十一日、かのんは栗林と婚姻届を提出して、正式に夫婦となった。記念写真だ食事会だとバタバタと動いて、感動も感慨に浸る余裕もない、ただただ疲労困憊した一日だった。

4

「で、どう思う？　庵原調査官。もしも、この人物が詐病だとしたら？」

もちろん平瀬総括も、申立書の内容には目を通している。かのんは改めて「中原聖」の写真を見つめた。

日本人かどうか分からない男。

「——場合によっては、スパイ、とか」

「それそれっ、いいねえ、庵原調査官！」

鼓膜がびりびりと震える。

「なあに、スパイですかあ？」

またも背後から、四戸主任調査官の声がした。見ると、立ち上がって出かける支度をしながら、四戸主任はグレーのウレタンマスクをした丸い顔をこちらに向けている。

「それも東南アジア系の？　今日び東洋人でスパイっていったら大概、中国か北朝鮮っていうところじゃないですか。しかも記憶喪失まで装うって、そんなに何年もかけて念入りに計画するってことですか？」

平瀬総括は「だからさ」と、くるりと四戸主任の方を振り返る。

「たとえば東南アジア系の華僑かも知れないじゃない？　仕掛けようとする側はいつだって目一杯、頭を働かせるもんでしょう。第一、この中立人は日本語を喋るのはいいとして、文字の方はまるで稚拙らしいんだ」

「それなら、まあ、そういうこともあることは、あるかなあ」

四戸主任の小さな丸い瞳が天井の方に向けられる。

「そこまでして、どんな組織を狙ってるわけですかねえ。国？　企業？」

四戸主任の呟きに、平瀬総括は「そんなこと」と大きく肩を上下させる。マスクのお蔭で聞こえないが、さぞ大きく息を吐き出したのだろう。

「分かんないけど。だけど今の時代、何が起きたって不思議はないからね」

四戸主任は小さな目をパチパチと瞬《しばた》かせて少しだけ考える顔をしていたが、思い出したようにナイロン製のリュックサックを背負うと「じゃ」と片手を挙げた。

「僕、そろそろ行ってきますんで。庵原さん、頑張ってね」

「ちょっとちょっと、意見くらい聞かせてくれたっていいじゃないのよ」

平瀬総括が引き止めようとしても、四戸主任はまったく意に介さない様子で「遅刻するわけに、いかんのですよ」と、八の字眉を大きく動かした。

「それはそれは気難しいお祖父《じい》ちゃんとお祖母《ばあ》ちゃんが、何がなんでも孫を手放すまいとして、僕のことを手ぐすね引いて待ってるんですから。もう、嫁の悪口が言いたくて言いたくて、うずうずしてましてね」

四十半ばくらいの四戸主任は「怖いんだから」と言いつつも、目元には人の好《よ》さそうな笑い皺《じわ》を寄せて、せかせかした足取りで調査官室を出ていった。平瀬総括は肩で一つ息をすると、「だからさ」と気を取り直したようにかのんの方を振り返る。

「単なる就籍事件とは考えないでもらいたいんだってこと、ね？　あくまでも慎重に、相手をよく調べて、見極めて。後になって『何であんなスパイに戸籍を与えたんだ』なんてことんなったら、あなた、もう、目も当てらんないよ」

言いたいことを言ってしまうと、平瀬総括は、ようやく自分の席に戻っていく。背後から、醍醐くんの「怖ぇ」という声が聞こえた。何となくカマキリを連想させる逆三角形の輪郭に大きな黒縁眼鏡の醍醐くんは、眼鏡の奥の目を気ぜわしげにきょときょととさせていた。

「そんな厄介なの、僕のところに回ってこなくてよかったです」

確か、かのんの弟と同い年だったと思う。つまりもう三十歳になるはずなのだが、それにしてはまだ頼りない感じがする。だが、醍醐くんのように気が小さくて、それでもコツコツと頑張るタイプの方が、実は家事事件には向いているのだと、最初の任地で聞かされたことをふと思い出した。

「へえ、本当にいるんだ。記憶喪失になる人って」

夫婦になって初めて迎えた週末の夕食のとき、かのんは栗林と、まずはお互いに頑張った一週間を労《ねぎら》いあってビールで乾杯し、それから早速「中原聖」の話を聞かせた。

「どんな気持ちだろう、何も覚えてないって」

「俺も二十代までは呑みすぎて、次の朝何も覚えてないってこと、あったけどな」

帰り道の途中にある惣菜店で買ってきた鶏の唐揚げにかぶりつきながら、栗林は何か思い出すような顔になっている。

「そんだけでも結構、不安になったもんな。まさか俺、何かまずいことやってねえだろうな、とかさ」

「まずいことって？」

「そりゃあ、まあ、色々」

ここに来て、コロナの感染者は再びじわじわと増えつつある。この分では都内の感染者がまたもや百人を超えるのも、時間の問題かも知れなかった。

それでも六月下旬には感染者の増加が落ち着いていると判断されて、栗林が勤める動物園も入園者を受け入れるようになった。

「また来園者に見られる毎日になって、あいつらが緊張しないようにしないとさ」

「特にクチェカでしょう？　すぐにお腹を壊すから」

かのんが言うと、栗林は「分かってるねえ」と笑って、自分で作った弁当を持って出かけていった。もちろん、かのんの分も作ってあって、それはテーブルの上に置かれている。新生活は、それまでかのんが漠然と思い描いていた新婚生活とは違って、よく言えば落ち着いているものの、今一つ盛り上がりに欠けている気もした。けれど、予想だにしなかったコロナの時代になって、朝晩普通に顔を合わせ、お互いの無事を確かめられるだけでも、恵まれているのかも知れなかった。

5

七月に入って他の仕事のいくつかが片付いたところで、かのんは中原聖の就籍申立てについて、まず調査計画を立てた。提出された申立書と、添付されていた書類からだけでは分からないことが多い。その点を確認し、また調べるために、まずは彼が入院していた精神病院、福祉事務所と担当ケースワーカー、それから警察署へ「照会書」という形で質問状を送る必要がある。それでも不明な点や疑問点がある場合は調査面接を行うのが基本的な流れだ。だがコロナ禍の今、家裁調査官にも可能な限り文書でのやり取りが望ましいという通達が出されていた。とにかく照会書の回答が集まった段階で、足りない部分があれば補い、最終的に中原聖本人から直接、調査面接を行うことになるだろう。

家裁調査官に対する調査命令はすべて判事から出されるものだ。判事は審判によって、ときには申立人の人生を大きく左右することさえある。だからこそ調査官は、判事が正当な審判を下せるようにと、常に心がけていなければならない。

「記憶喪失だって言って来る人って、意外といるのよ。そうだな、年に四、五件くらい」

かのんは初めて扱う事件だったが、三好主任は以前も別の地方都市で似たような事件に出くわしたことがあると言った。最近では認知症を発症して自分のことが分からなくなっている高齢者もいるという。

「昔はテレビでも人捜しの番組っていうのがよくあったものだけど、最近はないしね。家裁に来るより、そういう呼びかけをした方がいいんじゃないかとも思うんだけど」

家裁調査官の仕事は、中立人の記憶を取り戻させてやることでも、家族を探してやることでもない。ただ、それまでの人生を失ってしまった人に、新しい戸籍を作ることで「生き直し」の機会を与えられるかどうか、その判断材料を集めるだけだ。過去の資料を遡ると、全生活史健忘により就籍の申立てがあった場合は、やはり中立人が本当に日本人であるかどうかという点に注目している事例があった。今回の場合は、ことに外見からして、そのことを疑わなければならなかった。

彼は本当に日本人なのか。

逆の言い方をすれば「日本人でない可能性は限りなく低い」ということを、どう説明出来るか。人種の問題ではない。たとえば中原聖の両親または片方の親が在日外国人だったとしても、日本国籍を取得している場合もあるからだ。そうなれば当然、中原聖も日本人ということになる。

その頃、またじわじわとコロナの感染者は増え始めていた。まるでヘビの生殺しのようだ。少し減ったかと思えばまた増え、その度に自粛ばかりが呼びかけられて、先の見通しもつかず、特効薬やワクチンの話も出たり消えたりする中で、あらゆる人々が多かれ少なかれストレスを溜めていく。

「今日も駅のホームで喧嘩してるヤツがいたよ」

栗林も、仕事から帰ってきてそんな話をすることがあった。誰もが苛立ちを抱えて、これまでのように暮らせない日々に神経をすり減らしつつある。

「こういうときこそ動物園にでも来て、のんびり過ごしてもらいたいんだけどなあ」

だが動物園も、入場者には人数制限をもうけているし、しかも予約制だ。気が向いたからといって、ぶらりと出かけて行ける場所が、どんどんと少なくなってきていた。朝は「いってらっしゃい」の代わりに「気をつけて」が挨拶になった。持ち物も、替えのマスクとハンドジェル、除菌ティッシュに、百均で買った充電式ポータブル扇風機と、毎朝確認してから玄関を出る。家から出るということが、そのままウイルスのただ中に入り込むことのように感じられた。

「結局はワクチン頼みなんじゃないかね」

「一体いつになるんだろう」

「本当に来年になれば、普通にオリンピックが開けるんだろうか」

調査官室でも、何かにつけそんな話題が出ている。四戸主任と同じ官舎に暮らしている家庭の、子どもの同級生から感染者が出たそうだ。かのんと同時期に異動してきた四戸組の保《ほ》科《しな》調査官は、この春までの任地だった家裁から感染者が出たという連絡にショックを受けていた。じわり、じわりと周りに感染者が増えてきているのが肌で感じられる。

そんな中でも、というか、むしろこんな時だからなのか、離婚調停の数が減ることはない。中でも春の緊急事態宣言時に夫から暴力を受けた、モラハラが酷いという申立てが増えていた。八月に入ると都内の感染者は五百人に迫ろうという日が出てきた。当然、隣接する埼玉、千葉と並んで神奈川県の感染者も増えていく。

「お盆休み、どうします？」

「帰りたいんだけど、向こうが『来てくれるな』って」

「うちも。県外ナンバーの車が駐まってるだけで噂が広がるからって」

故郷のある調査官たちは、そんな話をしあっている。テレビでも、帰省は控えて遠出もしないようにと訴えていた。かのんも、もしもまだ北九州にいたら、東京に来られなかったかも知れない。そう考えると、有り難いタイミングでの異動だった。

「庵原さーん！」

酷暑の八月が過ぎ、ようやく九月に入って、中原聖に関する照会書がすべて返送されてきた。中でも精神病院から返送されてきた照会書には「詐病の可能性はほとんど考えられない」と明記されていたから、さて、これでいよいよ本人との調査面接に向けて日程を調整出来ると張り切り始めた矢先、ある朝、背後から名前を呼ばれた。「四戸組」の桜井《さくらい》くんが、受話器を片手に長い腕を振っている。

「電話でーす。例の、常連さん」

この家事部調査官の中で最年少で長身の桜井くんは、高校までは本気でプロバスケット選手になろうかと思っていたという。川崎には「ブレイブサンダース」というBリーグチームがあって、彼は今、暇さえあれば応援に駆け回っているのだそうだ。その桜井くんが黒いウレタンマスク姿で、ひょろ長い腕を振り回すのを見て、かのんは思わず「あー」とため息ともつかない声を出してしまった。せっかく中原聖の件に集中しようとしてたのに。

「どうします？　居留守でも、使っちゃいます？」

桜井くんが悪戯《いたずら》っぽく目を細めた瞬間、すかさず平瀬総括の声が「桜井調査官っ！」と響き渡った。

「なに、馬鹿なこと言ってんのっ！」

慌てて首を縮めているのっぽの桜井くんに微笑みかけて、かのんは大きく一つ深呼吸をした上でデスクの受話器を取った。調査官室には頻繁に電話がかかってくる。もともと人々の悩み事に関わらなければならない場所だから、聞かされる内容は常に深刻だし、しかも三十分、一時間と長引く場合がほとんどだ。話しているうちに感情のコントロールがきかなくなって、受話器の向こうで泣いたり怒鳴ったりする人も珍しくない。そういう話を辛抱強く聴くのも、仕事の一つだった。

「お待たせいたしました、庵原です」

「ああ、お世話になります。武蔵小杉の田井《たい》ですが」

例の、二冊の分厚い資料ファイルのもう一人の人物は、「常連さん」とまで呼ばれるようになってしまっていた。それだけ、調査官の間では有名人なのだ。

「あれから色々考えたんですが」

「そうですか。どのようなことをお考えになったか、お聞かせいただけますか？」

「つまり、このまま調停を重ねても、埒《らち》が明かないだろうっていうことです」

「なるほど。そうしますと――」

「ですから、このまま審判に移行してもらいたいと思いまして」

「次回の調停は、今月末に予定されていますね。その段階でも不調に終わったら、ということでは――」

「いえ、すぐに審判に移行します」

「最終的に調停不成立ということになりましたら、自動的に審判に移行することになりますが」

「それは分かっているんです。ですが、なりますよ、不成立に。向こうに歩み寄るつもりがないんだから。ですから、この際、早く審判に移行してもらいたいんです」

「承知しました。では一度、検討する時間を頂戴しまして、その上で審判への移行が妥当であるということになりましたら、手続に入らせていただくというので、よろしいでしょうか」

「また、時間がかかりますか」

「そうはかからないと思います」

「出来るだけ早く、お願いします」

今回はさほど長話にはならずに済んだが、それでも受話器を戻したときには、耳がじっとりと汗ばんでいた。やれやれ、だ。

「何だって？」

「今度は何を言ってきた？」

三好主任と、かのんの右隣の席にいる赤塚《あかつか》調査官が同時に聞いてきた。今年が大厄だという赤塚調査官は、奥さんから渡されたヘビの模様が入ったペン立てに、七色の天然石で出来ているブレスレットを巻き付けて、机の上に置いている。どちらも厄除けだそうだ。かのんが話の内容を聴かせると、赤塚調査官は三好主任と顔を見合わせて、互いにうなずき合っている。

「次は審判か。根性あるなあ」

かのんが初めて田井岳彦《たけひこ》という人物からの電話を受けたのは、異動してきてまださほどたっていない頃だった。電話口に出ると、田井氏は真っ先に、なぜ前任者ではないのかと問いただしてきた。前任者は異動したので、これからはかのんが担当すると伝えても、納得しない。それなら上司に替われ、責任者を出せと、押し殺したような声で繰り返した。そのときは本当にたまたま平瀬総括も三好主任も席を外していたのだが、田井氏はかのんの言葉を信用しなかった。

「前もそうでしたよね。そういうのって失礼だと思いませんか。第一、無責任じゃないですか。転勤は仕方がないとしても、引き継ぎくらいしていくのが常識じゃないですか」

家裁調査官は、抱えている事件の関係者に自分の異動を伝えるということはない。資料や調査書の類はすべて保存され、誰が引き継いでも支障のないようになっているからだ。

「まったく、お宅らは本当に、典型的お役所仕事なんですね。この世の中、そうそう理屈だけで済むようなものじゃないんですよ」

口調だけ聴いていると、いかにも静かで落ち着いており、さらにこちらを見下している感じも十分に伝わってくるが、実際は懸命に平静を保っているのだということが感じられた。感情的になるのは、きっとプライドが許さないのだろう。田井岳彦という人はそれからも、まだ一面識もないかのんに向かって、それはねちねちと苦情を言い続けた。かのんは電話を切った後になって、彼こそが分厚いファイルの人物だと教えられた。

「あー、あの人だったんですか」

思わず椅子に身体を預けて、ぐったりするほど疲れ切っていた。

田井岳彦氏とは、要するに「こじらせてしまった人」だった。年齢は既に五十を越えているエリートサラリーマンで、住まいは武蔵小杉のタワーマンション。そんな彼が家裁と関わったいちばん最初は、四年前の離婚調停だった。申立ての理由は妻の不倫。ところが妻の言い分はまったく違っていたことから、調停だけで一年以上もかかって、結局は不成立。そのまま離婚訴訟へともつれ込んだ。そして、裁判でも田井氏はほぼ全面的に敗北した。すると氏は判決を不服として、今度は控訴に打って出る。それでも判決が覆ることはなかった。最終的に子の親権は妻のものになり、夫は慰謝料に加えて一定額の養育費を支払うべきという判決が下った。つまり、田井氏の大敗北だ。そこから、氏の新たな闘いが始まった。今度は子の面会交流を求めて調停を申立て、そして今、それも不調に終わりそうだと判断して、審判への移行を希望してきたというわけだ。

「多分まだまだ粘るよ」

隣の赤塚さんが頬杖をついてこちらを向いた。

「家裁の常連になって、何が嬉しいんだか」

赤塚さんの言葉を引き継ぐように言ったのは、かのんの正面にいる岩本《いわもと》さんだ。この人も年齢的には赤塚さんとさほど変わらないはずだが、年齢の割にかなり髪の少なくなってきた頭が目立つ。それに、マスクの上の目は一重まぶたで線を引いたように細く、さらに薄い眉をしているから、何となく昔の肖像画で見るお坊さんを連想させる。

「長引く人のことはその都度、考えていけばよろしい。今は記憶喪失の彼のことにエネルギーを注いであげましょう」

お坊さんみたいな岩本さんが、静かというより厳《おごそ》かに言ったから、かのんは思わず手を合わせて拝みたいような気持ちになりながら、再び頭を切り替えた。

6

福祉事務所と連携を取りあって、ケースワーカーと一緒に中原聖のアパートを訪ねたのは翌週のことだ。家裁に呼んで話を聴くという方法もあるのだが、まずは日頃の暮らしぶりを見ておく必要があったし、本人が日本語以外分からないと主張しているにもかかわらず、もしも外国語の本や雑誌など、「日本人らしくない」と思われるものが目にとまれば、見逃すわけにいかない。午前九時にはケースワーカーと待ち合わせをして、中原区内の多摩川河川敷に近い建物を目指したのは、どんよりと低い雲が垂れ込めて、思い切り湿気を含んだ風の吹く日だった。

「あれ、まだ寝てたのか？」

何度もチャイムを押してドアもノックし、ようやくアパートの扉が少しだけ開かれると、ケースワーカーは細い隙間に向かって、陽気な声を出した。やがてドアの向こうに見えてきた男は、本当に目覚めたばかりなのか、半袖Tシャツに短パン姿で、まだ目をしょぼしょぼとさせながら、ケースワーカーとかのんを黙って見つめている。写真よりも髪はずっと短くなって、頬にも少し肉がついたようだ。だが、茶色い瞳からは、やはり感情というものが読めなかった。

「ほら、裁判所の人。説明しといたよね？　新しい戸籍を作るのに、中原さんから直接、話を聴きたいからって」

何の反応も見せない相手に向かって「入るよ」と言うと、かのんと同世代に見える男性ケースワーカーはドアノブに手をかけて、ぐっと扉を引いた。途端に、何か判然としないが、妙にこもった感じの湿り気のある臭いがかのんの鼻腔《びこう》を刺激した。目の前に現れた靴脱ぎには、グレーのクロックスと青いスニーカーが一足ずつ、乱暴に脱ぎ散らかされている。入ってすぐのところに見える流しとガスコンロの周辺を見れば、小さな片手鍋が一つ置かれている以外、寒々しいほど何も見当たらなかった。狭い台所の片隅にゴミ袋がいくつか積み上げられている。この、あまり愉快とは言えない臭いは、ゴミと中原聖の体臭、湿気とカビなどが渾然一体となったものだろうか。こう見えて、かのんは匂いに敏感なのだ。

ケースワーカーが玄関に足を踏み入れる間に、かのんは鞄からハンカチを取り出して素早くマスクをずらし、口の周辺の汗を押さえた。室内にはどうやらエアコンが効いているらしいのが額で感じられて、救われた気分になる。

ケースワーカーに続いてクッションフロアの台所に上がると、ストッキングの足の裏が床のざらつきを感じる。三畳ほどの台所の先が細長い通路になっていて、その奥に居室があるらしかった。通路の脇がユニットバスになっているのだろう。細長く、薄暗い空間だ。

ケースワーカーはいかにも慣れた様子で遠慮なく奥へと進んでいく。中原聖は、ちらりとかのんを振り返ってから、のそのそとその後に続き、かのんはその間に素早く狭い台所を見回した。小さめの冷蔵庫に、地域のゴミ収集日と分別の決まりが示された紙がマグネットで留められている他は、壁にも何一つとして飾ってあるものはない。

「ああ、涼しいな。助かった。なあ、布団くらい、片づけたら」

奥の部屋まで行くと、ケースワーカーは既に小さな座卓の前に腰を下ろして中原に指図をしている。なるほど壁際には薄い布団が敷きっぱなしになっていて、ちょうど中原が、それを足で壁際に押しやっているところだった。他に目につくものといったら、やはりクッションフロアの床にじかに置かれたテレビと片隅のカラーボックスくらいだ。磨《す》りガラスの窓の外では何点かの洗濯物の影が揺れていた。照会書によれば、中原聖はかれこれ四カ月以上この部屋に住んでいることになっている。だが、それにしては生活感というものがほとんど感じられなかった。いかにも仮住まいという雰囲気のままだ。唯一、座卓の上に放り出されたスマートフォンとノートとペン、それから数冊の漫画雑誌だけが、彼の財産なのかも知れなかった。どこを見回しても外国語のものはなさそうだ。

「中原さん、とお呼びすることにしますね。新しく戸籍を作りたいということですね？」

三人で小さな座卓を囲んだところで切り出すと、布団を押しやって出来た隙間にあぐらをかいた中原は頭をぼりぼりと掻きながら「まあ」と小さく頷いた。

「それは、どうしてですか？」

改めて尋ねる。中原はわずかに口もとを尖らせてから何回か咳払いをした後で「だって」と口を開いた。

「本当の名前も思い出せねえし、家族がいるかどうかも分かんねえし、今のまんまじゃ、空気と同じだって言われたから」

こういう口調の相手に、あまり堅苦しい話し方をするのは適当ではない。出来るだけ目線の高さを同じにすることが、相手から率直な話を聞き出す一つの方法だ。

「空気と同じって？　それは、誰に言われたんだろう」

すると、中原は顎をしゃくるようにしてケースワーカーを指し、他にも何人かから同じようなことを言われたと、面白くなさそうな顔で呟いた。

「しつけえんだよな。風が吹いたら、そのままどっかに飛んでいくだけだとか、幽霊みてえなことまで言いやがって」

乱暴な言葉遣いではあるが、澱みのない日本語であることは間違いない。かのんは「そうか」と頷き、少し考えるふりをして、今度は室内を見回した。壁際に押しやられた薄い布団とタオルケット、枕カバーは、見るからに汗染みた感じがする。床の上には割り箸の袋やジュースの空き缶などが点々と散らばっていた。酒を呑んでいる形跡はないようだ。そうして視線を動かすうち、カラーボックスのところで、かのんの目がとまった。同じカップ麺ばかりが五個も六個も並べられていたからだ。しかも、かのんには見覚えのないカップ麺だった。

「あのカップ麺、好きなの？」

何気なく訊いてみた。中原は自分もカラーボックスの方を振り返ってから、曖昧な表情で「まあ」と言った。

「何となく」

「美味しいの？」

「――分かんねえけど、昔っから食ってたから」

思わずケースワーカーと顔を見合わせた。彼も一瞬、虚を衝かれたような表情になっている。

「そのこと、覚えてるの？」

かのんが尋ねると、中原は「だけど」とつまらなそうに小首を傾げた。

「カップとかじゃ、なかったはずなんだよなあ。ちゃんと丼でさあ、こう、でっかいスプーンみたいなヤツが一緒に出てきて。そんでも、この前コンビニで見つけたとき、あっと思って、手が出ちゃったんだ」

「ちょっと見せてもらってもいい？　私、見たことないラーメンだ」

すると中原は意外なほど身軽に身体を捻ってカラーボックスに手を伸ばし、カップ麺を一つ、かのんに手渡してくれた。

川崎のソウルフード。川崎ニュータンタンメン総本家。

黄色とオレンジを使った、いかにもジャンクフードらしい印象のパッケージだ。しげしげと眺め、ついでにスマートフォンで写真まで撮ってから、ケースワーカーに手渡してやる。いつの間にか、鼓動が速まっていた。

「もう一回、訊くね？　これ、前にも食べた気がするの？　と、いうか、食べたの？」

あぐらをかいた姿勢で背を丸め、中原は顎だけ突き出すような仕草で頷く。だが、以前はもっと辛かったし、何よりニンニクの匂いが強烈だったと続けた。

「もっと辛くて、ニンニクが」

「で、次の日とか、言われるわけよ。『おめえ、ニンニク臭ぇんだよ』とか、『ニュータンタン、食ったべ』とか」

「誰に？」

「――誰って――誰かな」

かのんは「ちょっと待ってね」と呟いてから、再びスマホを取り出して「川崎　ニュータンタンメン」で検索をかけてみた。すると、いとも簡単にこのカップ麺と同じ名称の店が川崎市内に点在することが分かった。今度こそドキドキしてくる。同時に、ケースワーカーに「これが見えなかったんですか」と問いただしたい気もしたが、そんなことを言ってどうなるものでもなかった。

「タクシー、呼んでいいですよね？」

改めてケースワーカーを見ると、彼はまだニュータンタンメンのカップを持ったままで「それは、まあ」と、心持ち緊張した表情になっている。

「これからちょっと、行ってみませんか」

「でも、何軒もありますよ、この店」

「ですから、私は時間の許す限りということになります。もし、それで見つからなかったら、後はお任せしたいんです。これ、ものすごく大切な手がかりとは思いませんか」

にわかに慌てた様子で「そうですね」と頷き、もう腰を浮かせかけているケースワーカーの横で、中原だけが相変わらずまだ半分寝ぼけたような顔のままだ。そんな彼のことも急《せ》き立てて、かのんたちは慌ただしくアパートを後にした。予報では雨は降らないと言っていたが、雨がやってくる前の独特の匂いが辺りに漂い始めていた。

ケースワーカーが通りに出てタクシーを待つ間、とりあえず三好主任に電話を入れて事情を説明する。

「だけど、あなた、午後から調停が入ってるでしょう。それまでに戻ってもらわないと」

三好主任の言葉に「大丈夫です」と応えて、タクシーの助手席に乗り込んだ後、改めてスマホを覗き込む。ホームページによると「川崎ニュータンタンメン総本家」は創業五十五年になる川崎の老舗だということが分かった。現在はチェーン展開していて支店数もかなり多いらしい。しかも川崎市内だけに店があるわけではないようだから、そう簡単には見つからないかも知れなかった。それでも中原聖が中原区で発見されたことを考えれば、この川崎市内にある、いずれかの店を記憶している可能性が高いのではないかという気がする。いや、そう信じたかった。

「これからいくつかの店を回ってみるから、覚えてるところがあったら言ってね」

後ろの座席で、無表情のまま窓の外を見ている中原に話しかけながら、地図アプリを立ち上げる。タクシーの運転手には「お手数ですが」とひと声かけた。まずは中原が最初に発見されたところに近い店から順に回りながら、かのんの職場の方に向かってもらうことにする。ちょうど川崎市の東側半分を、中原区、幸《さいわい》区、川崎区へと南東方向に下っていく感じだ。

だが、中原区内にある最初の店の前に着いても、中原の様子は変わらなかった。

「見覚え、ない？」

「分かんねえ——ないと思うけど」

ちょうど、ぽつ、ぽつ、とフロントガラスに雨粒が当たり始めた。気を取り直して、次の支店を目指すことにする。

「こんなんで、分かんのかよ」

こちらは気が急いているのに、中原本人は他人事《ひとごと》のような口調で、「ま、いいけど」と窓の外を眺めている。その横顔は、たとえマスクをしていても、確かに日本人なのか東南アジア系なのか分からなかった。

三軒目、四軒目と当たっても、中原は何の反応も示さない。かのんは、ひっきりなしに時計を眺め、またスマホアプリの地図を見ては、次の目的地を運転手に伝え、道順を説明し続けた。もしも、このまま川崎駅の東まで行って、目指す数店舗でも反応が見られなかったら、仕方がない。そのときは後のことはケースワーカーに任せて、この件はしばらく保留になるだろう。

「それにしても、知らなかった。ニュータンタンメン」

つい呟くと、後ろの席からケースワーカーが「マジですか」と、さも驚いた声を出した。

「僕は、逆に知らなかったっていうことに驚きましたけど」

「そんなに有名なんですか」

「そりゃあ、川崎のソウルフードですから」

ケースワーカーの声は、いかにも嬉しそうだ。つまり、あまりにも当たり前過ぎて、中原が買いだめしていることも気にならなかったということなのだろうか。話をしているうちに雨は本降りとなり、ワイパーが忙しく左右に動き始めた。かのんにはまだ馴染みのない川崎の風景が、雨に濡れながら窓の外を流れていく。

「これから向かうのが本店みたいね」

地図アプリを眺めては、また店のホームページに戻り、今度は川崎区の京町に向かう。だが、本店の前まで来ても、中原の様子に変化はなかった。ただ一心に窓の外を見つめているばかりだ。

「見覚えある気、しない？」

「――分かんねえ」

やはり他人事のようだ。記憶さえ戻れば就籍の申立ては不要になるのだし、この行動自体が調査官の本来の仕事からは離れている気もするが、ここまで来たからには何とかして彼の記憶の扉が開いてくれないものかと、かのんは祈るような気持ちになっていた。いつの間にか、何車線もある広い道路には大型のダンプカーやトラックが目立つようになって、水しぶきを上げながら走り抜けていく。

「何となく、空気が悪そうなところですね」

「これから先は工業地帯になっていきますからね」

「ああ、それで」

「調査官は、本当に川崎のことは何も知らないんですね」

かのんは仕方なく頷いた。

「春に、異動してきたばっかりなんです」

「ああ、道理で」

ケースワーカーの声が「なるほどね」と聞こえた。タクシーは大きな五叉路交差点に差し掛かろうとしていた。前にいる車のテールランプが点り、同時にこちらもスピードを落としたときだった。突然、背後から「停めろっ」という声が上がった。

「俺、降りるっ！」

ケースワーカーが反射的に「えっ」と声を上げ、かのんも驚いて振り返った。

「停めろって！　降りるから、降ろせっ！」

それまで半分眠っているのではないかと思うほど静かにしていた中原が、運転席のシートに飛びつくようにして声を上げる。

「停めろって言ってんだよっ！」

「ち、ちょっと待ってって。今、青んなっちゃったし、交差点じゃ停まれないんだからさ。その先で停めてもらうから」

運転手が慌ててウインカーを出している間にも、中原はもう座席の左側に身体を寄せて、食い入るように窓の外を眺めている。そして、タクシーが左折して少し進んだところで停まったのとほぼ同時に、彼は雨の中に飛び出していった。一瞬、呆気《あっけ》にとられてその後ろ姿を目で追ったかのんは、彼が飛び出していった先にある建物を見て、文字通り、心臓が跳ねたように感じた。首筋の辺りがじん、と痺れて、そこから頬にかけて、ぞくぞくとする感覚が駆け上がっていく。

川崎ニュータンタンメン総本家。

横書き看板を掲げた店が、そこにあった。雨の中で、中原は看板を見上げて立ち尽くしている。かのんが支払いを終えてタクシーから降りると、ケースワーカーも慌てて降りてきた。

「これ、使って下さい」

ケースワーカーは自分が持っていたビニール傘をかのんに差し出し、中原に駆け寄っていく。よれよれのTシャツに短パンの後ろ姿は、ただ雨の中に立ち尽くしていた。

7

店は開店前らしく、数人の客が列を作っていた。店内は今きっと、開店準備で忙しい最中に違いない。そんなときに話を聴こうとしても迷惑がられるだけかも知れないから、とりあえずかのんたちも列の最後尾につくことにした。その間、中原聖は微かに肩を上下させていて、呼吸も浅くなっているのが見て分かる。ずっと彼を担当してきたはずのケースワーカーも、気遣わしげな表情になっていた。

数分後、列が前に進み始めた。店の入口にはアルコールの除菌ボトルが設置されていて、客は順番に手の消毒をして店の中に入っていく。かのんたちも中に入ってみると、予想以上に奥行きのある店内に「いらっしゃーい」という声が響いていた。だが、見るとテーブルには一つ置きに赤いビニールテープが×に貼られていて、使用できないようになっている。さらに、カウンターやレジの前にはビニールカーテンが吊られていた。

×のついていない、出来るだけ奥の方の目立たない席につくと、水を運んできてくれた店員に向かって、中原は迷う素振りも見せずに「ニンニクダブルの大辛《おおから》」と言った。かのんはまたケースワーカーと顔を見合わせずにいられなかった。

「やっぱり、知ってるんだね、ここ」

中原と向き合って座っているケースワーカーが、注意深く話しかける。それでも中原は何も答えない。ただ黙って、唇を嚙むようにしているばかりだ。

「僕たちも、何か頼みましょう。水だけじゃあ、申し訳ないから」

ケースワーカーに言われて頷きはしたものの、午後から調停があるのにたとえマスクをしていても、多少なりともニンニクの匂いをさせるわけにもいかないと迷っている間に、ケースワーカーは「僕は中辛で」と、離れたところにいる店員に向かって手を挙げている。なんだ。慣れてるんだ、この人も。

かのんは客の間を歩いてきた店員に、ニンニクの入っていない料理があるかと尋ね、炒飯なら大丈夫だと教えられて、それを注文することにした。

やがて、中原とケースワーカーの前にニュータンタンメンの大きな丼が出された。どちらも白い丼の縁近くにまで溶き卵が広がっていて、黄色と唐辛子の赤が混ざり合っている様が、なるほどカップ麵のパッケージとそっくりだ。それに中原が言っていた通り、添えられているレンゲの柄が長かった。

「どうぞ、お先に」

かのんが促すと、二人は揃って割り箸を手に取った。かのんは中原の様子を斜め向かいの席から、じっと観察していた。握りこぶしのような、妙な箸の持ち方をする。彼はその箸の持ち方で顔を突き出し、丼から麺を探り出すようにして、もっと顔を突き出した。もっさりした頭しか見えなくなったと思ったら、麺をすする音がして、途端に噎《む》せる。

「ちょっと辛すぎたんじゃないのか？」

初めてマスクを外した顔を見せて、ケースワーカーが微かに笑いかけた。中原は何度か咳払いをしていたが、それでも声が詰まったらしく、何度も自分の胸の辺りを叩いている。なかなか収まらないのかと思っていたら、そのうちに肩を震わせ始めた。かのんには、彼のぼさぼさ頭しか見えていないが、その頭も小刻みに揺れている。彼は、泣いていた。

「はい、炒飯ね——あれ、お客さん、辛かった？　大丈夫？」

六十がらみのエプロン姿の女性が、かのんの前に炒飯を置きながら中原に気づいて、即座にカウンターからティッシュの箱を持ってきてくれた。中原は、手の甲で涙を拭いながらティッシュに手を伸ばす。その様子を見ていたエプロンの彼女が「あれ」と言った。

「なんだ、久しぶりじゃないの」

咄嗟《とっさ》にかのんは女性を見上げた。

「この人を、ご存じなんですか？」

顎を引いて驚いたような顔をしている女性は、もう一度、中原の顔をじっくり覗き込むようにしてから、マスクの顔で頷いている。明るい茶色に染めた髪と、同様に茶色い眉が印象的な人だ。

「よく覚えてますよ。何年か前まで、そりゃあよく来てたもんねえ。もう、こーんな小さい頃から」

女性が子どもの背丈くらいの高さに自分の手を持っていくのを、ティッシュを持ったまま、中原はぼんやりと眺めて、「俺が」と潤んだ瞳を泳がせた。女性は、さらに不思議そうな顔になって、さらにまじまじと中原を見た。

「そうじゃないのさ！　忘れっこないよ。だって、そのうちにあんた、『ここで働かせてくれないか』とまで言ったんじゃないの」

かのんは改めて名刺を差し出し、出来れば店の主人から話を聞きたいと申し出た。

「少しの時間で構いませんから」

女性は当惑した目でかのんを見ていたが、それでもいそいそと店の奥に消えていった。しばらくして、今度はコック服に真っ白いマスクをした五十がらみの店主が、かのんのものらしい名刺を片手にやってきた。やはり、まずは中原の方を一瞥する。それから探るような目でかのんの方を向いた。

「そいつが、どうかしたんですか」

「この人のことをご存じでしょうか？」

「まあ――でも、ご存じってほどのことはないね。ただ、五年かな、六年か、それくらい前までは年がら年中、来てたお客さんってだけだから」

「そんなに長い間。何歳くらいの頃からですか」

「まあ、ガキの頃からだよね。そんであるとき『雇ってくれ』とか言い出しといてさ、こっちがその気になったとこで、急に来なくなったんだ。なあ、そうだったよなあ？」

中原は呆《ほう》けたような表情で、ただ丼を見つめているばかりだ。その様子がおかしいことに、主人はすぐに気づいたようだった。

「なんだい。どうしちゃったんですか、そいつ」

ケースワーカーが簡単に事情を説明した。すると主人は初めて表情を変えて、「そりゃあ」と言ったきり絶句した。

「何て言ったらいいんだか——本当に覚えてないのか、何も？」

ケースワーカーは「それが」と中原の方を見る。

「どうやら、この店のことだけは覚えてたらしいんです。だけど、場所も何も分からないもんだから、コンビニで見つけたカップ麺を買い込んで」

主人はさらに痛ましげな表情になっている。中原は、もはや身の置き所がないように、ただでさえ比較的貧相な身体を、余計に縮こまらせている。かのんは改めて主人を見上げた。

「この人の名前とか住所などは、ご存じないですか」

「いや、そこまでは。ただ、夜中でも来てたから、近所のガキだろうとは思ってましたけどね」

「最初に来た頃、この人は何歳くらいだったんでしょう」

かのんが繰り返した質問に、店主は、初めて来た頃の彼はせいぜい十歳になるかならないかといったところだったと思うと言った。時間は決まっておらず、いつも一人でやってきて、黙々とニュータンタンメンを食べ、無言で帰っていく少年だったそうだ。

「うちは遅くまでやってますからね。それこそ夜中近くに来ることもあったし、昼間ってこともあったしね。ああ、こいつ、学校行ってねえなと思ったけど、いつでも仏頂面でねえ、話しかけるような雰囲気でもなかったし、とにかく金だけはいつもちゃんと払っていきましたから」

だから、まともに言葉を交わしたことはなかった。そうこうするうち、彼が明らかに高校生くらいに見えるようになった頃、ふいに帰りしなになって、「雇ってくれないか」と言ったのだという。

「雇ってやらねえこともねえけど、そんならちゃんと一度、親を連れてきなって言ったんです。どう見たって未成年なんだから」

するとは初めてにっこり笑って帰っていったのだそうだ。そこまで話して、店の主人は「そういえば」と、ふいに首を捻って天井を見上げるようにした。

「それから少し後だよな。そこの交差点で、事故があったんですよ。二人乗りの自転車が横断歩道を渡ってるときに、左折のダンプに引っかけられて、自転車ごと巻き込まれてさ、二人とも死んじゃったっていう」

いつの間にか店主の後ろに立っていたさっきのエプロン姿の女性が「ああ、あれね」と大きく頷いた。

「あった、あった。確か、割と若い夫婦が死んだんだ」

店主も頷いている。

「そんときに野次馬で集まってた近所の人が、この人らには倅《せがれ》がいるはずだって言い出したもんで、警察も必死になって探したんだ。だけど、やっと見つけた家には、誰もいなくなってたんだって」

そこまで話してから、主人は改めて中原のことを見ている。

「ひょっとして、それが、こいつだったんじゃないかって、俺らは、そんな噂もしてたんだけど」

中原の眉間の辺りがピリピリと動いた。だが、表情が晴れることはなく、ただ丼を見つめているばかりだ。かのんが「食べたら」と促すと、彼は再び箸を動かし始めた。同時に、また涙が出てきている。

「——これ、食いたかったんだ、俺」

涙と一緒に鼻水まで垂らしながら、中原は箸を動かし続ける。そのとき、店の奥から主人を呼ぶ声がした。

「すんませんね、後でまた、聞きますんで」

主人は慌てた表情になり、それだけ言い残すと厨房に戻っていった。かのんは、泣きながら箸を動かす中原を見て、自分まで胸が詰まりそうになっていた。とてもではないが、炒飯に手をつける気になど、なれそうになかった。

ケースワーカーから連絡があったのは、それから二週間ほどしてからのことだ。

「確かに交通事故があったんだそうです。今から六年前に」

ところが、死亡した男女の身元は、ついに分からなかったのだという。事故に遭った当時の所持品にも名前など身元の分かるものは何一つなかったし、警察が懸命に探して、ようやく探し当てた彼らの住まいからも、何も見つからなかった。

「そんな馬鹿な」

電話口で、かのんはキツネにつままれたような気持ちになった。「そうでしょう?」とケースワーカーの声が応えた。

夫婦が住んでいたと思われる場所は、まるで昭和に取り残されたような古い住宅で、しかも年がら年中、住む人間が入れ替わり、元の持ち主さえ分からないような場所だったのだそうだ。ようやく探り当てた警察が訪ねたとき、家はもぬけの殻になっていて、いるはずだと聞いていた息子らしい少年の姿も消えていたという。

　現在は既に取り壊されてしまっているという建物の近所で、ケースワーカーは当時のことを覚えている人を探したそうだ。人の入れ替わりの激しい地域なのか、ほとんど誰も知っているものはいなかったが、ようやくたまたま通りかかった老人に声をかけてみたところ、確かに以前そういう男女がいて、彼らには共に暮らす十代の少年がいたはずだと話してくれた。だが、あるときから見かけないようになったと思っていたら、それから間もなくして、あの交通事故があったということだった。近所とはいえ、挨拶もしたことはなかったから、彼らが家族だったのか、そして日本人だったかどうかさえも分からない。

「つまりその少年が、中原聖の素性っていうこと？　その、名前も親も分からない少年が？」

「——の、可能性が高いかと」

　三好主任と並んで、かのんは平瀬総括の前に立っていた。さすがの平瀬総括も、マスクの上から見えている目を何度も瞬き、大きく息を吐き出しては、しきりに考え込んでしまっている。

「スパイどころの話じゃないじゃない。今どき、そんなことって、ある？」

「そうなんですが——」

「もし、それが本当だとすると、彼は一体いつから身元不明だったんだろう、ねえ？　その男女っていうのは、彼にとって、どういう存在だったんだろうかっていう話よね？」

　死亡した男女は、中原の親だったのか、そうでないのか。そして、彼らは日本人だったのか、または不法滞在の外国人だったのか。今となってはそれすらも分からない。もしかすると、中原聖という男は、生まれたときからただの一度として戸籍を作られたことがないのかも知れないとも考えられた。小学生の頃から一人で真夜中に外食しなければならなかった少年が、恵まれた環境で育ったとは考えにくい。しかも、もしかすると彼は満足に学校にさえ行っていない可能性もある。そこにどういう事情があるのかは、今となっては調べようもなかった。

「それでも、とにかく彼が今も生きてこの世にいることだけは確かです」

かのんは、腕組みまでしている平瀬総括に向かって、彼が日本人でないという確証は摑めないのが事実だと繰り返した。

「その、ニュータンタンメンだけは覚えているなんてねえ——私も知らなかった、そんなソウルフードが川崎にあるなんて」

その日から、かのんは判事に提出する調査報告書の作成に取りかかった。

〈中立人については、その父母を知ることは出来ない。従って父母の国籍も分からず、中立人の国籍を明らかにすることは出来ない。

中立人が日本で生まれたという証拠はない。一方で、中立人が海外で生まれ、その後に日本に入国したことを示すものも皆無である。中立人は日本語以外はまったく理解せず、一方で「江の島に行った」「ロマンスカーに乗った」という記憶や、幼い頃から見ていたアニメ番組は記憶している。また、中立人が「食べたことがある」と言った麺料理を出す中華店の店主は、中立人が確かに少年時代に同店に通ってきていたことを記憶しており、その近所に住んでいたはずだとは言うが、該当する住居は既に消失している。

一方、警察が照合したところ、指紋、DNAなどのデータは一切残っておらず、このことから中立人に前科前歴があるとは考えられない。従って、そのことを理由としてことさらに本籍を秘匿しようとする理由はない。

これらのことから、中立人に就籍を許可するのが相当であると考える。〉

全身に残っているいくつもの傷痕や、発見当時の怪我、首と足首のタトゥーなど、彼が記憶を喪失する以前の生活を考えると、そこには哀れで悲惨な少年像が浮かび上がり、また、それなりに荒っぽいことをしていたのではないかということも、十分に想像出来た。だが、だからといって戸籍を与えないという理由にはならないと、かのんは考えた。それに、ケースワーカーによれば、もしも中原聖がきちんと戸籍を取得することが出来て、本人にその気があるのなら、あの中華料理店の主人は、彼を雇ってもいいと言ってくれているのだそうだ。中原自身は思い出せないままでも、あの店の人たちは彼を記憶している。今のままでは糸が切れた凧《たこ》のように、風に流されてどこまでいくか分からない彼にとって、あの店は確かな命綱になるのではないだろうか。

十月初旬、横浜家裁川崎中央支部は、中立人を希望通り、中原区役所の住所を本籍とし、仮名であった「中原聖」を氏名として就籍の中立てを許可する旨の審判を行った。年齢は、見ていたアニメ番組の記憶や中華店店主の話などから総合して、二十三歳とする。誕生日は発見された日、つまりクリスマスだ。これで、彼は日本人・中原聖として、この先の人生を歩むことになった。審判の日、かのんが別れ際に「よかったね」と話しかけると、彼は相変わらず曖昧な表情のまま、それでもひょこりと小さく頭を下げた。

「かののんの話を聞いてると、そんな人生もあるのかって驚かされることが多いけど、今度も結構なもんだったなあ」

その晩、栗林とベランダに出て缶酎ハイでささやかに乾杯をした。このところは新型コロナの感染者数も比較的落ち着いているし、本当はこんな日くらい外食を楽しみたいところだったが、栗林の帰りが遅くて無理だった。そうでなくともアメリカではトランプ大統領も感染したというし、ヨーロッパは各地で感染が拡大している。安心していられるような気配は、この日本にもないはずだ。

「今度さ、その店に行ってみようか。俺も食ってみたくなったわ」

「次の日の心配のいらないときにね。ニンニクがすごいから」

「そんなニンニクの匂いさせて仕事に行ったら、あいつらに嫌な顔されるかもな」

もともと埋め立て地のこの辺りは、マンションのすぐ前に運河があって、その流れは京浜運河へ、そして東京湾へと続いている。だから夏場も意外にいい風が入ってきたのだが、今夜はこうしてベランダに出て缶酎ハイなどを飲んでいると、だんだん肌寒くなってきた。たくさんの街の灯が揺れている。あの一つ一つの下に異なる人生があって、あらゆる思いが渦巻いている。もしかしたら自分の名も分からないまま、さまよい歩いている人が他にもまだいるのかも知れないと、かのんは少し酔っ払ってきた頭で想像した。

「ちょっと寒くなったな。入ろうか」

栗林が、ぶるっと一つ身震いをしてから、かのんの肩に手をかける。かのんもベランダの手すりから手を離した。どこからともなく虫の声まで聞こえてきていた。

待ちわびて

1

【令和二年（家）第〇×△□号　面会交流申立事件】

審判

住所　神奈川県川崎市中原区小杉町五丁目△―〇番地　シティグレース三四〇二号室
申立人　田井　岳彦
住所　東京都大田区西馬込四丁目□―×番地　プレジール大沢一〇一号室
相手方　浦辺　仁美

住所　相手方に同じ
未成年者　　浦辺　葉月
平成十九年八月四日生

主文

一　本件申立てを却下する。
二　手続費用は各自の負担とする。

理由

第一　申立ての趣旨及び実情
本件は、既に離婚が成立している元夫婦間において、相手方（元妻）が監護養育している未成年者について、申立人（元夫）が、相手方に対し、未成年者との面会交流を求める事案である。

第二　当裁判所の判断
一　本件記録によれば、次の事案が認められる。

（一）　申立人（昭和四十三年生）と相手方（昭和五十七年生）は平成十七年に婚姻した元夫婦であり、平成十九年八月四日に未成年者をもうけた。両者は平成三十年に申立人が離婚訴訟を起こしたことにより離婚が成立している。

（二）　申立人は、婚姻期間中は家計を妻に任せることはせず、生活費は自分の収入の中から決まった金額を渡す方法で、相手方を経済的支配下に置いて厳しく管理した。家計簿の記入と領収書類の添付を義務づけて数日ごとに点検し、不要な支出と判断した箇所が見つかると相手方を詰問し、未成年者の眼前で激しく叱責する、罵声を浴びせる、ものを投げつける、腕をねじり上げるなどの行為を長年にわたり行っていた。

（三）　また申立人は未成年者に対しては幼稚園の頃から「勉強しろ」と繰り返し、少しでも口答えしたり言うことを聞かないと「しつけ」と称して叩く、つねるなどの暴力を日常的に行っていた。

（四）　申立人は平成二十七年頃から相手方が不倫していると疑いを抱くようになり、連日、相手方を執拗に責めるようになった。相手方が否定すると、興信所を使って相手方の行動を確認するなどし、興信所が撮影したパート先の男性と立ち話している写真を「不倫現場」だと主張して暴力に及んだため、相手方は未成年者を連れて別居に踏み切った。

（五）　その後、申立人は離婚調停を申立てたが、申立人が当初より主張してきた相手方の不倫に関しては「パート先の男性と立ち話をしているだけ」のものであるとして証拠として認められず、反対に、相手方が提出した家計簿、預金通帳、日記帳、暴行を受けた痕の写真、医師の診断書などから申立人の相手方に対する精神的・肉体的虐待行為の存在が認められた。それでも申立人は「妻が不倫したことを問い詰めるためだった」「妻に金銭感覚がないために仕方なく自分が管理した」などと主張して譲らなかったため調停は不調に終わり離婚裁判に移行した。しかし申立人の主張は裁判でも退けられた。

（六）　さらに未成年者は日常的に申立人の相手方に対する暴言・暴力を見せられてきた結果、精神的に不安定となり、体調に異変を来すなどしたために精神科を受診したところ、通院が必要と診断されたが、申立人はそれを許さなかった。そのため相手方は未成年者の医療費などの捻出のため、申立人に許可を得ずにパート勤務するようになった。また未成年者は申立人に会う、または声を聞くだけで激しく動揺するようになった。

（七）　未成年者は、令和二年九月二十八日、家庭裁判所調査官との面接のおりに「小さい頃から申立人を怖ろしい人だと思ってきた。自分を叱るときはもちろんだが、相手方をいじめる申立人をずっと見てきたために、そのときのことを思い出すだけで、今でも気分が悪くなり、心臓がドキドキして苦しくなるので、申立人がどんなことを言ってきても、申立人と交流する気はまったくない。血がつながっていると思いたくないし、関わりたくない」と述べた。

二（一）　非監護親と子との面会交流を定めるにおいては、子の利益をもっとも優先して考慮しなければならない（民法七六六条一項参照）。この観点から、面会交流を実施することが子の利益に反する場合には、これを禁止することはやむを得ないものと解される。

（二）　前記認定事実によれば未成年者は

①　申立人との同居中、申立人から暴力を受けてきたこと。

②　相手方に対する暴力を常に面前で見てきたこと。

③　申立人との別居後になっても、申立人が下校時に待ち伏せをする、電話をかけてくるなどして、精神的に不安や動揺を与える行為を受けてきたこと。

④　これらのことから、申立人に嫌悪感を抱き、間接交流も含め、申立人との面会交流を明確に拒絶するに至ったことが認められる。このような事実関係からすれば、未成年者が申立人との面会交流を拒絶するに至ったのにも相応の理由があるといえ、未成年者の年齢（調査官面接時十三歳）も併せ考慮すると、間接交流も含め、申立人と未成年者との面会交流を、未成年者の意思に反して実施しても、申立人と未成年者の関係は改善されないばかりか、かえって未成年者の申立人に対する嫌悪感が強まるおそれが高いといえる。

したがって、面会交流を実施することは子の利益に反するというべきであり、間接交流も含め、申立人と未成年者の面会交流を認めることは相当でない。

三　よって、主文の通り審判する。

令和二年十月六日

横浜家庭裁判所川崎中央支部
裁判官　山田　喜久恵

2

コンビニで買ってきたデザートの入っている小ぶりのエコバッグを自分のデスクの上に置き、庵原かのんは椅子に腰掛けて「あー」と思い切り背を反らした。そのまま半分呆けたように、マスクの下の口を開けたまま天井を見上げる。こんなことなら何か買い置きしておけばよかった。やれやれ、だ。

「何か目新しいの、ありました?」

かのんとは背中合わせの格好で、隣の島にいる保科千鶴《ちづる》調査官が椅子に腰掛けたまま、すす、と後ずさりしてきた。かのんが首を巡らすと、ちょうど斜め上に彼女の横顔が見えている。

「アーモンドミルクプリンっていうのにしちゃった」

「あ、いいじゃないですか。アーモンドミルク、栄養豊富だし」

「エネルギー補給しなきゃ。あの長電話で、すっかり吸い取られたから」

気の毒そうに苦笑している保科調査官は、かのんより二歳年下だが、調査官としては一期先輩になる。かのんが大学卒業後に三年間、民間の企業に勤めていたのに対して、彼女は大卒後すぐに試験を受けて家裁調査官補になったからだ。だが彼女は、かのんが後輩として接することを嫌がった。最初の頃はかのんも遠慮していたのだが、最近ではつい気易い口調になっている。

「あっちだって疲れると思うんだよね。ねちねち、ねちねち、ああも長い時間かけて同じことばっかり繰り返してたら」

ついさっきまで受話器を通して聞いていた申立人の声が、まだ耳の底にこびりついている。今日、申立人は家裁の窓口で書記官から自分が申立てをしていた審判の審判書を受け取った。それをその場で読んで、すぐさまかのんに電話をしてきたのだ。

「つまり『こじらせ屋』さんとしては、審判が気に入らなかったわけですよね？」

「まったく承服できないんだって」

「と、いうことは、今度こそ自分の言い分が通ると思ってたんですかね。その自信からして、怖いけど」

保科さんは自分も椅子の背にもたれかかって、同じ目線になってこちらの顔を覗き込んでくる。彼女はいわゆるマスク美人だ。額にかかる髪は軽くカールさせていて、流行りの形に整えた眉は淡めのブラウン、そしてマスクの上から見える目は涙袋がぷっくりしていて、まつげがくるんと長い。一見したところ、二十代で無理なく通る。

実は「まつエクしてる」と教えられたのは、つい先月のことだ。コロナ禍に入ってマスク生活が当たり前になり、化粧するにも今一つ気合いが入らなくなったし、どうにも「クサクサしてた」ある日、思い切ってまつげエクステをすることにしたのだという。その結果、相当な長さと密度のあるまつげを手に入れた彼女は、気がつけば話をするときに意識的に目をぱちぱちとさせるようになった。

「自信家なんだと思うよ。最初っから」

「でも、その割に最初からコケてるじゃないですか」

言いながら、ぱちぱち。

「それを認めたくないんだわね、絶対に」

「だとすると、また何か、他の手を考えてきたりして」

また、ぱちぱち。

可愛いとは思う。ちょっとうらやましい気もした。だが、まつエクは定期的につけ替えに行かなければならないというし、長く豊かなまつげに慣れてしまったら、今度はそう簡単にやめる気になれないだろう。そんなあれこれを考えると、かのんにはとても真似出来そうにない。

「もしかすると、ね」

そのときはそのときだ。気を取り直すように姿勢を戻して、かのんは机の上に置いたエコバッグから、コンビニで買ってきたアーモンドミルクプリンとペットボトルの甘くない紅茶を取り出した。この夏からスーパーなどのレジ袋が有料化されて、その波はついにコンビニにも押し寄せた。

まったく、判事まで女とはね。

ひと口目のプリンを口に運びながら、耳の底にこびりついた言葉が思い出された。申立人である田井岳彦氏は、受話器を通してでもぞっとするほどの冷笑を含んだ声で言ったものだ。

「こういうのにも、運の良し悪しっていうのがあるんですかね」

裁判や審判で主張が認められなかった側というのは、いつだってやり場のない怒りと落胆を抱く。それを、多少なりとも事情を知る人間にぶつけたいと思うのは、ある意味で仕方のないことだ。

「うちの子に会った調査官というのは、庵原さんなんでしょう？」

そうです、と応えたかのんの耳に、受話器を通しても身震いしたくなるほどの荒々しいため息が聞こえた。

「だから、男親の気持ちってもんが汲み取られないっていうわけだな」

まるで、調査官と判事が共に女性だったから、自分の申立てが却下されたと言わんばかりの口ぶりだった。何が男親の気持ちだ。もともと妻を捨てる口実を作りたかったから下手な小細工などしたのが、ことの始まりではないか。彼の別れた妻は、今回の審判に際してかのんが調査面接に出向いたとき、「証拠はありませんが」と前置きした上で、実は結婚直後から、田井氏には常に他の女の影を感じてきたと言っていた。ただ、特定の相手と不倫するというより、金銭を介して遊んでいるらしい様子だったのと、確実な証拠が摑めなかったから、離婚調停や裁判では、そのことを持ち出さなかったのだと。田井氏は彼女について「金銭管理が出来ない」だの「優柔不断で物事をはっきりと言えない」などと、これまでさんざんなことを言ってきたが、会ってみれば実に聡明そうで、そして、落ち着いた女性だった。

何かひと言でも言い返したいところだった。もとはと言えば自分がまいた種なんじゃないですか、とか。奥様は気付いていらしたんですよ、とか。

田井岳彦氏とは、いわゆる「こじらせてしまった人」だった。妻の不倫を理由に離婚調停を申立てたものの、その調停では自分が思いもしなかった主張を妻の方から繰り広げられ、さんざん長引いた末に離婚裁判へ。そして結局その裁判で彼は親権を失い、慰謝料の支払いを命じられ、養育費も支払うことになった。すると田井氏は「金だけ払わされて会えないのは不公平極まりない」と、今度は一人娘への面会交流を求めて調停を申立て、それも不調のまま収拾がつかなくなって、ついに審判を申立てた。その審判書が今さっき、書記官を通じて田井氏に手渡されたのだった。

五十をいくつか過ぎる現在まで、一部上場企業のエリートサラリーマンとして、それなりの社会的地位を築いてきた彼にしてみれば、私生活の問題に関してだけは何一つとして思うような結果が得られないことに、かなりプライドを傷つけられているのに違いなかった。

「お、つ、か、れ、さまぁ」

歌うような伸びやかな声と共に、ちょうど外から戻ってきた平瀬総括主任家裁調査官がかのんの背後に回ってきて「電話、終わった？」と肩に手を置いた。いつも石鹸のような匂いをさせている平瀬総括は、そのままかのんの肩を軽く揉むような仕草をしながら「分かる、分かる」とマスク越しに笑いを含んだ声を出す。

「もう、エネルギーを吸い取られましたぁっていう感じが、ね、後ろ姿からジワジワ出てるよ。そりゃあ、甘いもんの一つや二つ、食べたくもなるでしょう、ねぇ」

かのんたち家裁調査官は、それぞれに自分なりのストレス解消法を持っている。人生を大きく左右しかねない問題を抱えた人々から日々深刻な話を聴くと共に、時として負の感情を吐き出される職業だけに、いくら仕事と割り切っていても上手にストレス解消しないと、こちらの気持ちがまいってしまうからだ。

かのんの場合は、月に一、二度は愛車ビアンキでのサイクリングを楽しむことにしている。同じように、余暇には思い切り身体を動かしたり、映画や芝居を楽しんだりして、仕事とはまったく関係のないことにいそしむ人が多い。そして日常的には、まず今のように調査官仲間に話を聞いてもらう。仲間内でなら調査上の秘密も共有出来るし、調査官は「傾聴」のプロだ。仲間の話でも上手に聴いてガス抜きする手助けをしてくれる。

「さっき、山田判事と会ったんだけどね、『あれで納得してくれるかしらねえ』って苦笑してましたよ。審判中も、ずっと尊大な態度を崩さなかったし、あれほど判事を睨みつけてくる中立人も珍しいって」

「そうなんですよね。透明でも、アクリル板があってよかったたって、審判のたびに思いましたもん」

「そうだ、そうだ。あれがバリアになってるわね」

日常的なストレス発散方法のもう一つは、保科さんならちょこちょこと鏡を覗き込むことだし、かのんの向かいの席にいるお坊さんみたいな雰囲気の岩本さんは、机の上に置いた小さな盆栽を愛でること。左隣にいる醍醐くんはスマホでＡＩ将棋を指し、右隣の赤塚さんはYouTubeで笑える動画を探しては楽しんでいる。そしてかのんの場合は「自分ご褒美」と称しては、ちょこちょこと甘いものを食べることが一番の気分転換だ。

「田井さんは、今回の審判が判事も調査官も女だったたっていうのが気に入らなかったみたいです」

かのんが残り少なくなってきたプリンをプラスチックのスプーンですくいながら呟くと、背後から平瀬総括の「はあ？」という声が降ってきた。

「今どきまだ、そんなこと言ってるの？」

横に回り込んできた平瀬総括をちらりと見上げて、かのんは小さく頷いた。

「『こういうのにも運の良し悪しがあるのか』って、言ってましたもん」

その途端、平瀬総括の「はっ！」という声が鼓膜に響いた。

「運？　運だって？　なぁに言っちゃってんのよ！」

そこまで勢いよく言っておいて、平瀬総括は、ふいにマスクの上から見えている目をきょろりと動かし、「ま、それもあるか」と急に柔らかい口調になった。

「そりゃあ人間のやることだもの。誰が関わったってまったく同じ結論が出るなんていうこと、あるわけないわな。でもね、今回の決定は、誰が聞いたって妥当なものです」

平瀬総括は「そう、妥当です、全面的に！」と、さらに張りのある声を上げてから、また思い出したようにかのんの肩に手を置いた。

「そういえば、引き継いだ事件の調査面接は明日、あれ、明後日だっけ？　もう資料は読み込んだ？」

「あ、これからです。ガガッと読みます」

かのんは慌ててプリンの最後のひと口をスプーンからなめ取りながら、アクリル板越しに斜め向かいの席に目をやった。いつもその席にいる三好主任調査官は今週から自宅待機生活に入っている。ご主人が新型コロナウイルス感染症患者の濃厚接触者とされたということで、一回目のＰＣＲ検査の結果はひとまず陰性だったものの、もしもこれから陽性に転ずればホテル療養だ入院だという騒ぎになるだろうし、当然のことながら家族も濃厚接触者ということになる。そんな状態で登庁しては後々、周囲に迷惑をかけるかも知れないからと、自主的に自宅待機することにしたのだ。そのため、主任が抱えていた事件と直近の予定は、ひとまず三好組の部下四人が手分けして受け持つことになった。そして、かのんが引き継いで、これからすぐに取りかからなければならないのが「失踪宣告」の審判事件だった。

3

失踪宣告とは、ある人物がもともと住んでいた場所からいなくなってしまい、戦争や災害などの場合は一年、その他の場合なら七年が過ぎてもなお行方不明のままという場合に、家庭裁判所が申立てによって、その人物を法律上「死亡した」とみなす決定をする制度のことだ。

申告できるのは、失踪した人物の配偶者や財産を相続出来る立場の人。失踪宣告を受けることになれば、いなくなった人物の財産の相続、整理などを行うことが出来るようになる他、配偶者の場合は新たに結婚することも可能になる。つまり、ドラマなどで耳にすることのある「あの人のことは、もう死んだと思います」という状態を、法的に認めるということだ。

日本全国での年間行方不明者数は、この十年ほどは八万人台で、ほぼ横ばいで推移している。そのうち半数近くは、家族などが警察署に行方不明者届を出した当日のうちに見つかっており、届の受理から一週間以内でおよそ八十パーセント、二年以内に九十七パーセントが所在確認されている。行方をくらます原因や動機としては、認知症を含む疾病がもっとも多く、ついで家族関係、仕事関係の悩みへと続く。学業や異性の問題という理由もあるが、割合としてはごく少数だ。つまり、七年たってもなお行方不明のままとなると、その数は相当に少ないということになる。

今回の申立てで、不在者とされているのは歯科医の森島智弘《もりしまともひろ》・四十五歳。申立人は、妻の由衣《ゆい》・四十二歳。家事審判申立書の「事件名（失踪宣告）」と記入されている書類にひと通り目を通してから、改めて申立書が提出された日付けを見て、かのんの中で何かが点滅した。

九月六日？

資料によると、森島智弘が失踪したのは平成二十五年九月二日。警察に行方不明者届を提出したのが九月六日。まさしく、きっちり七年が経過したところだ。

つまり。

待ちに待っていたということだろうか。そう思われても仕方がない。一日も早く、夫を「死んだこと」にしたいという意思を感じないわけにいかなかった。

失踪宣告の申立てをするには、申立書と共に、不在者の戸籍謄本、警察署に提出した「行方不明者届」の受理証明書、さらに戸籍附票も必要だ。加えて今回は、探偵を使って行方を捜させた報告書や、申立人である森島由衣が、夫・智弘の失踪直後から何度も送ったＬＩＮＥのメッセージ画面のコピーなども添えられていた。

〈パパ、今どこ？〉

〈遅くなるようなら連絡くれない？〉

〈パパ、心配してるんだから〉

〈もう、先に寝るからね〉

〈パパ、朝になっちゃったよ〉

〈ねえ、本当にどこにいるの。どうしちゃったの？　とにかく連絡して〉

既読のついていないメッセージが、ずっと連なっているのを眺めていると、こちらの方が息苦しくなってくる。その一方では、やはり引っかかった。これほど心配していたはずの女性が、夫の失踪後きっちり七年が過ぎたところで失踪宣告を申立ててくるものだろうか。

無論、行方をくらまされたものにとって七年という年月は、さぞ長かったに違いないとは思う。最初は動揺し、混乱しながら、必死で行方を捜す日々を送る。焦りながら毎日を過ごすうち、あらゆる疑問が湧き、疑念も抱き、それらは怒りを呼んで、いなくなった相手を恨み、やがて時間と共に自責の念も生まれて、最後には絶望と哀しみが広がる。それらの気持ちの流れをすべて経た上で、最後に「早く諦めよう」と思うのなら、何も責める理由などない。だが、それにしても七年きっかりというところが、どうしても引っかかる。

資料を整理すると、ことの顚末はこういうことだ。

歯科医の森島智弘（当時三十八歳）は、平成二十五年九月二日（月）、自らが経営する「新百合ヶ丘ひまわりデンタルクリニック」で診療時間の午後六時半過ぎまで治療・診察を行った後、愛車のベンツで職場から帰っていったが、自宅には戻らずそのまま行方が分からなくなった。その日、妻の由衣は深夜まで帰らない夫を待って、携帯電話を鳴らしたりＬＩＮＥでメッセージを送ったりしたものの、いずれも応答はなく、ＬＩＮＥには「既読」もつかなかった。

翌朝になっても智弘は帰宅せず、クリニックの診察時間になっても現れなかったために「これはおかしい」ということになり、由衣は夫の友人、知人をはじめとして親戚、行きつけにしている飲食店、歯科医師仲間など、思い当たるところすべてに連絡した。だが、誰一人として手がかりになるような情報を持っているものはいなかった。

九月六日（金）、心当たりをすべて探しても夫の行方が分からないままだったため、森島由衣は最寄りの警察署に「行方不明者届」を提出している。そして翌週には、夫が歯科クリニックから乗って帰ったはずのベンツが長野県諏訪湖そばの駐車場で発見された。車内には森島智弘の鞄や携帯電話、免許証などが残されていた。また財布にはカード類はすべて残っていたが、現金はなくなっていた。車内に荒らされた様子はなく、また人と争ったような跡も見られなかった。後日、森島智弘の預金通帳を記帳してみたところ、失踪当日に東京都内で現金百万円が引き出されていることが判明している。

申立書に添付された戸籍謄本や警察に提出された「行方不明者届」のコピーによれば、森島智弘は、

本籍　神奈川県川崎市麻生《あそう》区五力田〇〇〇番地
住所　神奈川県川崎市麻生区片平〇丁目×番△号
職業　歯科医師（開業医）
身長　一メートル七十六センチ
体格　痩せ型
髪型　黒髪短髪
血液型　ＡＢ型
身体の特徴　頸部《けいぶ》右側に二つの小さな赤い痣《あざ》がある。顔を少し左に傾ける癖がある。
近視のため普段はコンタクトレンズを使用。

服装　行方不明当日、勤務終了時に歯科医院を出たときはベージュのパンツに若草色のポロシャツ、ダークグリーンの薄手ジャケット。
行方不明となった原因や動機　家族関係、健康状態に問題はなく、金銭トラブルなどもない。遺書も見つかっていないことから自殺の可能性は考えにくい。
家族　妻（三十五）・長女（五）・次女（三）

とある。

警察が「行方不明者届」を受理した際、行方が分からなくなった人物が、事件や事故に巻き込まれた可能性があったり、自殺のおそれがあると判断された場合には「特異行方不明者」として分類される。その場合、警察は行方不明者の発見活動を積極的に行う。

一方それ以外、つまり事件性がないと判断された場合には、警察は積極的には動かない。ただ「家出人手配」として「M号」という略号を使って情報管理システムに登録し、全国の警察に手配するだけだ。こうしておけば日本全国どこにいても、失踪した本人が警察から職務質問を受けるなどして、氏名や生年月日を言うような場面になれば、照会することで身元が判明する。照会によって行方不明者として手配されていることが明らかになることを、警察では「M号ヒット」と呼ぶ。

だが、たとえ見つかったとしても、本人が十八歳未満の少年でもなく、「帰りたくない」と言うのなら、警察は強制的にその人物を連れ戻すことは出来ない。ただ、届出書を受理した警察署に連絡をするだけだ。するとその警察署は届出者に行方不明者を発見したことを伝え、発見の経緯や、本人が保護を拒否していることなどを説明する。ここまでで、警察の仕事は終わり。家族が迎えに行くか、または本人が自ら帰るか帰らないかは、すべて当事者の問題だ。いずれにせよ、どこかで警察に名前などを訊かれる場面にならない限りは、見つかることはない。

「本当に、死んだことになっちゃってもいいのかなあ」

その晩、夕食の途中で、よく冷えた白ワインを飲みながら、かのんはつい呟いた。テレビのBSニュースを見ながらもぐもぐと口を動かしていた栗林《くりりん》が「うん？」とこちらを向く。

「誰が？」

「歯医者さん」

独身時代とまるで変わらず、風呂上がりのままタオルを首にかけて、シャンプーした髪は自然乾燥、そろそろ肌寒い季節だというのにまだ半袖Tシャツでいる夫は、ノンアルコールビールの缶を傾けながら、不思議そうに「どこの？」と首を傾げる。おっさん丸出しの格好で、気取りがないにもほどがあると思うが、彼がおっさんになった分、かのんだって年齢を重ねてきているのだから仕方がない。

そういえば。

苦笑交じりに夫を見ていて、ふと思った。森島智弘が失踪したのは三十八歳のとき。つまり、現在のかのんや栗林とほとんど変わらない頃だ。しかも彼には妻だけでなく二人の子どももいて、さらに自らが院長を務める歯科医院まであった。家庭を持ってまだ半年にもならないかのんたちと違って、彼には既に守るべきものが着実に築かれており、それだけ背負うものも増えていた。そんな人が、なぜ行方をくらまさなければならなかったのか。それを考えたい気がする。

「あのさ、栗林て、消えちゃいたいと思ったことなんて、ある？」

「俺が？　どこから？」

「どこって――今いるところから、かな」

「何で俺が消えないとなんないの？」

かのんは「えーと」と唇を軽く尖らせながらサラダのプチトマトを口に放り込んだ。今日のサラダは、かのんが作った。とは言っても、レタスをちぎってボウルに広げ、真ん中にツナ缶をひっくり返してツナをまるごと盛りつけて、その周りを乱切りしたキュウリとヘタを取り除いたプチトマト、水で戻した乾燥ワカメで飾っただけだ。その上に種抜きオリーブのスライスを散らしたのは、栗林だ。それだけで見栄えが変わるのだから大したものだった。そして、主食のパルメザンチーズとチキンのパスタも栗林が作った。ボリュームがあるがレモンの風味が効いていて、よく冷えた白ワインにピッタリくる。

「俺はねえ」

栗林はノンアルをぐい、と呑み、少しだけ考える顔をしてから「ないかな」と、さらりと答えた。

「消えてる場合じゃねえと、思うと思うよ。たとえ一人でも、一匹でも、俺を必要とする存在がいることを考えれば」

そうだ。必要とする誰かがいれば、人はそう簡単には人生を投げ出したりは出来ないはずなのだ。

それなのに消えた男。妻も子も、仕事も捨てて。一体、何があったのだろう。

「歯医者が消えたのか」

「いなくなったとき、三十八だったんだよ。私たちとほとんど変わらない」

栗林は「ふうん」と言いながら立ち上がって、冷蔵庫から二本目のノンアルコールビールを取り出してきた。この後、地方と海外にいる動物園関係の知人と数人でオンラインミーティングをすることになっているから、酔うわけにいかないのだそうだ。

「よそで歯医者を続けてるっていうわけでもないんだ？」

「それなら居所がバレるんじゃない？　歯科医師会とか何とか、そんな方面から」

「じゃあ、何してんだろうな、今」

「どうなんだろう。生きてれば、の話だけどね」

「普通に考えれば、俺らの歳だとこの先まだ結構、長いのになあ」

「だよねえ」

発作的に失踪してしまったものの、後になって悔やんでいるかも知れない。本当は帰りたいのに帰れないのかも知れない。そんなあれこれを考えると、そう簡単に「死んだこと」にしてしまっていいのか、という気がしてならなかった。

4

約束の日時に現れた森島由衣は、顔が小さくて首が長い、まるで女優のような雰囲気の人だった。アーモンド形の目のすぐ下から顔をすっぽり覆っているマスクはごく淡いピンク色のレース柄で銀のラメまでちりばめられている、マスクとしては相当に高価そうなものだ。

服装はいかにも秋らしく、全体に茶系のトーンでまとめている。

「この度はお手数をおかけします」

ベージュ色のハイネックニットにチョコレート色のジャケット、キャメルカラーのロングスカートはすべて無地だが、足もとはアニマル柄のロングブーツで、決して地味なだけではないと主張している。琥珀色のバングルが揺れる腕に掛けているのは、かのんでも知っている高級ブランドのバッグ。整えられた爪もミルクティー色に染められていた。栗色の髪はショートカットで、全体に毛先が遊ぶ感じにウェーブがかかっていた。指輪は左右の指に合計三個。

「どうぞ、おかけ下さい」

かのんが椅子をすすめると、マスクの上から見える目をほんのりと細めて、彼女は細い身体をしなやかに動かす。耳元で輝いているのは胸元にあるのと同じ、大粒のダイヤだ。そこまで大きいと、逆に本物に見えないものだなと、初めて気がついた。

全身からお金持ちの匂いがする。

これが七年間も夫を待ち続けた人の姿だろうかというのが、正直な第一印象だった。その上、彼女はもう少ししたら夫を法的に「死亡した」と宣告されるかも知れない。少なくとも、本人としてはもうその準備に入っているはずだ。

「本日は、中立書と一緒に提出していただいた資料を確認しながら、改めてお話をうかがうと共に、あともう少し何点か、お尋ねしたいと思っています」

ゆっくりと頷く彼女はまつげが長い。

この人もまつエクだろうか。

ちらりとそんなことまで考えながら、かのんは手元の資料を広げて、森島由衣から提出された申立書や、添付された資料の内容を一つ一つ確認していった。夫の氏名や生年月日から始まって、本籍地、住所、失踪した日付け、その日の行動、それ以降の森島由衣自身の行動まで、彼女はかのんの質問に、提出した資料と寸分違わず淀みなく答えていく。一通り、確認作業を終えたところで「大変でしたね」と水を向けると、彼女はようやく肩から力を抜いたように、一つ、息を吐いた。

「最初のうちは、本当に泣いてばかりいました。一体何が起こったのか、まるで分からないでしょう？　すっかり混乱して。子どもたちもまだ小さかったですし」

「お子さんがいらっしゃるんですよね。その当時で、おいくつだったんですか？」

森島由衣は「五歳と三歳です」と、わずかに目を伏せた。やはり見事なまつげだ。

「二人ともパパが帰ってきたら毎日、真っ先に飛びついて抱っこしてもらうのが習慣だったのに、そんなパパが何日たっても帰ってこないわけですから。もう、朝に晩に『パパは？』『パパは？』って聞くわけです。『パパに会いたい』って言って夜中でも泣き出すし。どれくらい続いたかしら。あれにも、もう本当に参ってしまって」

「そういうご苦労もあったんですね」

森島由衣が、マスクに隠れている口もとをほころばせたのが、目の表情だけでも何となく分かった。

「では、少し立ち入ったことを伺いますが、ご主人がいなくなられて、その後、今日までの生活費などは、どうされてきたんでしょうか」

すうっと細められた目のままで、彼女は「それは」と微かに首を傾げる。

「うちの場合は、ありがたいことに、あまり心配はいらないんです。もともと私は結婚前まで小さなセレクトショップをやっておりまして、今は人に任せているんですが、そっちからの収入が多少なりともありますし」

かのんは「なるほど」と頷いた。セレクトショップとは。いかにも似合いそうだ。

「それに、実は、主人の家というのが、もとはあの辺りの地主というか、今も畑や山がありますし、いくつかの貸店舗やマンションも持っているんです。その管理会社に、私も一応、役員として名前を連ねていますので、そっちからの収入もあります」

かのんは「そうですか」と言ったまま、マスクの中で口を半分開いたままになった。地主で財産家の歯科医。何とまあ申し分のない相手だろう。

「でも」

森島由衣は、再び目を伏せて大きなため息をつき、それからまた顔を上げる。

「そういう家で育っただけに、主人は疑い深いところのある人では、あったんです。昔から財産目的に近づいてくる人も多かったみたいで、だから簡単には人を信用出来ないっていうか。それに、私と結婚する何年か前に父を亡くしていて、彼は一人息子ですから、まるまる受け継いだものを管理していくのは正直、荷が重いというようなことを言っていたことはあります」

「すると、そういう財産がらみでのトラブルがあって、失踪に結びついたというようなことは考えられないですか？」

それはないです、と森島由衣は即座に首を横に振った。その点は警察でも何度も訊かれたのだそうだ。だが、もともと疑い深い性格なだけに、森島智弘という人は普段から極力、人付き合いを避けるようにしていたという。学生時代の友人もわずかしかいないし、そういう意味で本当に打ち解けることの出来る相手というのは、家族以外にはほとんどいなかった。たとえば投資などを持ちかけられれば、もうその段階で相手との関係を断ち切るくらいだから、彼が失踪して初めて、実は資産家の息子だと知ったという古い友人も少なくなかったのだという。

「そうでしたか——すると、ご主人は孤独な方だったのでしょうか」

「そうかも知れません——でも、その分、家族のことは本当に大切にしてくれました。みんなで外食することも多かったですし、週末は箱根の別荘で過ごしたり、年に何回かは家族旅行もして」

そんな暮らしに慣れている人が、今も生きているとして、果たしてどんな生活を送っていることだろう。

「先ほど、森島智弘さんは、お父さまを亡くされているというお話でしたが、では、お母さまは、どうされているんでしょうか？」

森島由衣は「健在なはずですが」と、そこで初めて言葉を濁した。こういうとき、マスクさえしていなければと思う。目の表情からだけでは、とても心の動きを追いきれない。

「実は、森島の両親は、離婚しているんです」

「それは、いつ頃のことでしょう？　ご主人が何歳くらいのときだったか、ご存じですか？」

彼女はまた少し目を細めて、森島智弘が歯科医師の国家試験に合格して、臨床研修が終わった頃のことだと思うと言った。

「理由は聞いていませんが、離婚して、それから間もなくして、お父さんが急に亡くなったんだそうです」

「それは、ご病気だったんですか？」

そうらしい、と森島由衣は頷いた。夫から聞いたところでは、森島智弘の父親はゴルフをしている最中に倒れてそのまま亡くなったのだそうだ。

「私が彼と結婚したのは、平成十七年ですけど、お父さんの三回忌が済むまで待って欲しいって言われて、その年になったんです」

「そうでしたか――それで奥さまは、森島さんのお母さんには、お会いになったことはないんですか？」

今度は、森島由衣はしごく落ち着いた様子で「ありません」と首を振った。結婚前に挨拶に行くこともしなかったし、結婚式はバリ島に行って二人だけで挙げたから、そこにも呼んでいないという。子どもの頃から、何をするにも反対する厳しい人だったのだそうで、だから今回の結婚にも反対されるのではたまらないと森島智弘は語っていたらしい。

「私ももともと地方の、田舎出身で、本当のことを言うと高校を出てから家出同然に上京してきたんです。それきり、親とは疎遠なもんですから、それなら二人だけで式を挙げようっていうことになって」

この仕事をしていると、実に様々な人生模様に触れる。上には上が、下には下があるものだけれど、それにしても家出同然で上京してきた少女が、やがて自分の店を持ち、さらに資産家の息子と結ばれたというだけでもドラマチックなのに、その相手が失踪して、今まさにその資産を受け継ごうとしているというのも、相当なドラマだ。ただ、かのんはどうしても、母親のことが引っかかった。

「では、森島さんのお母さんですが、今はどこでどうなさっているか、ご存じないということですか」

由衣は少し何か考えるように視線をそらした。

「森島の家を出た後は、実家に戻ったんだろうと思います。でも私たちが結婚してしばらくして、脳梗塞で倒れたとか、そんな話でした。それで施設に入ったって」

「そうなんですか。森島さんは、心配していらしたんじゃないですか？」

ええ、まあ、と、森島由衣は曖昧に首を傾げている。

「でも、私の前でお義母《かあ》さんの話をすることもありませんでしたし」

「では、ご主人は、お母さまとは連絡は取り合っているようなご様子はなかったでしょうか」

森島由衣は、またも「さあ」と呟いた後、もともと敬遠していたようだし、病後はまともに意思疎通も出来なくなったから、会いに行っても仕方がないという話だったと言った。かのんはノートにペンを走らせながら、母親がそんな状態なら、息子としては余計に心配なものではないだろうかと考えていた。たとえ厳しい母親だったり、相性が悪かったりしても、また、どういう理由で父親と離婚したにしても、息子にとっては、母親はあくまでも母親だ。まして、記憶も曖昧な幼い頃に生き別れたというわけではない。

「ところで、本籍地と現住所が違っていますね」

少し話題を変えてみた。すると、森島由衣は「はい」と、今度ははっきりと頷いた。

「本籍地はご主人のご実家、ですか？」

「そうです」

「そちらには、住まわれなかったんですか？　お父さまも亡くなっているんでしたら、何と言いますか、同居の必要もないですよね」

するど、由衣は「暮らしにくいんです」と、形の良い眉をひそめる。

「大きいばかりで、古い家ですしね、駅から離れている上に坂道が多いし。私たちのライフスタイルには合わないよねっていう話になって。まあ、いつかは建て直すことも考えようかなんていう話は、してたんですけど」

ただ、相当に広い敷地の中に建っているので、セキュリティサービスは使っているものの、少し手入れをしないでいると、すぐに草木も繁るし家も傷むので、古くから住み込みで働いていた家政婦夫妻を、今は管理人として置いていると彼女は語った。川崎市と聞くと、知らない人間は工業地帯ばかりをイメージしがちだ。確かにこの家裁がある川崎区や北西の中原区などは工場が多い。だが、もっと西側に位置する麻生区の方となると、ずい分と環境が違うらしい。山や畑や管理人とは。

「うかがった限りでも、相当な資産がおありなんですね」

森島由衣は「大したことは」と目元に笑みを浮かべかけた後で、急に我に返ったように長いまつげを伏せて「それに」と声の調子を落とした。

「こんなことになってしまえば、財産なんて虚しいものだって、思うんです。だって、いくらお金を積んだって、結局は主人の居所さえ探せなくて、七年も分からないまま来ちゃったんですから」

いかにも殊勝な言葉を聞きながら、かのんの中にはざらりとした嫌な感じが広がっていた。

そうは言ったって、七年たつのを待ちわびていたように、こうして失踪宣告の申立てをしているではないか。宣告を受けることになれば、由衣は「未亡人」となり、おそらくすぐに相続の手続に入ることだろう。さらに、あっという間に再婚するということだって考えられる。それとも「そんなつもりはありません」とでも言うのだろうか。

「もう少し調べた方がいいと思うんです」

面接を終えて調査官室に戻ると、かのんはそのまま平瀬総括のデスクの前に立ち、森島由衣の印象と、調査面接の感触を報告した。

「べつに何か隠してるとか、そういうことではないだろうとは思うんです。でも、どうも何か引っかかるんですよね。すごく素敵な人で、優雅というか、余裕がある感じだし、ちっとも苦労している様子が見えないから、かえってそう思うんでしょうか。何だかウキウキしてるような感じがして」

平瀬総括は「ウキウキねえ」と、愛用の伸縮性孫の手を持ったまま、何か考えるように宙を見上げている。

「それに、不在者の母親が今も存命だそうなんですが、申立人は一度も会ったことはないって言うんですよね」

平瀬総括がマスクの顔をこちらに向けた。

「一度も？　結婚してから？」

「結婚前にも。自分たちが結婚する前に、離婚して家を出た人なんだそうです。それに今は脳梗塞の後遺症で意思疎通も出来ないらしいからって。でも、だとしても、もしも夫が行方不明になったら、その段階で一度くらいは話を聞きに行くもんじゃないでしょうか。ダメ元でも、思いつく限りのところに当たって、探しまくると思うんですよ。本気で探そうと思うんなら」

「要するに、庵原調査官は、今回の事件はそう簡単に申立てを受け容れるべきではないと思うわけ？」

「と、いうか、もう少し調査すべきではないかと」

平瀬総括は孫の手でとんとんと自分の首筋の辺りを叩きながら、ふうん、と窓の方を向いていたが、一分もたたない間に「よし」と立ち上がった。

「まずは判事に相談しようかね。庵原さんの考えを説明した上で、判断を聞きましょう。こっちだって、そう簡単に不在者を死人扱いするわけにはいかないからね」

かのんたち家裁調査官の調査対象、調査項目は、常に判事の指示によるものだ。どんな事件もまずは判事のもとに書類が届き、判事がそれらに目を通した上で調査すべき点があると判断した場合に、調査官が動くことになる。

「母親の所在は、新たな手続を取らなくても調べられますか？」

例の「こじらせ屋」田井岳彦氏の審判を扱った山田判事は、平瀬総括とかのんの説明を聞いた上でそう言った。かのんは「はい」と大きく頷いた。

「申立人の婚家は相当な資産家らしいのですが、本籍地でもある義実家に、古くからいる家政婦夫妻が今も管理人として暮らしているんだそうです。そこを訪ねれば、きっと何か教えてもらえるんじゃないかと思います」

山田判事は机の上で両手を組んだまま、一つ頷いてから「では」とこちらを見上げてくる。平瀬総括同様、この人も決めるのが早いタイプだ。判事によっては「考える」と言ったきり、忘れたのではないかと思うほど何日もかかる人もいるのだが。

「その、実家の訪問調査と、母親の所在が分かったら母親の訪問調査もお願いします。実は私もね、何となく引っかかってはいたんですよね。失踪して七年ぴったりで審判を中立ててるでしょう？」

判事の言葉に、平瀬総括が「そこですよね、やっぱり」と大きく頷いた。

「疑いたくなくても、何かあるのかなと思いますよ。サスペンスドラマじゃあるまいしって」

くすくすと笑う山田判事は、立ち上がればかのんや平瀬総括に比べてずっと小柄で、しかも華奢な人だ。化粧気もほとんどなくて、こうしてマスク姿で眼鏡をかけている姿は、見ようによっては勉強家の中学生くらいにしか見えない。それでも髪には少し白いものが混ざり始めているし、手元の小さな文字を読む時には眼鏡をずらす。

「間違った審判を下さないために、よろしくお願いします。他にも気がついたことがありましたら、いつでも言ってきて下さい」

平瀬総括の手が、ぽんぽんとかのんの背中を叩いた。横を向くと、総括の目の下の肉が動いて、「にっ」という感じに笑っているのが分かった。

5

高い天井から下がっているシャンデリアの小さなパーツが、わずかに開けられている窓から流れ込む風に、細かく震えるように揺れている。床から天井まである大きな窓の外には広々としたウッドデッキがあって、その向こうには、植栽の隙間から、遥かに水平線を望むことが出来た。そんな環境にあって、耳を澄まさなければ気づかない程度の音量でピアノの曲が流れ、豪華な調度の置かれた空間は、まるでホテルのロビーラウンジのようだった。

窓辺のテーブルに向かい、すっかり冷めたに違いないコーヒーを自分の前から遠ざけて、ぼんやりと窓の外の景色を眺めているうちに、キュッキュッという靴音がして、エプロン姿の男性が車椅子を押して現れた。男性が格闘技選手のように大きな体格をしているせいもあってか、車椅子に座っている女性は余計に小さく見える。

「お待たせしました」

マスクをしている上にフェイスシールドまで装着している男性はテーブルを回り込んで、車椅子をかのんの正面まで押してくると、車椅子のブレーキをかけながら「森島さん」と女性に声をかけた。

「あとは、一人で大丈夫ですかね」

女性は「ええ」と頷く。

「そうしたら、三十分したらお迎えに来ますからね。もしもその前に御用がお済みでしたら、テーブルの上のチャイムでお知らせ下さい。すぐに来ますのでね」

男性はテーブルの上のチャイムを示した上で、かのんに「では」と会釈をし、再びキュッキュッと靴音をさせながら足早に去っていく。残された車椅子の女性は白いブラウスに紺色のカーディガン姿で、肩からチェックのストールを羽織っていた。白い髪はきっちりとまとめ上げているし、眉も描いていて、身ぎれいな印象だ。ただ、車椅子の肘置きに置かれた右手には痙縮《けいしゅく》の症状が見られる。世話をしてくれる人が傍にいなければ、これほどきちんと身だしなみを整えることは難しいだろう。

「こ、れ。これで――よろし、い？」

マスクを通して、途切れがちの幾分ぎこちない声が聞こえた。そして、膝の上にのせていた布製のバッグから一通の封筒を取り出し、左手でテーブルの上に置く。宛名書きに「森島慶子《けいこ》様」と書かれているのが見て取れた。

「拝見して、よろしいですか？」

「どう、ぞ、どうぞ。よ、かっ、たですわ、こ、こに、持ってき、ておいて」

森島智弘の母親、森島慶子を訪ねて、茅《ち》ヶ崎《さき》の老人ホームまで来ていた。この場所は、慶子の実家から教えられた。そして、慶子の実家の連絡先を教えてくれたのは、森島家の管理人をしている老夫婦だ。

だけど、私たちが教えたっていうことは、若奥さまには内緒にして下さいよ。下手に機嫌を損ねてここを追い出されるのはかないませんからね。一日でも長く、身体が動く限りは、ここにいさせていただきたいと思ってるんですから。
七十、いや、八十は過ぎているだろうか、年齢は重ねているが揃って狡猾そうな目つきをした、弱々しいふりをして抜け目がないといった感じの人たちだった。こちらが名刺を出して話を聞こうとしたところ、彼らは期待と落胆が入り混じったような顔つきになって、「刑事さんじゃないんですか」と言ったものだ。その老夫婦が守っている家屋敷は、なるほど、たしかに周りをぐるりと高い塀に囲まれた、広い敷地に建つ豪邸だった。何代か前までは農家だったのではないかと思う。それが土地の開発に伴って財をなしたという雰囲気だった。
「では拝見します」

「どう、ぞ」

実際に会ってみると、森島慶子は話に聞いていたよりも、ずっとしっかりしていた。脳梗塞の後遺症はあるにはあるが、森島由衣が言っていたような、意思疎通も出来ないなどということはない。初対面であるかのんに対しても、彼女は特に身構える様子もなく、しごく落ち着いた様子で「こんな遠くまで、わざわざお越しいただいて」と、少しつかえながらでも、丁寧に挨拶をした。そして、かのんが森島智弘の行き先を探している、心当たりはないだろうかと尋ねたところ、即座に「息子から来た手紙を持っている」と答えたのだ。その手紙を取りに行くために、彼女は施設の職員を呼んで、一旦、自分の居室まで戻り、そして再び、来てくれたのだった。

「わ、たくしの、部屋、までおい、でいただければ、こん、な、に、お待たせは、しなくて、す、むのにね」

コロナ禍に入ってからは、来訪者は居室までは行かれないことになっているということだった。確かに、新型コロナウイルスは全国各地の高齢者施設などでクラスターと呼ばれる感染者の集団を数多く作っている。持病を抱えている高齢者が多い施設では、ひとたび感染が起きてしまうと瞬く間に広がって、重症化したり死亡する場合が少なくない。このところ感染者の数は横ばい状態が続いているが、とはいえ下げ止まった感じもなく、これから冬に向かってまた増加していくのではないかと言われている。それだけに、この高級老人ホームでも、やはり来訪者には検温と手指消毒を義務づけている他、細心の注意を払っている様子だ。

「ああ、あなた。お、コーヒー、お、かわりは」

「あ、大丈夫です。いただけない決まりになっておりまして」

森島慶子にはっきりと頷いて見せてから、かのんは「失礼します」と便せんを開いた。

「そ、う？　あ、そう」

〈拝啓
その後お変わりありませんか。リハビリは進んでいますか。

サチ子さんから情報が入っているかと思いますが、僕は一昨年、家を出ました。誰にも相談せず、仕事も何もかも放り出して、一人で逃げました。

理由は、頭がすっかり混乱して、この先どうすればいいのか、まるで分からなくなったからです。とにかく、一分一秒でも、もう由衣とは暮らせない、家には帰れないと思いました。

それからずっと、何をどう考えればいいのか分からないまま過ごしてきました。

僕は一体誰を恨めばいいんだろうか。父さん？　お母さん？

僕は、どこで失敗したんだろう。

もう取り返しがつかない。

何もかも、だめになった。

子どもたちには申し訳ない。可哀想なことをした。

来る日も来る日も、同じことばかり考え続けて過ごしてきました。頭が変になりそうでした。今もこうして生きているのが、自分でも不思議なくらいです。

たまたま知り合って、世話になることになった人が「今日生きられたなら、次の今日も生きてみろ」と、いつも言います。その言葉にすがって、僕は「今日の次は今日」と、念仏みたいに唱えながら毎日を生きています。心の中に一滴ずつ、雫が落ちてしみが広がるような毎日です。でも今は、それ以上には何も出来ません。もうエネルギーが残っていない。

考えてみれば、僕のエネルギーは大学受験と国家試験で大半を使い果たしたのかも知れません。小さい頃からお母さんに尻を叩かれ続けて勉強して、やっとのことでお母さんの言う通り、歯医者になった。だから、その先はもう、あまり疲れることは考えたくなかった。

お母さんが家を出ていったときも、そのまま離婚したときも、僕は反対も賛成もしなかった。理由を知ろうとしなかった。

僕の人生じゃないから。

そう思ったんです。あのときは。

それが、僕の失敗だった。


でも、きっとお母さんは心配しているだろうなと、ずっと思っていて、やっと二年たって手紙を書く気になりました。まだ会いには行けませんが、万が一のことがあったときのために、住所だけは知らせておきます（今、世話になっている人に迷惑をかけたくないから）。

でも、このことは絶対に、誰にも言わないで下さい。特に、サチ子さんたちに言ったりすれば、由衣だけでなく隣近所にまで、あっという間に広がります。そのせいで、誰かが僕に会いに来るようなことがあったら、僕はすぐにまた消えます。そのときは多分、永遠に消えることになるでしょう。

お身体に気をつけて、少しでも元気で長生きをしてください。いつかは、会いに行ける日が来ればいいと思っています。

敬具

平成二十七年十月

川崎市川崎区大師町○—○
北川方

智弘〉

かのんは、便せんをゆっくりと畳みながら頭の中を整理しようとしていた。手紙の文面にもあったが、平成二十七年の十月ということは、森島智弘が失踪してから丸二年が過ぎたときということだ。その時点では、彼は間違いなく生きていたということになる。つまり、ちょうど五年前までは。

「そ、れが届いた、と、き、すぐ、に、人を使っ、て調べさせようか、と、思いました」

森島慶子が低い声で呟いた。周囲に人の姿はまったくないが、それでも彼女はわずかに首を巡らして、いかにも警戒しているかのような仕草を見せる。

「そうだったんですね。それで、お調べになったんですか？」

すると彼女はゆっくりと首を横に振って、もしも息子に感づかれたら、今度こそ本当に生命を絶たれるかも知れないと思うと、怖ろしくて出来なかったと言った。

「待、つ、しか、ないかしらと、思って」

「拝見したところ、息子さんは、お母さまのことも、それから亡くなったお父さまのことも、何か恨んでおいでのようですが」

不織布マスクに隠されて、老女の表情はほとんど分からない。それでも眉間に深い皺が寄って、それだけで彼女が苦悶の表情を浮かべたらしいことが分かった。いや、悲嘆に暮れているのか、または後悔に苛《さいな》まれているのだろうか。彼女は左手で、自分の右手をゆっくりとさすっている。幾筋もの静脈が浮き上がった、痩せて老いた手の甲が、ゆっくり、ゆっくり、前後に動いていた。

「むす、こ、は、智弘は、こ、れから、ど、うなります、ん、でしょう、か」

「まず、私がこの住所を訪ねてみたいと思います。たしかに息子さんが生きておいでだということが分からないと、今のままでは、亡くなったことになってしまう可能性があるんです」

森島慶子が、虚ろなほど表情の分からない瞳をこちらに向けてきた。

「亡、くなった、こと？」

「奥さまの由衣さんが、裁判所に申立てをしたんです。法律では、人は行方が分からなくなってから七年が経過してしまいますと、『亡くなった』ということに出来るんです。そのために、私たちが調査に動いているというわけです」

もしかすると白内障が進んできているのかも知れない。輪郭部分の色が変わってきていて、少しぼやけて見える瞳が、頼りなく揺れたように見えた。

「な、んていう――」

低く、ひび割れたような声が聞こえたと思ったら、その曇りかけた瞳から、じわじわと涙がしみ出してきた。赤くなった目の縁を伝い、乗り越えて、マスクの下へと落ちて行く雫を見て、かのんは急いで鞄からティッシュを取り出し、椅子から腰を浮かして彼女に手渡そうとした。だが、森島慶子はそれを左手で振り払い、自分の膝の上のバッグを探って、ガーゼのハンカチを取り出した。その仕草に、彼女のプライドの高さが感じられる。あの豪邸の、奥さまだった人なのだと改めて思う。

「何も、かも――しゅ、じ、んのせいです」

ハンカチを顔にあてたまま、森島慶子は声を絞り出した。

「あ、の人が、あ――ん、な女、に引っかかったり、するから」

みっともない、と、老女は吐き出すように言った。

「あんな女――ご主人というのは、つまり、森島智弘さんの、お父さまのことですか？」

返答を聞く前から、何となく二の腕から耳の下あたりまでがぞわぞわとし始めていた。かのんは手元の時計に目を落とし、密かに深呼吸をしながら、思うように動かすことの出来ない身体を震わせて泣いている小さな老女を見つめていた。

6

さして間口の広くない店だった。出入口の脇にしつらえられた、胸の高さまであるガラス張りのショーケースが、まるで昭和のままという感じを醸し出している。そのショーケースに、店で扱っている商品と一緒に大小のだるままで並んでいるところが、さすがは川崎大師《かわさきだいし》の参道に面している店だった。川崎大師は厄除けで有名だ。この参道にも厄除けだるまを扱っている店がある。そしてショーケースの脇には「手焼きせんべい」「炭火手焼き」といったのぼり旗が何本か揺れていた。

ついさっきまで、そのショーケースの向こうに、白衣に三角巾姿の女性が見えたのだが、いつの間にかいなくなった。すると店の中が遠目にも見えるようになり、奥で作業している人の姿が見えた。さほど明るくない場所で、一人で炉に向かい、どうやらせんべいを焼いているらしい。

晩秋の陽は早くも傾き始め、しかもコロナ禍ということもあるのだろうか、道行く人の姿はごくまばらだった。かのんはずい分前にここに着いて、しばらくこうして眺めているが、店に立ち寄る人の姿も、まるでない。奥に見えている人は、それでも黙々と作業を続けているようだ。豆絞りの手拭いをマスク代わりに覆面のように巻いて、黒縁の眼鏡をかけているから、顔立ちそのものは分からない。

これまで何度となく訪問面接してきたが、これほど緊張したことは、かつてない。だが、人通りの絶えた今、そろそろ声をかける頃合いだった。

とにかく、逃げられないようにすること。

平瀬総括から念を押されたひと言を、改めて自分に言い聞かせながら、狭い通りを渡って店に歩み寄り、ショーケースの脇の引戸にそっと手をかける。後で忘れずに手指消毒をしなければ。

「ごめんください」

控えめに声をかけてみる。だが少し待っても、応答する声はなかった。もう客が来ないと踏んだのだろうか、やはり白衣の女性は店の奥に引っ込んでしまったようだ。それでもまだ一人残ってせんべいを焼き続けている男性は、まるで気配すら消しているかのように、ぼんやりとした明かりの下で、ただ黙々と軍手をはめた手を動かしている。その後ろ姿が、わずかに左に傾いて見えた。

「あの」

そっと近づいていって声をかける。男性が初めて顔を上げた。度の強そうな黒縁の眼鏡をかけている上に、顔の下半分は手拭いが覆い隠しているから、近づいても顔立ちが分からない。その格好で、男性は、慌てたように周囲を見回した。

「森島智弘さんですよね?」

言うなり、予め《あらかじ》ジャケットのポケットに入れておいた名刺入れを取り出して、素早く自分の名刺を差し出した。

「横浜家庭裁判所川崎中央支部から来ました。調査官の庵原かのんと言います」

自分で思っていたより早口になってしまった。男性が、凍りついたように動かなくなった。もしかしたら即座に逃げ出すのではないかと、相当に身構えているつもりだが、今のところ彼は逃げることも忘れているかのように見える。

「もう一度、うかがいます。森島智弘さんではないですか?」

ようやく我に返ったように、彼はびくん、と一度、身体を震わせると、炉に差し入れてあった網を引き出した。せんべいの生地を挟むようになっている目の粗い網を開いて、軍手をはめた手で何枚も挟まっているせんべいの生地をひっくり返し、また網を閉じて炉に差し入れる。それからも網を引き出しては生地の様子を見てを繰り返し、裏表まんべんなく焼けて、数カ所にぷっくりした膨らみが出来てきているせんべいから順に隣のカゴに移していくのを見守る間、かのんは黙って彼の横顔を見つめていた。首筋に二つ、小さな赤い痣がある。

「森島由衣さんが、あなたの失踪宣告の申立てをされています」

半袖のTシャツを着た肩が、再び、びくっと跳ねるように動いた。

「森島智弘さんが本当に行方が分からないということになれば、失踪宣告がなされるでしょう。そうなれば森島さんは、法的には『死んだ』という扱いになります」

男性の頭が一瞬、がくんと折れたように前に落ちた。かのんの立っている場所からでも、炉の熱がほのかに感じられる。手焼きせんべいの香ばしい香りも店内に広がっていた。やがて、男性から「どうして」という、かすれた声が聞こえた。

「どうして、ここが分かったんですか」

「森島慶子さんに教えていただきました」

ようやく頭を上げて、男性は、ゆっくりこちらを振り返った。眼鏡の奥の目には、かのんには読み取れない、何とも虚ろな色しか浮かんでいない。

「五年前に森島さんが出したお手紙を、お母さんは施設に移られたときも、ご実家から持ってきていたんです。ひどく泣いておいでしたよ。森島さんが結婚する前、いえ、本当ならお父さまと離婚されるときに、ちゃんと森島さんに話しておけば、こんなことにはならなかったのにとも言っておいででした」

「そんなこと――今さら言われたって」

「――そうですよね。それで、森島さん？」

改めて呼びかけると、今度は森島智弘は、ほとんど反射的に「はい」と答えた。かのんは思わず、ほう、と密かに息を吐き出した。背中から力が抜ける。これで、森島智弘の生存は確認された。彼の失踪宣告申立ては、却下となる。

「そのぅ――どうして分かったのか、伺ってもよろしいですか。奥さま――由衣さんのことですが」

森島智弘は少しの間、肩で息をするようにしていたが、やがて息苦しそうに覆面のようにしていた豆絞りの手拭いを外した。端整だとは思うが、見るからに神経質そうな弱々しい顔立ちをしている。その顔が観念したような表情になり、「サチ子さんが」という声が聞こえた。失踪する二日前の土曜日、独身時代に聴いていたCDを聴きたくなって実家に取りに戻った際に、たまたま管理人夫婦の会話を聞いてしまったのだと、彼は話し始めた。

「最初は僕とは関係のない、ただの噂話かと思ったんです。もともと噂好きで、誰とでも立ち話ばかりしている人だったから。でも、聞いてるうちにだんだん、自分の顔から血の気が退いていくのが分かりました」

「差し支えなかったら、どんなお話だったか聞かせていただけますか」

すると森島智弘は、今度は姿勢を改めて背筋を伸ばすようにして、大きく胸を膨らませて息を吸い込んだ。続いて吐き出す息も、大きく、深くなる。

「大した女だって言ってました。親父にさんざん貢がせて、店まで持たせてもらっておきながら、その親父が突然死んだと思ったら、今度は息子にまで取り入って、『今じゃあ若奥さまだもんねえ』って。おふくろが、もっと目を光らせてればよかったのに、親父に愛人がいるって分かった途端に家を飛び出したまんま、意地になって離婚までするもんだから、とも。勉強以外のことはからっきしダメで、世の中のことなんか何も分かってない、世間知らずの息子なんか、簡単に丸め込めたに違いないって」

にわかには信じがたい話を耳にして、森島智弘は動揺しながらもすぐさま亡父の部屋に向かったという。そして、用心のために普段は鍵をかけたままにしている扉を開いて、父の死後ほとんど手をつけていなかった室内に足を踏み入れると、まず最初に机の上に置かれたままになっていた父のガラケーに目がとまった。すぐさま充電して中を調べてみたところ、女性と並んで写っている写真が山のように見つかり、さらに、やり取りしたメールも見つかった。父がメールで「好きだよ」「愛してる」「欲しい」などと繰り返していた相手、そして、写真に並んで写っていた相手は間違いなく、妻の由衣だった。

「何というか、思考停止に陥りました。悪い夢でも見てるんじゃないかって、あれ、本当に思うものですね」

喉仏を上下させ、大きく息を吐き出した後で、彼は「結局」とまたうなだれる。

「親父も相当に馬鹿だけど、僕も大馬鹿野郎だっていうことです。僕みたいなもんに意味もなく近づいてくる人間なんていないって、注意してるつもりだったのに」

軍手をしたままの手を、いつの間にか握りこぶしにして、森島智弘は唇を噛んだ。

「森島さんは、由衣さんとはどうやってお知り合いになったんですか？」

「——患者さんとして、来たんです。まだ駆け出しの、本当なら歯科医院なんか開けるほどの経験なんかまるで積んでないのに、大学の先輩に頼み込んで、週に何回か来てもらう約束をとりつけて、やっと開いた僕のクリニックに。それも、僕の診察日に」

そこから交際に発展するまで、さほどの時間はかからなかったという。あれほど自分に近づいてくる人物に神経質だった彼が、自分を信頼してくれている患者だからということで、意外なほど簡単に気を許してしまったということらしい。

「後から考えれば、すぐに分かることです。あの女は、親父の次に僕に目をつけた。それだけのことですよ」

何とも答えようがなかった。資産家の孤独というものを、初めて知ったと思った。

「それで、僕はこれからどうすれば」

ようやく気を取り直したように、森島智弘がこちらを向いた。かのんは、自分が今どんな眼差しを森島智弘に向けているだろうかと密かに心配しながら、一つ息を吐いた。

「今のお話で、あなたが森島智弘さんに間違いないことは分かりました。ですが、出来ればきちんと身元確認をさせていただきたいんです。今、森島智弘さんとしての身元を証明できるものなんて、お持ちじゃないですよね？」

森島智弘は、何も持っていないと首を横に振った。今日まで本名も明かさないまま過ごしてこられたのは、ひとえにこの店の主人の厚意があったからこそだという。失踪直後は自殺も考えたし、諏訪湖の近くに車を乗り捨てて、後はあちらこちらを転々としたが、その挙げ句、やはり川崎まで戻ってきてしまったのだそうだ。そして川崎大師の境内でうずくまっていたときに声をかけられたのが、この店の主人との縁の始まりだったらしい。

「家庭裁判所としては、まず奥さまに森島さんが生きておいでだということを伝えます。したがって失踪宣告の申立ては出来ないということも伝えますが、出来ましたら森島さんご自身にも、奥さまに会っていただきたいんです。それが奥さまを納得させる一番の方法ですから」

森島智弘は「会うんですか」と苦しげな顔になる。

「会いたくないと言ったら、どうなります？」

かのんは、うん、と一つ頷いて、それも仕方がないかも知れないと答えた。

「事情が事情ですし、お会いになりたくないという気持ちも、分かります。無理強い出来ることではありません。こちらとしては、森島さんが森島さんであることの確認さえ取れれば、それでいいんです。ただ――」

絶望的なほど暗い瞳のまま、森島智弘は言葉の続きを待っている。かのんは、その瞳をじっと見つめた。

「生きておいでだと分かった以上は、どこかでけじめをつけなければならない時が、必ず来ると思うんですよね」

今のタイミングなら、そして、もしも希望するなら、かのんが家裁調査官として立ち会う形で、顔を合わせてもらっても構わないと言うと、森島智弘は何度か小さく頷いて、しばらく考える表情になり、また大きくため息をついた。

「――僕だって、このまま一生、偽名を使ってせんべいを焼き続けて、生きていかれるとは思っていませんでしたから」

それなら、気持ちの整理がついたら連絡をして欲しいと最後に伝えて、かのんは店を出た。秋の日暮れは早く、もう辺りには薄闇が忍び寄ろうとしていた。ほとんど人気《ひとけ》のない参道を吹き抜ける風が冷たい。歩き始めてから、少しくらいせんべいを買っても良かっただろうかと思いついたが、すぐに考え直した。あの森島智弘が焼いたせんべいだと思いながら食べても、楽しんで味わえそうにない。

京急大師線に揺られて川崎駅まで戻り、またもや途中のコンビニに立ち寄って、ハーゲンダッツのアイスクリームを買ってから家裁の調査官室にたどり着くと、醍醐くんが待ちわびていたように「おかえんなさい」とこちらを向いた。

「たった今、森島智弘さんから電話がありましたよ」

電話番号が記されたメモを手渡されて、かのんは頭の片隅で「アイスが溶けるかも」と思いながら、電話に飛びついた。

「それで、どうだった、夫婦の再会」

翌週の週末、やっと風呂上がりにトレーナーを着込むようになった栗林と、「お取り寄せサムギョプサルセット」を味わいながら、かのんは森島智弘と由衣夫妻が再会した話を聞かせた。無論、細かい話はしていない。ただ、ずっと行方不明だった歯科医師の無事が確認されたと言っただけだ。

「歯医者さんは、結局、ひとっ言も喋らなかった。ただ、奥さんの前に座ってるだけ。目も合わせようとしなかったよ」

「ふうん。奥さんは？」

「高級マスクの上から出てる目を大きくむいて、やっぱり、何も喋らなかった。質問もしないんだよ。バレたって、分かってるんだね。そのまま、三十分」

栗林はサンチュに辛い味噌だれを塗り、そこにナムルと一口大に切った豚肉をのせながら、「すげぇ緊張する場面」と眉をひそめる。それから大口を開け、サムギョプサルを巻いたサンチュをまるごと頬張って「んめぇえ」と目を細めた。

「そんじゃあ、夫婦で飯なんか、食えてなかったかもなあ」

言っていることとやっていることにギャップがありすぎて、かのんはつい笑いそうになった。だが、笑っている場合ではないのが、あの夫婦だ。森島由衣は、夫と再会したその日のうちに申立てを取り下げた。そこから先は夫婦の問題だ。調査官室では、おそらく近いうちにどちらかから離婚調停の申立てがあるだろうという予想で、ほぼ全員の意見がまとまっている。

「キムチ、もうちょっと切ろうか。私、やるよ」

「おっ、いいねえ」

こうして夫婦で向かい合い、笑って食事出来る幸福が、実は誰にとっても当たり前ではないことを、サムギョプサルと一緒に嚙みしめておいた方がいいのだろうなと自分に言い聞かせながら、かのんは台所に立った。背後から「今度は鍋のお取り寄せをしような」という、何とも吞気な声が聞こえてきた。

スケッチブック

1

【令和二年十一月十八日（家）第×○△○号】

第七回調停

裁判官　　波多野　智成
家事調停官　田仲　弘文
家事調停委員　東　重雄
　　　　　　福山　和子
家庭裁判所調査官　庵原　かのん

家庭裁判所書記官　大林　巧

事件名　遺産分割調停事件

申立人　黄金井章司郎
生年月日　昭和五十九年△月×日
年齢　三十六歳
住所　神奈川県川崎市宮前区平七丁目×番×号
被相続人との続柄　次男

被相続人　黄金井清治
最後の住所　神奈川県川崎市宮前区平七丁目□番○号
死亡日時　令和元年十二月二十三日

申立ての理由
遺産の種類及び内容
　別紙遺産目録記載のとおり
特別受益　有
事前の遺産の一部分割　有

事前の預貯金債権の行使　有

申立ての動機　分割の方法が決まらない
　　　　　　　遺産の範囲に争いがある

出頭者

☑　黄金井克子　七十一歳
　　被相続人との続柄　妻

☑　黄金井晃　四十七歳
　　被相続人との続柄　子

☐　佐竹都々子《つづこ》　四十五歳
　　被相続人との続柄　子

☑　黄金井美衣　三十二歳
　　被相続人との続柄　子

☑　西山宏　五十一歳
　　被相続人との続柄　子

☑　島本由里子　四十九歳
　被相続人との続柄　子

　本調停は、出頭予定のうち被相続人の長女である佐竹都々子が事前連絡のないまま指定時間を十分過ぎても出頭せず、代理人等の出頭もなかったことから、成立に至らなかった。中立人が携帯電話で同人に連絡をとったところ「一週間後と記憶違いしていた」との返答があったと確認された。よって波多野判事以下関係者と協議し、申立人および出頭者等の合意を得た上で、次回調停は十二月九日午前十時半に開くこととした。

　なお本事件において、出頭予定者が無断で欠席することにより調停が成立に至らないのは今回で二度目ということもあり、本日出席の全員には改めて、今後調停を欠席する場合はあらかじめ調停委員会から提示された調停条項案を受諾する旨の書面を提出すべきことを申し伝えた。また佐竹都々子には書面にて同様の内容を通知するものとする。


「あれね、わざとですよ」

　コンビニの外に出てマスクを外し、ようやく開放的な気分になってコーヒーの湯気を吹いていたら、後から出てきた大林書記官がマスクを顎まで引き下ろした格好でコーヒーをひと口すすってから、ぽつりと呟いた。かのんは「やっぱり？」と、自分より一、二歳くらい年上らしい書記官に目を向けた。男性にしては小柄な人で、こうして並んで立つと視線の高さがほとんど変わらない。

「大林さんも、そう感じました？」

書記官は「決まってます」と、わずかに遠い目になって空を見上げる。春に異動してきて、かれこれ半年以上になるが、最初からマスクをしている顔ばかり見ているものだから、こんなに髭の濃い人だとは知らなかった。

「前に、黄金井家の人たちが話してるのが聞こえてきたことがあるんです。『分け前欲しさにのこのこと田舎から出てきて』とか、『どうせある程度は持っていかれちゃうんだから、旅費くらい使わせればいいんだ』とか」

そういえば今日の出席者のうち、西山宏と島本由里子は、それぞれ自宅が埼玉県と山梨県で、調停のたびにわざわざやってきている。遠距離の場合は、それなりの方法があるのだが、彼らは「大丈夫です」と、じかに出席することを希望していた。

「いい気はしませんよね。他人事とはいえ」

裁判所書記官という仕事は、その字面からして「記録係」のような印象を受けやすいが、実際は民事訴訟法や刑事訴訟法といった「手続法」の専門家だ。彼らは事件手続が円滑に進むように、一つには裁判所にやってくる当事者と、その事件を担当する裁判官らとの間の調整役という役割を担っている。

家庭裁判所を訪れる人は、そのほとんどが容易《たやす》く口に出来ない悩みや争いごとを抱えている。それらの人たちが最初に会って事情を話し、適切な手続の方法などを教わる相手が書記官だ。だから書記官は、当事者からもっとも生々しい話を聞き、憔悴や苛立ち、憤怒や怨恨などといった負の感情を見せつけられる位置にいることになる。

「それに、さっき佐竹都々子に電話してたときの中立人の目つきが」

自分も出席していた調停の場を思い浮かべて、かのんも「ああ」と頷いた。

「あれは、マスクしていても、分かりましたもんね」

調停の場で、取ってつけたように「今すぐ来いって言いますから」と言って電話をかけ始めたときの中立人は、とりあえずは家裁に現れなかった実姉に向かって文句を言いながら、眉をひそめたり、いかにも苛立ったようにため息をついたりしていたが、そのやり取りは明らかに予定調和というか芝居がかったものに見えたし、話しながらちらり、ちらりと自分の身内に送る視線の奥には、何とも言えず狡猾なものが宿っていた。マスクをしているせいで表情全体は分からないが、それだけに相手の目元に集中して注意を向けるようになったのは、この長いコロナ禍での、数少ない収穫の一つかも知れない。

「あれで精一杯、嫌がらせしてるつもりなんでしょう」

予定されていた調停が、開始から十分ほどで終わってしまったせいで、ぽっかりと時間があいた。本当はコーヒーくらい家裁の中で飲めばいいのだが、「三密は避ける」「換気に留意」「手指消毒」などという標語に囲まれて、どこに行ってもアクリル板やビニールのカーテンに仕切られている環境にいると、たまには外の空気だって吸いたくなる。それに、家裁から離れた場所だからこそ、同じ事件に関わっているもの同士で、こういう話もしやすくなるというものだった。それでどちらからともなく「コンビニでも行きましょうか」ということになった。

「わざわざ遠くから来る異母兄姉に、ああやって無駄足を踏ませて。それで多少なりとも腹の虫が治まるのかな」

大林書記官の言葉に、かのんも「うーん」と首を傾げないわけにいかなかった。幼稚というか、浅ましいというか、だ。

「それにしても、こういうときだけまとまる家族なんですね。あそこの家族はずっと前から関係が悪くて、母親も含めて顔を合わせれば言い争いになるっていう話だったのに」

「揃いも揃って欲の皮が突っ張ってますからね。そこへきて、腹違いの兄姉まで現れたもんだから、誰も彼も、はらわたが煮えくりかえってるっていうところだけで一致団結してるんでしょう」

かのんはコーヒーをひと口飲んで、「だけど」と自分も晩秋の空を見上げた。青空は広がっているが、陽射しが弱い。

「私が聴いてきた話では、もともと裏切られたのは先妻の方なんですよ。今の奥さんは、被相続人の浮気相手だったんですって。当時、堀之内《ほりのうち》の風俗店にいたとかで。それが、関係が深まるうちに家まで乗り込んできて『一緒になれなかったら死ぬ』とか『あんたたちの子どもを道連れにしてやる』とか騒いだり、夜中でも毎晩のように電話をかけてきたりするようになって、奥さんが精神的に参ってしまって、結局は身を引いたんだそうです。二人のお子さんは、小さい頃のことをぼんやりと覚えてるそうですし、その話は大きくなってからもさんざん聞かされたって言ってました。亡くなったお母さんだけじゃなくて、親戚からも、ことあるごとに」

大林書記官はうん、うん、と頷いている。

「すごい修羅場だったろうに。黄金井家の子どもたちは、そういうことを知らないわけだな」

「でも、奥さんは自分がやったことなんですから、身に覚えがないはず、ないです」

書記官が「ですよねえ！」と、ぱっとこちらを向いた。髭が濃いせいと顎マスクのせいで、何となくアライグマを連想させる。

「それで、あれですか。さすがというか、すごい人だなあ。僕が今まで見てきた中でも結構、上位にいきますよ」

確かにそうだ。調停の席でも時折ハンカチで目元を押さえたりして、いかにも弱々しげにしているが、あの女性が若い頃にどんな形相を浮かべて故人の前妻に迫っていたかを想像すると、背筋が寒くなる。それに、目つきの悪さは相当なものだ。

「それなら余計に、前妻の子としては、おいそれと相続分の放棄なんか出来ないっていう気持ちになりますわな」

「そりゃ、そうですよ。だって慰謝料も養育費も、何一つ払ってもらったことなんかないそうですから」

今回の調停の「姿なき当事者」とも言える人物、つまり遺産相続問題の火種を残して亡くなった黄金井清治という人物は、まさか自分がそう簡単に死ぬとは思わなかったのだろう。まだ新型コロナウイルスが流行する前に、初期の前立腺癌で入院したのだが、術後に院内感染し、それが原因で死亡した。彼が死の淵にあって病院で走り書きした遺言書には「長男に任せる」という意味のことだけが記されていた。それだけでも、もともと折り合いの悪かった家族の関係はさらに険悪になったらしい。

黄金井清治は、地元で数店舗の薬局を営む傍ら保険代理店もしており、最近は長男に健康食品を扱うネット通販の仕事を任せていた。次男には「趣味を生かしたい」とせがまれて小さなオートバイショップを持たせてやっているし、嫁いだ長女にはマンションの頭金を出してやり、バツイチの次女にはネイルショップの開業資金を与えている。預貯金、投資信託、リゾート開発用の土地、生命保険、金の積み立て、有価証券なども確認されているから、合計すればなかなかの資産家だ。

ところが子どもたちは誰もが父親から資金提供を受けていたことを家族に内緒にしていた。しかも母親は母親で、夫名義の預金口座から相当額を自分の口座に移しており、その上さらに、夫が入院している間にかなり高価な骨董品と絵画数点を処分して宝飾品を購入していたことも分かった。こうなったからには第三者に頼んで相続の手続に入るしかないということになって税理士が動き出し、また司法書士が故人の戸籍を調査したことにより、子どもたちは初めて自分たちの父親が再婚で、しかも前妻との間に二人の子どもがいるということを知ったというわけだ。すると、故人が遺書として書き残した「長男」とは、どちらの長男を指すのかという問題までが起きてきた。未亡人となった黄金井克子は、前妻の子の存在を知らなかったはずはないのだが、彼らにも相続の権利があるとは思っていなかったらしく、「お父さんに裏切られた」と、ひどく取り乱して泣きわめいたらしい。

「前妻のお子さんたちは堅実に生きてきた感じだし、こういうもめ事には関わりたくないような印象だけどなあ」

「それでも、お母さんのしてきた苦労とか、色々と考えるところがあるんじゃないでしょうか」

コーヒーが冷めていく。まだ午前中だというのに陽射しが頼りないせいか、次第に色を変え始めている街路樹の葉も色褪《あ》せて感じられた。

「本当の心の内までは分かりませんけれど」

「嘘をつきますからねえ、みんな」

「ですねえ」

「さて。行きますか、そろそろ」

空になったコーヒーの容器をコンビニ店内のゴミ箱に捨てに行き、ついでに甘いものでも買っていくからと、かのんはそこで大林書記官と別れた。今日は午後から、少しばかり神経を使う調査面接がある。会うのは二度目だが、前回は家裁に来てもらって話したものの、最後まであまり打ち解けてもらえなかった。だから今日は、かのんの方が相手の自宅を訪問することになっている。

回を重ねて、慎重に。

三好主任からは、そう言われている。

嘘をつくには、それなりの理由があるっていうことを忘れなさんなよ。

平瀬総括からも、念を押された。だから決して焦らず、丁寧に向き合うつもりだ。とにかく疲れるに違いないことは確かだから、面接が終わった後の「自分ご褒美」を、今のうちに用意しておきたかった。

2

母親が「そんじゃよろしく」と部屋を出ていった後、かのんとテーブルを挟んで二人きりになると、少女は俯《うつむ》きがちに小首を傾げたまま、ほとんど動かなくなった。小さな顔の半分以上がピンク色のウレタンマスクにすっぽりと覆われているせいもあって、こちらから見えるのは二つに結わえた髪と丸い額にかかる前髪、そして肩から胸元にかけて、大きなフリルのついている紺色のカットソーばかりだ。大人ならとても着られないと思うデザインだが、子ども服だと可愛らしく見える。テーブルに乗り出すようにして、かのんは「琴寧《ことね》ちゃん」と、まず八歳の少女の名を呼んだ。

「その服、すごく似合ってるね」

宮下琴寧は首を左右に動かして自分の服装を確かめるような仕草をする。それから曖昧に首を傾げながら、ようやくおずおずと顔を上げた。切り揃えられた前髪の下の瞳は、かのんを正視することはなく、微妙にそらされて揺れていた。

「この前、会ったときに着てた服も可愛かったよね。そういうのって、琴寧ちゃんが自分で選ぶの？　いつも？」

「——大体」

「選ぶときのポイントって、どんなところかな。色とか、デザインとか」

少女は宙を見上げる。身体が微かに揺れ始めたのは、多分、床に届いていない足をぶらぶらとさせ始めたせいだ。

「一番は——」

「一番は、何だろう」

「値段」

「あ、そうなんだ」

宮下琴寧は、ふいに「これ」と、自分の服の襟元を引っ張った。

自分の方が首を傾げた。

「いくらだと思いますか」

試すような瞳が、初めてかのんを見つめてくる。やはり二度目の面接だけあって、もちろんかのんを覚えているし、以前よりも打ち解けてくれそうだ。かのんは「うーん」と今度は自分の方が首を傾げた。

「じゃあね、九百八十円」

すると、琴寧は小さな肩をすくめて、いかにも芝居がかった様子で両手をマスクの口もとに持っていき、目を細めながら「ブ、ブー」と言った。それから、くるりと横を向いて椅子から滑り降り、テーブルを回り込んできて、かのんから全身が見えるところに立つ。

「そーんな高いの、うちのママは買ってくれません。これはね、スカッツとセットで、七百八十円でーす」

少女は「スカッツ」と称するらしい、レギンスつきのスカート姿で、くるりと一回りして見せる。細かいフレアの寄ったグレーのミニスカートが、ぱっと花開いたように広がった。足が細いせいで、本当ならぴたりとフィットするはずのレギンスが余っているところが、どこか痛々しい。

「上から下まで、全部でその値段？　へえ。どこで買ったの？」

「メルカリ」

「あ、メルカリね。そうか、なるほどね」

「うちのママ、メルカリ得意だから。何でもメルカリで見つけるんだ」

八歳の少女は、その場で何度か身体を左右に揺らすようにしていたが、はっと我に返ったように自分の席に座ると、今度は「ふう」と大袈裟なほどのため息をついた。

「すごく大きなため息だね」

この少女の内側には、実に様々な思いが渦巻いているはずだ。出来ることなら、今日はそれを一つでも解きほぐしたい。

「何か困ったこととか、あった？」

「そんなことないけど――」

「そう？」

琴寧は、また身体を揺すりながらしばらく迷っている様子だったが、しばらくしてから俯いたままで「本当はねえ」と呟いた。

「琴寧はねえ、お洋服屋さんに行って、色んなお洋服見て、選びたいんだよね。触ったり、鏡に映したりして」

「ああ、そっか。スマホだけじゃ分からないこともあるもんね」

「でも、ママはメルカリでいいって。安いし。とにかくママはスマホが大好きだから」

「そうなの？」

「たぶん、世界一、だーい好きなんじゃない？　だって、琴寧が何か言っても、聞こえないときあるもん」

「聞こえないの？　そんなにいつもメルカリしてるのかな」

琴寧は顔を大きく左右に振って、母親がいちばん好きなのはゲームで、その次がＬＩＮＥだと言った。その次がYouTube。とにかく、暇さえあればスマホを覗き込んでいるのだそうだ。

「そうなんだ。琴寧ちゃんが話しかけたときにお返事してくれないこともあるんだ」

琴寧はこっくり頷いて「だからさ」とテーブルに両手をのせて、顎を突き出すような格好になる。そして、必要なものがあっても母親は聞いてくれないという意味のことを呟いた。この子は母親に対しても不満と淋しさを抱えている。それは前回、初めての面接時にも推測出来たことだった。

「必要なものって、どんなもの？」

少女は「うーんとねえ」と、とうとうテーブルに頬をつける格好になった。小さいだけに、顔がテーブルに近いのだ。

「学校でいるものとかぁ。先生が持ってきなさいって言ったものとか」

「ああ、それはちょっと困るねえ」

「あと、本当の本当に必要じゃないかも知れないんだけど——」

そこで少女は急に姿勢を起こすと、「あのね」と真剣な眼差しを向けてきた。

「琴寧ね、お洋服が大好きなのね」

「そうなんだね。お洒落さんだもんね」

「うん——そんでね、琴寧ね、去年のクリスマスに買ってもらって、すごく好きだった服があんの。だからね、今度の冬になったらまた着ようって、ずっと楽しみにしてたんだ。すっごく。だけど、こっちに引っ越して来るとき、ママは『分かった分かった』って言ってたくせに、後から聞いたら『そんなの置いてきちゃったよ』とか言うんだもん」

つまり、母親には何を言っても真剣に取り合ってもらえないことに、この子は不満を抱いているということだ。ことに、それまでと生活環境が大きく変わった今、母が自分の方を向いてくれないことは、幼い少女に相当なストレスになっているのに違いない。

「その大好きだった服って、どんな服だったの？」

琴寧は「白くてねえ、フワフワしててねえ」と頭を大きく左右に振りながら、ようやく少し楽しげな様子になった。どうやらパールビーズを全体にちりばめた白いモヘアのニットのようだ。それを着ると、まるで雪のうさぎさんか、お姫さまになったような気分になるのだと少女はうっとりした目つきになる。

「それも、メルカリ？」

「違うよ。それはね、ちゃんとお店に行って買ったの」

「ママと？」

「ううん、パパと」

少女の口から「パパ」という言葉が出た。かのんは「そっか」と頷いて「パパが買ってくれたんだね」と確かめるように繰り返しながら開いたノートにペンを走らせた。小さな顔が、こっくりと頷いている。

「パパ、琴寧ちゃんに優しい？」

こっくり。

「いつも？」

ぴたりと身体の動きが止まった。かのんもペンを止めて注意深く少女を見つめた。

「優しくないときも、あるのかな」

ことの発端は、目の前にいる少女が自分の母親に対して、父親からの性的虐待を訴えたことだった。ところが、そのことがきっかけで両親が別居し、母親が申立てた離婚調停が始まった後になって、「覚えていない」「分からない」と言うようになった。一度目の調停の後、初めてかのんが面接したときのことだ。琴寧はまた「あのぉ」と首を傾げる。

「聞いても、いいですか」

「なあに」

「ママは、もう、パパのところには帰らないの？　パパは、パパじゃなくなる？」

かのんは、自分もテーブルの上で手を組みあわせて、小さな丸い瞳を覗き込むようにした。

「それを、今、パパとママは話し合ってるんだよね」

宮下琴寧の両親の、第一回目の離婚調停が行われたのは三週間ほど前のことだ。

二十七歳になる琴寧の母・宮下茉子《まこ》は十八歳で妊娠し、結婚。十九歳で琴寧を産んでいる。夫は同じ高校の先輩だったという。だが、その結婚は長く続かず、二十一歳のときに離婚。そして二十四歳のときに一歳年下の宮下竜平《りゅうへい》と再婚した。

今回、茉子は宮下竜平との離婚調停申立ての理由として、中立書の「性格があわない」という箇所に○を、「暴力をふるう」という項目には◎をつけている他、「その他」として、「長女への夫の性的ぎゃくたい」と書きこんでいた。判事から資料を渡されたときには、これは慎重に扱わなければならないと、調査官室全体が一瞬のうちに緊張感に包まれた。事件を担当することになったかのんが誰よりも緊張したことは言うまでもない。滅多にないことだが、胃がキリキリと痛んできて、家に帰った後は「プレッシャーだよぉ」と呻《うめ》きながら、通勤着のままベッドに倒れ込んだくらいだ。そして、先に帰宅して夕食の支度をしてくれていた栗林《くりりん》に、「よしよし」と頭をぽんぽんしてもらった。あの時は結婚してよかったと、密かに思った。

調停が始まる前、まずは母親の茉子に調査面接を行ったとき、かのんは娘の琴寧が性的虐待を受けていると知ったのは、いつ、どういうきっかけからかと質問をした。すると茉子は「これ、まじ、本当のことなんですけど」と前置きをした上で話し始めた。

「二学期が始まってすぐくらいだったかな、娘が急に『パパとお風呂に入りたくない』って言い出したんですよね。それまで、私が入れるよりダンナとお風呂に入る方がいいって、ずっと言ってた子だから『なんで？』って訊くじゃないですか、普通に。そしたら、最初は何かグズグズしてたんだけど、とうとう口を割ったわけですよ。『パパが変なことするから』って。もう、『はあ？』って感じで、頭でもぶん殴られたような気持ちになりましたよね」

腰の辺りまである茶色い髪をゆるく波打たせて、光沢のある人工皮革のブルゾンにジーンズ姿で家裁に現れた茉子は、黒いマスクから見えている細い眉をぎゅっとひそめた。全体の雰囲気とその口調から感じられる印象は、まるでギャルのままだ。

「ちょっと、マジかよ、やめてよもう、って感じだったんですけど、そんでも、とにかく自分の娘のことなわけだから、ここは私としても落ち着いて、ちゃんと確かめないとと思って、少しずつ聞いてったんです。私なりにですけど、言葉もすんげぇ選んで」

「そうしたら、娘さんはどんな風に話したんですか？」

かのんが水を向けると、宮下茉子は「そうしたら」と、かなり太めにアイラインを入れた目をひと際大きく見開いた。

「二人で湯船に浸かるときに、ダンナが後ろから抱っこする格好になって、あちこち触ってくるらしいんです。で、最近は胸の辺りを触りながら『もうすぐ、ここが膨らんでくるよ』って言ったり、すねとか膝とか撫でてるんだけど、そのうち腿を触り始めて、だんだん、あそこにも指を伸ばしてくるんだって。で、『もう少し大きくなったら、ここ、パパのものにしていい？』とか何とか言っちゃって、こないだなんてダンナのあそこも触らせようとしたりしたっていうんで、ああ、もうこれマジで無理ってなったみたいです」

実は、小学校に入る前から義父によるそういう行動は少しずつ始まっていたとも、少女は言ったのだそうだ。つまり、茉子が再婚して間もない頃からということだ。しかも風呂から上がる前には、必ず「ゆびきりげんまん」をさせられた。お風呂の中でのことは「パパと琴寧の二人だけの秘密だからね」と。

話を聞いて愕然となった茉子は、その日のうちに荷物をまとめて娘と共に実家に戻った。今、かのんが訪ねているのが、その実家だ。軽量鉄骨三階建ての建物で、まだ五十歳そこそこの茉子の両親は一階でクリーニング店を営んでおり、二階が両親と茉子の弟妹が住んでいる住居、三階はワンルームの賃貸として人に貸している。四つあるうちの一部屋がちょうど空いていたことから、母子はそこに転がり込む格好になった。こうして、かのんが琴寧と面接している間、茉子は一階のクリーニング店か、併設しているコインランドリーにいるはずだ。基本的に、子どもとの面接に親は付き添えないことになっている。

最初の離婚調停で、茉子と入れ替わりに調停室に呼ばれた宮下竜平は、妻の申立てを真っ向から否定した。

「んっなこと、あるわけないじゃないっすかっ」

宮下竜平は二十六歳。「ありえねえ」と怒りをあらわにした男は、高津区の溝《みぞ》の口《くち》駅近くにある居酒屋に勤めている。顔が小さめで首が長く、短い髪は全体にツンツンに立たせていて、まだ少年ぽい面影さえ残る男だ。

「向こうがその気なら離婚してやったって全然、構わないですよ、俺は。だけど、そんなら慰謝料を請求したいのは、自分の方ですけどねえ」

彼は、開き直ったような表情でそう言い切った。一見したところは「若気の至りで結婚してしまった」だけのようにも見えなくもない。だが彼が幼い子に性的虐待を加えていたのかと考えると、かのんはついその手元ばかり見つめてしまっていた。

「ご主人の方が慰謝料を請求したいとは、どういうことですか？」

ベテラン調停委員の質問に対して、彼は妻の茉子は専業主婦であるにもかかわらず、結婚当初から家事をおろそかにし、金遣いが荒く、竜平が夜の仕事であるのをいいことに、年がら年中、友人らと遊びに出かけている上に、竜平に対する「リスペクトがない」と並べ立てた。

「俺の方が年下だと思って、なめてるってとこ、あるんですよね」

さらに妻は短気で口が悪く、竜平の言うことをまったく聞かない。そのため、些細なことから言い合いになることも多く、感情が高ぶればものを投げつけてきたり、こちらを蹴るようなことも珍しくないとも語った。

「そんなとき、ご主人はどうなさる？」

「いくら『やめろ』って言っても収まんないときは、こっちもバシッといくときは、ありますよ、確かに。だけど、しょうがないっすよ、口だけじゃかなわないし、俺だって自分の身を守んないと」

しかも、最近はその度合いがだんだんひどくなってきていたのだと言ってから、宮下竜平は「そこへきて、コロナですよ」と、眉間にぎゅっと皺を寄せた。

「やってらんないっすよ、もう」

コロナ禍に入って、居酒屋は時短営業に追い込まれ、売り上げも激減しているために、竜平も必然的に家にいる時間が増え、また、給料も減らされた。それなのに妻はまったく頓着することもなく、さすがに友人と遊び歩くことこそ減ったものの、その分ＳＮＳばかりするようになったという。オンライン呑み会と称して夜更けまでスマホに向かって缶酎ハイを片手に喋り続けていることもあれば、ゲームに夢中になって呆れるような額を課金したりもしている。料理はほとんどせず、最近では竜平が作らなければピザの宅配やウーバーイーツで注文することが増えていたという。

「それ、払ってるのは全部、俺ですからね」

顔を合わせている時間が増えた上に、金銭的な問題が出てくると、夫婦の間は以前にも増してギクシャクしてきた。そして、そんな妻に対して我慢も限界だと考え始めていた矢先に、妻が勝手に実家に戻ったのだと、宮下竜平は「自分こそが被害者だ」とまくし立てた。

「子どもへの性的虐待が本当にないというのなら、まあ、よくある話ということで、あとは粛々と進めていくだけなんですがね」

調停の後、担当判事と事件を担当する男女二人の調停委員は、揃ってため息をついた。つまり事件の要となるのが、八歳の少女の話が本当かどうかということになる。そんな状況で、かのんは少女に調査面接を行うことになった。子どもへの調査面接は、アプローチの方法にも工夫が必要だし、心を開いてもらうまでに時間のかかる場合が少なくない。本人の発達状態も見極めるために、まずは家裁に来てもらって話を聞くことにした。家裁なら、必要に応じて発達検査なども行えるからだ。

「こんにちは、私は庵原かのん、といいます。あなたのお名前も教えてくれるかな？」

母親と手をつないで家裁に現れた少女は、子どもらしからぬモノトーンのチェックの服を着て、マスクをした顔をほとんど下に向けたまま、満足に顔を見せることもなかったが、それでも母親の茉子から「ほら」と促されると、小さな声で自分の名を名乗った。

「宮下琴寧ちゃんね。琴寧ちゃん、はじめまして」

「――はじめまして」

「琴寧ちゃんは、何年生ですか」

「二年生」

意思の疎通は問題ないようだ。

家庭裁判所には、子どもと面接する際に、子どもの緊張をほぐすために壁紙を工夫したり、椅子やテーブルも明るい色を使っている面接室がある。そして、もっと幼い子のためには、床の一部に暖かい色合いのカーペットを敷いて靴を脱いで遊べるようにしてあり、ぬいぐるみやおもちゃを揃えてある「児童室」も用意している。たとえば離婚した親が面会交流を巡って争っている場合などは、面会交流を申立てている親と幼い子どもを、ひとまず家裁内で会わせて、一緒に遊ばせてみるというようなときにも使用する。八歳の琴寧は、その児童室に案内することにした。

「――わあ」

部屋に足を踏み入れた途端、琴寧は初めて顔を上げ、おもちゃが並ぶ明るい室内を眺め回して、ため息のような声を洩らした。最初の十分ほどは母親の茉子も一緒に、少女にぬいぐるみを抱かせてみたり、目についたおもちゃを手に取らせたりして、少女の気持ちが落ち着くのを待つ。それから母親には外で待っていてもらうことにして、二人での面接の始まりだ。

かのんは、まずは琴寧と一緒に遊びながら、彼女の様子を観察し始めた。二年生の少女は当初、かのんが名前を呼んでもはにかんだ様子で俯いてしまうほどだったが、それでも「これは好き？」「それ可愛いね」などと話しかけているうちに、だんだんと受け答えをするようになった。好きな色は黄色とピンクと水色。好きな食べ物はお寿司とピザ。好きな映画は『カールじいさんの空飛ぶ家』。これはＤＶＤも持っているらしい。

快活と言えるタイプではなかったが、かのんが質問することにはきちんと答えたし、こちらの言うことも理解している。ことに学校の話はよくしてくれた。転校した先の、担任の先生が優しいこと。新しいお友だちもすぐに出来たこと。その子の名前。好きな授業は図工。

「あ、図工が好きなんだね」

チャンスだった。かのんは即座に「ねえ、琴寧ちゃん」とカーペットに膝をついていた姿勢を改めた。

「じゃあ、お絵かきも好き？」

パズルに取り組んでいた琴寧は、こちらを向かないままで「うん」と頷く。

「それなら、ちょっとこっちに座って、お絵かきしない？」

テーブルの上にＡ４の紙と２Ｂの鉛筆、消しゴムを用意して、少女を手招きする。琴寧は素直に立ち上がって、かのんの正面に腰掛けた。

「この紙にね、木を一本、描いてみて欲しいんだけどな」

「――木？　どんな？」

「どんなのでもいいよ。琴寧ちゃんが思った通りの木でいいんだ。あ、何か、実のなってる木がいいかな」

「どんな実でもいいからね。琴寧ちゃんが思った通りので」

琴寧はようやくリラックスしつつあった表情をまた少し緊張させて、迷うような顔をしていたが、それでもおずおずと鉛筆を手に取ると、白い紙に向かって「うーん」と考え始めた。

「あんまり考えなくていいんだよ。ぱっと思ったの、描いてみて」

これはバウムテストという、投影法心理テストの一つだ。思いついた樹木の画を描いてもらうというもので三歳くらいの子どもから適用できるから、ことに子どもや少年に対して、調査官はこのテストを用いることがままある。自分の思いを言葉にしづらい年齢でも、木の形や鉛筆の動かし方、また用紙のどこに木を描くかなどの観点から、相手の心の様子を見ることが出来る。

琴寧は自分で横向きに置き直した白い紙に向かって、おそるおそるといった手つきで鉛筆を動かし始め、ものの数分で一本の木を描き上げた。それは用紙の片隅に、いかにも頼りない線で弱々しく描かれた、ちっぽけで幹も枝も一本線だけで出来ている木だった。枝には小さな葉っぱが数枚、パラパラとついている。そして、そこだけ雑に塗りつぶされたような地面の上にも葉が落ちていた。果実もまた、同じ地面に転がっている。何とも言えない気持ちでその絵を眺め、「ありがとう」と笑いかけて、かのんは「じゃあねえ、琴寧ちゃん」と、また少女の顔を覗き込んだ。

「今度はパパのこと教えてくれる？」

「パパのこと？」

「たとえばねえ、パパとはどんなことして遊んだかな」

「――ゲームとか」

「ゲームね。そっか。琴寧ちゃんは、お風呂はママと入るの？　パパと？」

「――だいたい、パパ」

「そう。パパとは、お風呂でどんなお話をしてた？」

その質問に対して、琴寧は「覚えていない」「分からない」と答えたのだった。

3

少女の描いた絵は、その週に開かれた「事例検討会議」でも議題にした。週に一度の割合で行われる事例検討会議では、調査官たちが現在進行形で担当している事件を持ち寄って、アプローチ方法に問題はないか、これからどういう調査をしていけばいいかなどといった意見を互いに出し合うものだ。それまで自分が扱ったことのないケースを知ることにもなるし、後輩は先輩たちの意見を聞くことの出来るいい機会になる。そして何より、一人の調査官による独断や偏りを防ぐことが出来る。

「怯《おび》えてますね、相当」

「孤独感がすごい感じです」

かのんと同じ組の赤塚調査官や岩本調査官が、少女の描いた絵を見て、それぞれに眉をひそめ、ため息をついた。まだ若い醍醐くんも「根っこも描かれてないんですね」と逆三角形の顔を大きく傾け、切なそうにため息をついた。

「本人自身からもそうですが、やっぱり緊張感と不安感、あと、自信のなさを、すごく感じるんですよね」

家裁調査官は、まず家裁調査官補として国家試験に合格した後、二年間の研修期間中に法律や社会学と並んで心理学なども身につける。その後、正式に調査官となって現場に配属されてからも、定期的に研修を受けることで、経験と共に知見を深めていく。裁判所という「法律」を扱う場所にいて、調査官だけは人間そのものと向き合う臨床家という立ち位置にある。裁判所には、ありとあらゆる境遇の、実に様々な人生を背負った老若男女がやってくるわけだから、それらの人々にきちんと対応出来るだけのスキルが必要だ。

「それに、木の実が落っこちちゃってるんです。これ、八歳にしてすごい挫折感じゃないですか」

かのんの言葉を引き受けるように、三好主任も腕組みをしてため息をついた。

「こんな端っこに、ちょこっと小さく描かれてるっていう点では、母親への不満というか、かなり屈折した思いがあるとも解釈出来るわね」

要するに義父から性的虐待を受けていたかも知れない少女は、母親に対してもわだかまりを抱いており、祖父母や叔父叔母が傍にいる新しい環境で暮らすようになってからも、孤独は一向に癒やされず、不安も消えていないままらしいということが、この一本の木の絵から読み取れた。

「子どもに本当のことを話してもらうことも大切だけど、母親に対してもある程度のアプローチが必要ね」

三好主任に言われて、かのんも大きく頷いた。ギャルママだからとか、そういうことでなく、宮下茉子には確かに心配な部分がある。

だから今、二度目の面接になって琴寧が母親への不満を漏らしたことは、かのんにとっては一つの大切な手がかりになった。さらに言えば、少女がわずかずつでもかのんに心を開いている証拠のようにも思える。

「ねえ、琴寧ちゃんは、パパのところに戻りたい？」

話題を戻すと、少女は一瞬、何か考えるように目をぱちぱちとさせた後、ゆっくりと首を横に振った。

「でも、パパは優しいんでしょう？　さっき、うん、てしたよね？」

「――そうだけど」

「そうだけど、何かな？」

琴寧はまたしばらく口を噤《つぐ》み、懸命に言葉を探している様子だったが、やがて「ママは帰りたくないはずだから」と言った。

「そうなの？　それは、どうしてだと思う？」

「ママは、パパといると、いっつも喧嘩になるし――」

「パパとママは、よく喧嘩するの？」

こっくり。

「琴寧ちゃん、それ見て、どんな気持ちがしたのかな」

「――いやだった」

「じゃあ、もしも、パパとママが喧嘩しなかったら、帰りたい？」

琴寧はまた考える。そして、小さな声で「帰りたくない」と言った。

「それは、どうしてだろう」

「ママが可哀想だし――パパは――」

「パパは？」

「パパは――」

「何だろう？」

「パパは――いつもは優しいけど――ときどき、へん――」

言った。

気持ちがはやるのを抑えながら、かのんはメモをとる手を休めて「へん？」と幼い子を見つめた。すると琴寧はぶらぶらさせていた足をぴたりと止めて、慌てたように首を左右に振った。

「やっぱり、なんでもない」

「――え？」

「なんでもない。だって、パパは、本当は琴寧のパパじゃないのに、琴寧とママのために一生懸命、働いてくれてるし――」

その続きをしばらく待ったが、琴寧はそれきり何も言わなくなった。そして、再びテーブルに頬を押しつけて、ぐったりしてしまう。

この子の心は母親と義父との間で大きく揺れ動いている。

かのんは、ひそかにため息をつき、俯いたままの少女をしばらくの間、黙って見つめていた。そして、今日はこれ以上、無理に話を聞き出そうとしない方がいいだろうと結論を下した。

すぐにママが戻ってくるから、それまで待っていてねと言い置いて、玄関先で「バイバイ」と手を振ると、琴寧は小さく手を振り返してきた。あんなに頼りなく見える小さな子を、まずは安心させるのが先決だと頭を整理しながら階段で一階まで下りる。クリーニング店の方を覗くと、宮下茉子の母親が「ごくろうさんねえ」と、愛想はいいが何となく違和感のある声をかけてきた。

「あの子、少しは何か喋りました？」

ピンク色のポロシャツ姿で、いかにも町の女将《おかみ》さんと言った感じの女性は、「何しろ無愛想な子なもんで」と笑う。

「私たちも忙しいもんだから、そうそう構ってやれないんですけどね、まあ、とにかく色々うまくいくように、よろしく頼みますよ」

この人は、自分の孫がどういう目に遭い、どういう思いを抱え込んでいるのか知っているのだろうかと訝しく思いながら「茉子さんは」と尋ねると、彼女は「隣でしょ」と顎をしゃくるようにして、また手を動かし始める。かのんはすぐに「お邪魔しました」と店を出た。

こういうのをドライっていうんだろうか。

単に無関心なだけなんじゃないのか。

自問自答しながら隣のコインランドリーを覗く。すると、確かに宮下茉子の姿があった。左右の壁に大小の洗濯乾燥機がいくつも並んでいて、中央には洗濯物を整理するためのテーブルが置かれ、あとは丸椅子が散らばっている空間だ。

「なんでもないって言ったんですか？　それ、一体どういうことなんですかね。あの子があんなこと言うから、こういうことになったんじゃないですか」

丸椅子に座り、足を組んでスマホをいじっていた宮下茉子は、かのんが、今回も具体的なことは聞き出せなかったと伝えると、「マジで？」と眉根を寄せて、開口一番そう言った。長い髪は一つに結わえ、下に着ているタンクトップどころか丸い肩まで見えるルーズな紫のニットに、色褪せたダメージジーンズ姿の彼女に、コインランドリーはおよそ似合わない。だが、店を手伝うことを条件に家賃も生活費も面倒を見てもらっているのだから仕方がないのだと、以前、彼女は言っていた。

「一つ、質問してもいいですか？」

コインランドリーでの調査面接というのも滅多にないことだ。周囲では、幾つかの洗濯乾燥機が、ごうん、ごうん、と音を立ててドラムを回転させている。

「宮下さんは、琴寧ちゃんのことさえなかったら、離婚するつもりはなかったんでしょうか」

すると、今日はグレーのウレタンマスクをしている茉子は、「うーん」と一瞬だけ天井を見上げてから、すぐに「まあ、そうでしょうね」と頷いた。

「それ以外に、こっちから別れる理由っていうのは、べつにないっちゃ、ないですよね」

「でも、先日の調停で、ご主人は奥さんがそのつもりなら離婚してやるし、それなら自分の方が慰謝料を請求したいくらいだ、というような勢いでした。つまり、何らかの火種はあったんじゃないんですか？」

茉子は左手を自分の右肩に持っていき、凝りを解《ほぐ》すような仕草をしながら「それは、まあ」と身体を傾ける。右手には相変わらずスマホが握られたままだ。

「あんでしょ。向こうにも言い分が。確かに私は、家のこととかすんのって、まるっきり苦手だし、第一、はなから好きじゃねえし。高校時代のダチと年がら年中会ったりしてるのも、まあ、本当の話だし」

　高校時代の交友関係が今もしっかりとネットワークになっており、互いに強い絆で結ばれているのだと、彼女は誇らしげに目を細める。

「別れたダンナとかも、まあ、何だかんだで今でもつながってたり、しますしね」

　だが夫の竜平はアルバイト先で知り合ったから、そのネットワークとはつながりがなく、入り込むことも出来ずにいる。そのことを、夫はいつも気にしている様子だったとも、彼女は語った。

「多分、前のダンナとどっかでつながるのが嫌だとか、そういうのもあんじゃねえかな。肝っ玉が小っせえヤツなんですよ。ガキっていうか」

だけどね、と茉子は初めて少し憂鬱そうな様子になって、前髪を掻き上げるようにしながら俯いた。

「マジで、私としては、琴寧のことさえなかったら、まあ、このままやってくんじゃないかっていう気では、あったんです」

　何しろ二度目だし、と彼女は仕方なさそうに呟いた。

「さすがに、親からも『好《い》い加減にしろ』みたいなこと、言われてますしね。私だってべつに、好きでバツ2になりたいってわけでもなかったから」

「最初、調停の中立書には暴力を受けているみたいにお書きになりましたよね？」

「それは嘘じゃないですよ、まじ。だけど、まあ、ぶっちゃけ言っちゃえば、弱り目に祟り目？　あ、違うか、似たり寄ったり？　とにかく、お互い様っていうか、そういう部分も、なくはないし」

こういうとき、やはり相手の表情全体が見られないのは、もどかしい。かのんは自分よりも十歳近く若い母親の目を見つめた。

「では、琴寧ちゃんの話が作り話だと思いますか？」

宮下茉子は「それは」と一瞬口ごもり、大きなため息をついた。

「やっぱ——ちょっと、作り話で出来ることじゃないよなーって」

「そうですよね」

小学校で女性の生理や男性の精通について教えるのは四年生になってからのはずだ。兄姉がいたり早熟なタイプの子どもなら、それ以前から少しずつ性的なことに興味を抱き始めるだろうが、それにしても八歳というのはまだ早い。ことに女子の場合は女性器についてなど、ほとんど知らないのが普通だ。それでも股間に手を伸ばされたり、触られたりすれば、ほとんど本能的に恐怖感を抱き、身の危険を感じるはずだった。

「じゃあ、どうして『覚えてない』なんて言ってしまったんでしょう。それについては、どう思います？」

宮下茉子は、瞼の上あたりを掻きながら、「うーん」と首を傾げている。その爪には美しいジェルネイルが施されているし、右手は相変わらずスマホを握ったままだ。本当に片時も離したくないらしい。

「あんま、人には知られたくない、とか」

「そうですよね、恥ずかしいと思うでしょうし。その他は、どうでしょう？」

すると茉子は、今度は首筋のあたりをさするようにして「その他っていったって」と眉根を寄せている。おそらくマスクの下では、さぞ唇を尖らせていることだろう。いかにも面倒臭そうにも見える。彼女なりには自分の娘を心配しているのだろうが、愛情も関心も足りてはいない。そう思わざるを得なかった。

「琴寧ちゃん、さっき言っていました。去年のクリスマスに、パパから買ってもらった白いニットが大好きだって。今年もまた着たいと思って楽しみにしてたって」

宮下茉子は「あー」と声を出して脱力するように姿勢を崩し、白い喉首を見せて上を向いた。とにかく、じっとしていない人だ。

「根に持ってんですよ、あの子。私が荷物に入れてこなかったからって」

「とても残念そうにしていましたよ」

「じゃ、今度、竜平に言いますよ。ああ、今すぐＬＩＮＥ飛ばします。ね」

言うが早いか、もうスマホをいじり始める。「琴寧の、白い、セーター、すぐ送れ」と、声に出しながら、指の動きの速さといったらない。さすがは「世界一好き」と娘から思われているだけのことはある。

「そんな程度のことで、根に持つかねえ」

冷淡というよりも、無関心。これがエスカレートすればネグレクトになりかねないような危険をはらんでいる気がする。ただ単に若いからということではない。こういう母親だからこそ、琴寧は余計に義父に甘え、頼りたい気持ちを心のどこかで抱き続けているのかも知れない。それを、母親にはきちんと理解してもらう必要がある。かのんは「宮下さん」と、また少女の母親を見つめた。

「問題は、琴寧ちゃんにとってのご主人は、普段は優しい、いいパパだっていうことなんです。それなのに、お風呂に入ると変なことをしてくる。だから、琴寧ちゃんは混乱するし、どんなに嫌でも、我慢した方がいいのかなと考えてしまっているのかも知れません。そうすれば、パパとママは元通りになるんじゃないかって」

チッと舌打ちする音が聞こえた。宮下茉子の目が、うんざりしたように斜め向こうを見ている。

「そういうとこ、あの子の実の父親と似てるのかも知んないんですよねえ。いざとなると優柔不断っていうか、ウジウジしてるっていうか」

つい、苛々してきそうだ。どうしてこうも話が嚙み合わないのか。

「たとえば、自分のせいで両親が離婚することになったら、叱られるんじゃないか、とか、そんなふうに考えてるとは思いませんか？」

努めて、努めて冷静に、落ち着いた口調で言ってみた。するとようやく、宮下茉子はいかにも意外な話を聞いたというように眉を大きく動かして「私が、ですか？」と顎を引く。

「嘘ついてたっていうんなら、そりゃあ叱りますよね。だけど、本当にそんな目に遭った子を叱ったりするわけ、ないじゃないですか」

「だったら、そのことを、お母さんの口から、ちゃんと言ってあげてもらえませんか」

かのんは、自分が腰掛けていた丸椅子を、わずかに茉子の方に引き寄せた。コンクリート打ちっぱなしのコインランドリーの床に、カラカラ、という乾いた音が響く。

「何年もそんな目に遭っていたんですよ。それも、実の父親のように思っていた男性から。傷ついていて当たり前だし、怯えていると思いませんか？」

「そりゃあ――でも、最後までいっちゃったっていうんでもないわけだから」

背中から力が抜けそうだ。かのんは、「まだ八歳の子なんですよ」と、できる限り瞳に力をこめて宮下茉子を見つめた。

「大人の男の人から、そんな風にされたら、どんなに怖いと思います？　それも、一つ屋根の下に住んでいる相手から。口止めまでされて。何年にもわたって」

丸椅子に足を開いて座り、その脚の隙間から丸椅子の縁に手を置く格好で、少女の母親は天井を見上げて、「まあ、そうかな」と呟く。

「かなり、ヤバいっすよね」

「ですから、まずはあの子を安心させてあげて欲しいんです。お母さんに」

「私に？」

「お母さんは何があっても琴寧ちゃんの味方で、いつでも見守っているって」

「それ、言うんですか？　口に出して？　なーんか、小っ恥ずかしいっていうか、ちょっとダサくないです？」

頭の片隅には、午前中にコンビニで買った安納芋モンブランタルトがちらついている。家裁に戻ったら絶対に食べてやる、と自分に言い聞かせながら、かのんは宮下茉子をじっと見つめた。

「お願いします。本当に、簡単な言葉でいいんです。『大丈夫だよ』とか『心配いらないよ』とか。そして、出来れば手を握るとか、抱き寄せるとか」

そこまで言っても、まだ何となく反応の鈍い宮下茉子に、かのんは、さらに丸椅子を引き寄せて「いいですか」と、大切な内緒話でもするように、声の調子を落とした。つられて相手もわずかに顔を寄せてくる。

「今、琴寧ちゃんの人生がかかってるかも知れないんです。私は仕事柄、そういう子をたくさん見てきました。小さい頃に大人の男性から心と身体に受けた痛手がもとになって、これから先、男の人が怖くなるとか、思春期になっても恋愛できなくなるとか、または逆に、自分の身体を大切に出来なくなって、最後には売春行為に走るとか。もしも琴寧ちゃんがそういうことになったりしたら――」

取り返しがつかないでしょう、と言うよりも前に、宮下茉子がいきなり「ああっ」と声を上げた。ぴんと背筋を伸ばして、マスクの口もとに手を持っていっている。

「そういえば、いたわ、いたいた、そういう子！」

彼女は、まるで初めて目が覚めたかのように目を大きく見開いて、他に誰もいないのに、辺りをきょろきょろと見回してから、自分の中学時代の同級生に、そういう少女がいたのだと言った。

「もうね、すげえヤバい子だったんですよ。見た目も何もかも。そのうち川崎の南の方のかなりヤバい連中と遊び回ったり、あと援交とかもやってるって噂も聞くようになって。で、小学校の頃までは全然普通で地味な子だったのに、『なんで？』って話になったら、五年生か六年生のときに、ママの愛人にヤラれちゃったんだって」

話した後になって、宮下茉子はようやくことの重大さに気づいたように「ヤッベエ」と、ため息混じりに囁きながら、スマホを太ももにこすりつけ始めた。

「琴寧がそんなことになったら、ちょっと、まじ、ヤバいんですけど。それはさすがに、困りますよ。絶対、嫌です」

彼女はすがるような目つきになって「どうしよう」とこちらを見る。かのんは、ようやく話が嚙み合ったという思いで、それまで胸の辺りまでせり上がってきそうになっていた焦燥感を、そっと胃の底まで押し沈めて「大丈夫ですよ」と頷いた。

「でも、そうならないためには、本当に今がすごく大切なときなんです。琴寧ちゃんにしてみれば、最初にお母さんに打ち明けただけでも、ものすごい勇気だったと思いますし、その時点でお母さんがすぐに引っ越してくださったことで、ずい分と救われたはずです」

「でも、『知らない』とか言い出してるわけだし——」

「子どもの心は揺れるものです。もともと嫌いだったパパじゃないし、自分が原因で両親が離婚したらと思ったら、それも心配なんでしょう」

宮下茉子は、マスクの下でチッ、チッ、チッと何度も舌打ちを繰り返し、落ち着きなく辺りを見回している。

「そんで、どうすればいいんですか?」

「ですから、さっきも言ったように、琴寧ちゃんを安心させてあげて欲しいんです。何度も言いますけど、今、琴寧ちゃんを守ってあげられるのは、お母さんだけですよ」

そのとき、室内にピピピ、ピピピ、という音が響いた。どうやら一つの機械が洗濯か乾燥を終えたらしい。おそらくもうすぐ洗濯物を持ち込んできた客がやってくることだろう。かのんは、出来ればまた二週間後くらいに琴寧と面接を行いたいということと、それまでに、あの子の気持ちを受け止めて、出来るだけ安心させてやって欲しいということをくどいほど繰り返した。

「お願いします。黙って抱きしめるのでも、添い寝でも、何でもいいです。そして毎日、琴寧ちゃんは何も悪いことをしていないし、ご両親が今こうなっていることは、琴寧ちゃんの責任でも何でもないんだっていうことを、しっかり感じさせてあげてください。お母さんが自分を守ってくれるんだと思うことが出来れば、琴寧ちゃんは、ものすごく救われて、楽になると思いますから」

ようやく神妙な様子になり、背筋を伸ばしてかのんの話を聞いていた宮下茉子は、大きく息を吐き出してから、意を決したように「分かりました」と頷いた。

「この先、自分の娘がウリなんかするようになったら、たまりませんもんね」

4

宮下茉子から家裁に電話があったのは翌日の午後のことだ。

「ダンナが、琴寧を連れてっちゃったんですっ」

裁判官から内線の電話を受けて、かのんから茉子に電話をかけると、「もしもし」と言い終わるか終わらないかのうちに、甲高い声が鼓膜にびんびんと響いた。その瞬間、かのんも思わず「ええっ」と大きな声を上げてしまい、それから「いけない」と自分に言い聞かせた。落ち着け、庵原調査官。

「それは、いつのことですか？」

「ついさっき。学校の帰りに待ち伏せしてたみたいで、一緒に帰ろうとしてた友だちが知らせてくれたんです。『セーターを取りにおいで』って言われて、チャリの後ろに乗っかったって」

「宮下さんには、連絡はしてみました？」

「電話もＬＩＮＥもクソほど繰り返してるんですけど、電話はシカトだし、ＬＩＮＥは既読スルーなんですよぅ」

「直接、行ってみたらどうですか？」

電話の向こうで「えっ」と息を呑むような声がした。

「私が、ですか」

「琴寧ちゃんにもしものことがあったら大変です」

「え、でも――何か修羅場みたいなことになったら――」

「時間がないんですよ」

「でもぅ、ああ見えて、ダンナはキレると怖いんですよぉ」

受話器を肩で挟みながら、慌ただしく自分の予定表をめくり、かのんは腕時計を覗き込んだ。出来ることなら、自分が駆けつけたい。

「どなたか一緒に行ってくださる方は？」

「弟と妹はバイトと学校だし、親は店が忙しくて――」

ダチもこの時間はみんな働いてるし、とグズグズと続く言い訳を聞いていたとき、左隣からコンコンとアクリル板をノックする音がした。振り返ると醍醐くんが〈行ってください。僕が代役します〉という走り書きのメモをアクリル板に押しつけている。今日これから残っている仕事は、他の離婚調停の中立人への初回の調査面接だ。かのんは、醍醐くんを拝む真似をし、それから三好主任の方を見た。三好主任も大きく頷いている。かのんは改めて「宮下さん」と呼びかけていた。

「私も行きますから。すぐに出ます。ご主人の自宅の前で待ち合わせをしましょう。それなら大丈夫ですよね？」

受話器の向こうから、宮下茉子の「うーん、まあ」という心許なげな声がする。まったく、口調は乱暴だし、見た目はあんな風だし、威勢だけはいいくせに、いざとなると、このヘナチョコぶりは何なのだ。いいですね、しっかりしてと繰り返し、ようやく「分かりました」という返事を聞いて電話を切ってから、かのんは宮下竜平の住所を確かめた。

「高津区下作延《しもさくのべ》、八丁目――」

スマホの地図アプリに目的地を入力しているとき、調査官室に「庵原調査官！」という張りのある声が響いた。平瀬総括が自分の席でいつもの伸縮性孫の手を持ち、アクリル板の向こうでその孫の手を「おいでおいで」でもするように振っている。

「タクシーで行っといで。今は子どものことを一番に考えないと。頼みますよ！」

「ありがとうございます！」

かのんは「じゃあ」と周囲の皆に頭を下げて手早く支度を済ませ、調査官室を飛び出した。そういえば以前、北九州の家裁にいたときにも、寒い日にこうして家裁を飛び出してタクシーに飛び乗ったことがあったのを、ふと思い出す。あの時は少年の就職がかかっていた。今度は少女の人生がかかっているかも知れない。

「すみません、住所を言いますから、ナビに入れて下さいっ」

家裁を出たところで流しのタクシーに飛び乗り、かのんはすぐに運転手に宮下竜平が住んでいるアパートの住所を伝えて、あとはめまぐるしくこれから先のことを考え始めた。昨日の今日ということもある。心細そうな琴寧の顔が頭の中をちらついて仕方がなかった。今まさに何かされようとしているのではないかと思うと、胸が締めつけられるようだ。

変なことしないでよ。頼むから。

別居中の夫婦のいずれかが子どもを連れ去るということは、そう珍しいことではない。その場合は家庭裁判所に「子の監護者の指定」と「子の引渡し」を申立てるのが正式な手続として求められることだ。調停の場合も審判の場合もあり、その結果が守られない場合には強制執行ということもあり得る。だがいずれにせよ、手続には一定の時間がかかる。今回のように子どもが虐待を受ける恐れがあるような場合は、そんな悠長なことは言っていられないのは明らかだ。

「お客さん、寒くないですか」

マスクをした運転手がミラー越しにこちらを見ている。座席の目の前には「運転手との会話はご遠慮願います」というシールが貼られていた。かのんは「大丈夫です」と短く答えた。

「窓を、少しでも開けとかなきゃならないもんでね。寒かったら言って下さい」

まったく嫌な時代になった、この仕事も上がったりだと、運転手はビニールシートを張り巡らせた向こうで喋り続けている。気持ちばかり急くが、道路はところどころ渋滞していて、結局、目的地に着いたのは家裁を出てから一時間近くたった頃だった。冬に近づいて日はますます短くなっており、辺りには既に夕方の気配が忍び寄ろうとしている。

「あ、こっちこっち！」

広々とした駐車スペースを持った、小ぎれいな二階建てアパートの前でタクシーを降りると、少し離れたところに停められていた白い軽自動車から宮下茉子が飛び出してきた。かのんも彼女に駆け寄った。

「お部屋を訪ねてみました？」

「ピンポンしたんですけど、反応ナシで」

「合鍵、お持ちじゃないんですか？」

「それが、すげえ慌てて出てきたもんで、パニクっちゃってて、忘れてきたみたい」

彼女を責めても仕方がない。かのんは彼女の肩にそっと手を置くと、「一〇二号室でしたね」と確かめた上で、真っ直ぐにアパートの建物に向かって歩き始めた。心なしか口の中が乾いている。

一〇二号室のドアの前に立って、少しの間、中の様子を探った。何の物音もしない。また換気扇も回っておらず、風呂を使っている様子もなかった。かのんは一つ息を吐き出してから、そっと呼び鈴を押した。室内でピンポーンと響いているのが外まで聞こえてくる。それでも中の気配は動かない。

「ね、出ないんですよぅ」

かのんの背後に隠れるような格好で、宮下茉子が囁く。かのんはもう一度呼び鈴を鳴らし、それでも返答がないことを確かめると、今度はドアをノックした。

「宮下さーん、お留守ですかー。宮下さーん！」

それでも何も聞こえない。緊張で胸が苦しくなりそうだ。このまま何の応答もなかったら、どうしたらいいんだろう。警察を呼ぶべきだろうかと考えながら、今度は握りこぶしでドアを叩いた。だんだんだん、という音が隣近所にも聞こえているはずだ。

「宮下さぁん！　琴寧ちゃぁん！　いませんかぁ、家裁の庵原です！　いらしたら開けてくださぁい！」

恥も外聞もなかった。思い切り声を張り上げると、ようやく扉の向こうで何かの物音が聞こえたような気がした。息を殺して耳を澄ます。確かにかさこそという音がした。かのんは、今度は小さな声で「開けてもらえませんか」と話しかけた。

「琴寧ちゃん、いるはずですよね？」

カチャリ、と鍵を外す音がした。かのんは一瞬、背後にいる宮下茉子を振り返り、それから再び玄関ドアを凝視した。自分の鼓動が耳の中まで響いてくる。

ドアが、ほんの少しだけ開いた。

反射的にドアノブに手をかけて、強く引こうとしたかのんの目の前に人の姿はなく、あれっと思って視線を下に下げたら、琴寧の小さな丸い瞳がこちらを見上げていた。かのんは身を屈めるようにして「琴寧ちゃん」と少女を呼んだ。

「パパは？」

「――酔っ払って、寝ちゃった」

「今も、寝てるの？」

琴寧がこくんと頷いたとき、ほとんど突き飛ばされるような衝撃を感じた。さっきまで背後に隠れていた宮下茉子が、かのんを押しのけて無理矢理のようにドアを大きく引き、そのまま琴寧の二の腕を掴んでいる。琴寧が「痛いっ」と小さな声を上げた。

「あんたっ、何ともないのっ？」

ソックスのままアパートの外まで引きずられるような格好で出てきた琴寧は、マスクをしていなかった。初めて見る少女の素顔は、思っていたよりもさらに幼く、そして、頼りなげに見えた。

「何もされてない？　パンツ穿いてる？」

小さな少女の両頬を手で包み込むようにしながら、母親が尋ねる。琴寧は頰を挟まれて唇を飛び出させるような顔になりながら「うん」と頷いた。

「パパねえ、泣きながらお酒飲んでただけ」

「お酒？」

「うん。『淋しいよぉ』って言ってた」

「バカじゃないのっ。自分のせいでそうなったんじゃん！」

琴寧と母親のやり取りを聞きながら、とりあえずかのんは家裁に報告の電話を入れ、そして、白いセーターを大事そうに抱きしめている琴寧と宮下茉子が軽自動車に乗り込むまでを見送った。車が見えなくなったところで、ようやく背中から力が抜けた。

二週間後、宮下琴寧を自宅に訪ねると、前回とは打って変わって弾むような足取りで玄関先に現れた少女は、胸の前に大きなスケッチブックを抱えていた。今日は明るい黄色のセーターを着ている。

「い、よ——い、お、はらさんが、前に、お絵かき好きって聞いたこと、あったでしょう？」

茉子が部屋を出て行き、二人でテーブルに向き合うと、少女ははにかんだような顔で、相変わらず身体を揺らしている。

「だからねえ、琴寧ねえ、今までお絵かきしたの、見せてあげようかなって思ったんだ」

「そうなんだ。見せてくれるの？」

「最初っから見る？」

「うん、最初から見せて」

かのんは差し出されたスケッチブックの表紙をゆっくりとめくり、まず一枚目を見た。その途端、自分で唾を飲み下した音が、ごくん、と響いた。

大きな頭のすぐ下に、手と足がついているだけの女の子が、両目からポロポロと涙の雫をこぼしている絵だった。髪は二つに結わえているが、胴体がない。二本の足はぴたりととじられていて、両手はその足の前で交差されている。性的虐待を受けた子どもが、こういう絵を描くことがあると何かの資料で見たことがある。

そっと二枚目をめくる。今度は、いびつな頭をした人物が描かれていた。頭にはトゲトゲのようなものが描かれていて、目鼻はなく、口だけが変な風に笑っている。そして、胴体かららにょろりと伸びている掌が、頭以上に大きかった。股間には男性器らしいものも描かれている。頭の感じからしても、宮下竜平と思われた。これほど掌を誇張して描いているということは、琴寧の中の竜平のイメージが、風呂の中で背後から自分に嫌なことをする、この掌に象徴されているということだろうか。

三枚目には、明らかに茉子と分かる人物が描かれていた。唇は真っ赤に塗られていて、片手に大きなスマホを持っている。そばには空き缶がいくつも転がり、煙草も置かれていた。灰皿からは煙がモクモクと上がっている。その向こうに、ほんの小さな姿で子どもが描かれている。近づけずにいる琴寧自身に違いない。

これが、この子が見てきた風景。

四枚目、五枚目にも、似たような雰囲気の絵ばかりが描かれていた。同じ画用紙に、泣いている女の子と掌ばかり大きな男が並んでいるものもあれば、真っ赤な口をした女と並んでいる絵もある。描いている途中でグチャグチャに塗りつぶしているものもあった。

「もっと見て、もっと先の方も」

こちらは胸が詰まりそうな気持ちでいるというのに、琴寧は不思議なくらいに上機嫌で、さらに身体を揺らしている。言われるままにページをめくっていくうち、突如としてまったく違う色が目の前にあらわれた。かのんは思わず手を止めて、その絵に見入った。

まず画用紙一杯に、水色やピンク、黄色などの〇の大小が描かれている。そして中央には、水色の横線から顔を出している女の子と、女がいた。二人とも頭部には色違いの布を巻いていて、口がにっこりと笑っている。

「これは、琴寧ちゃんと、ママかな？」

琴寧が、これまでにないほど大きく頷いた。

「あのねえ、この頃、ママとねえ、お風呂入るんだよ」

テーブルの上に両手を揃え、その上に顎を置いて、琴寧は顔を左右に揺らしながらにこにこして話し始めた。

「ママねえ、ボディソープでしゃぼん玉、作れるんだよ」

琴寧は「こうやって」と、小さな手をＯＫマークにして、親指と人差し指で作った輪を吹く真似をする。

「そうなの？　すごいねえ」

「一杯、作ってくれたんだ」

「それ、いつ？」

「琴寧が『やって』って言ったら、いつも」

それでねえ、ママはねえ、と、琴寧はさも嬉しそうに、母親が他にもぶくぶくと泡の出る入浴剤を入れてくれたり、一緒に歌も歌ってくれると言った。

「琴寧ねえ、そういうの、初めて」

「そうだったんだ。よかったねえ」

心の底からそう思いながら次のページをめくると、今度は大きなテーブルを囲んで何人もの人が描かれていた。テーブルの上にはご馳走が並んでいて、中には寿司やピザもある。

「それはね、お祖母《ばあ》ちゃん家でね、みんなでご飯食べたとき」

「これは、いつ？」

「この前の、水曜日。あのね、圭太お兄ちゃんがバイトでもらったお金でピザおごってくれたんだよ」

描かれている人物は、誰が誰だか分からなかったが、ただ誰もがにこにこと笑っていることだけは確かだった。たった二週間で、これほどまでに変化があるものかと、かのんはつくづく感心しながら、琴寧の描いた絵を一通り見てから、本人の了解を得た上で、最初から一枚ずつ、スマホで写真を撮っていった。

宮下竜平が琴寧への性的虐待を認めたのは、二回目の調停でのことだ。一回目のときとは打って変わったしおらしい様子で、彼は「ちょっとした好奇心で」と、顔を真っ赤にしてうなだれた。

児童虐待は児童福祉法違反や児童虐待防止法違反、刑法で罰せられる可能性のある犯罪行為だ。ただ今回は、少女も身体に怪我を負うようなところまではいっておらず、また、子どもの心のケアを一番に考えた場合、この件を警察沙汰にして、子どもが思い出したくない話を何度も聞き出すのにも問題があるだろうということになった。

「ただし、今後も宮下竜平が琴寧に近づこうとしたり、それによって少女が動揺して発言を撤回しようとしたときのために、その子が描いた絵は記録として残しておくからと、次回の調停でははっきり申し伝えた方がいいですね」

おそらくこの離婚調停は三回で終了する。宮下茉子は娘の親権以外に多くは望んでおらず、夫の竜平も、支払える限りの慰謝料を支払うと約束した。それで決着がつけば、一段落だ。

「それにしても、劇的に変わったんですよね、母親が。本当に途中までは、どうなることかと思うほど無関心に見えたんですけど」

本当は仕事帰りに仲間内でビールでも飲んで帰りたいところだったが、コロナ禍になってからは、そういうことも一切出来ない。代わりに調査官室で、それぞれが好きなソフトドリンクを持ち寄って、アクリル板の仕切りの向こうからアルコール抜きで「おつかれさん」と互いに乾杯の仕草をした。

「なんで急に変わったんだろうね」

かのんの向かいの席にいる、ちょっとお坊さん風に見える岩本調査官が「これがビールならな」と言いながら、コーラの缶を傾けて首を捻った。

「庵原さん、何か決めぜりふでも言った？」

「いえ、べつに」

コインランドリーで話し合ったときのことを思い出してみる。あの時は、何を言っても会話が嚙み合わなくて本当に途方に暮れそうになった。

「思い当たることがあるとすれば、あれこれ話してる間に、母親が昔の同級生を思い出したっていうことですかね。それと、考えてみたら彼女自身、両親がお店で忙しいものだから、小さい頃から結構、放ったらかしにされてたんだそうです。だから、自分がして欲しかったことを、琴寧ちゃんにしてあげようと思うようになったって言ってました」

三好主任が「なるほどねえ」と頷いて、コーヒーカップを傾ける。

「誰にでも子ども時代はあったんだから。自分のことを思い出せば、我が子の気持ちも分かったりするもんだ」

本当にそうだ、と頷いていたとき、スマホがＬＩＮＥの着信を知らせた。栗林からだ。

〈クチェカがまた腹をこわした。薬飲ませたけど、しばらく様子見てるわ〉

このところ元気にしていた雌ゴリラのクチェカだが、かのんが知る限りでも、一度体調を崩すと長引くことが多い。これは少し時間がかかるかも知れないなと思いながら、かのんは〈了解。ちゃんと看てあげて〉とＬＩＮＥを返した。隣から醍醐くんが「何かありましたか」とアクリル板越しに聞いてくる。

「栗林——連れ合いが担当してるゴリラがね、何か、お腹こわしたみたい」

すると醍醐くんは「えっ」と眼鏡の奥の小さな目を思い切り見開いて顔を突き出してきた。

「ゴリラ？　ゴリラって、あのゴリラですか？　え？　何ですか、それ」

そういえば、この職場ではあまり栗林の話をしていないことに、今になって気がついた。最初からコロナ禍での異動だったし、ただの一度として飲み会もしなければ常にアクリル板越しでの会話というせいもあって、何となく雑談をする雰囲気になりにくいからだ。かといって今、細かい説明をする元気も残っていない。今回の事件では、やはり相当に神経をすり減らしたのだと、一本のオレンジジュースが教えてくれていた。かのんは「今度話すね」と、手をひらひらさせながら、ジュースの残りを飲み干した。

引き金

1

※この申立書の写しは、法律の定めるところにより、申立ての内容を知らせるため、相手方に送付されます。

【夫婦関係等調整調停申立書　事件名（離婚）】

横浜家庭裁判所川崎中央支部　御中

令和二年□月×日

申立人　海老沼　幸恵　㊞

添付書類　戸籍謄本
　年金分割のための情報通知書
　写真一枚

申立人
本籍　神奈川県川崎市麻生区王禅寺《おうぜんじ》○番△号
住所　神奈川県川崎市麻生区王禅寺○番△号
氏名《フリガナ》　海老沼《エビヌマ》　幸恵《サチエ》
　昭和30年○月△日生（65歳）

相手方
本籍　神奈川県川崎市麻生区王禅寺○番△号
住所　神奈川県川崎市麻生区王禅寺○番△号
氏名《フリガナ》　海老沼《エビヌマ》　徳一《ノリカズ》
　昭和24年×月○日生（71歳）

申立ての趣旨
関係解消
1　申立人と相手方は離婚する

（付随申立て）

(1) 略

(2) 略

(3) 略

(4) 相手方は、申立人に財産分与として、（□金　　　円／☑相当額）を支払う。

(5) 相手方は、申立人に慰謝料として、（☑金１００万円／□相当額）を支払う。

(6) 申立人と相手方との間の別紙年金分割のための情報通知書記載の情報に係る年金分割についての請求すべき按分割合を、（☑０・５／□　　　）と定める。

申立ての理由

同居・別居の時期

同居を始めた日

昭和55年8月11日

別居をした日

同居中

申立ての動機　※当てはまる番号を○で囲み、そのうち最も重要と思うものに◎を付けてください。

1　性格があわない　②　異性関係（昭和59年）　3　暴力をふるう　4　酒を飲みすぎる　5　性的不調和　6　浪費する　7　病気　8　精神的に虐待する　9　家族をす

てかえりみない　10　家族と折合いが悪い　11　同居に応じない　12　生活費を渡さない　⑬　その他（孤独と絶望）

車の窓越しに流れていく町並みをぼんやりと眺めていたら、ぽん、と右の太ももに栗林《くりりん》の手が置かれた。

「怒ってないよな？」

庵原かのんはハンドルを握る夫の方を振り向かないまま、大きなため息をついた。

「怒っては、ないよ。べつに」

今のこの気分は怒っているとは言わない。ただひたすら、不快なだけだ。

まったく。

正月早々こういう気分になるとは思わなかった。ただ、栗林の母、つまり姑《しゅうとめ》は、かのんにとっては少しばかり煙たいというか、何を言い出すか分からない相手だという思いがあるから、多少なりとも身構えている部分はあった。それでも結婚して初めて迎える正月に、まずは挨拶に出向くのが筋だろうということになって、新型コロナウイルス感染者が再び増加に転じている年の瀬に、栗林とデパートに行って舅《しゅうと》と姑のためにそれぞれ贈り物を選び、正月らしい菓子も買い、ついでにフラワーアレンジメントまで用意して、それらをレンタカーに積み込んで栗林の実家に向かったのだ。

栗林の勤める動物園はクリスマス明けの二十六日から休園になっていた。冬休み中に来園者が増えてコロナの感染者が増加することを予防するためだ。お蔭で、これまで三が日まるまる休めることなどなかったのに、少しの調整でそれが可能になった。かのんはかのんで頭の中で何回となく、舅と姑に笑顔で新年の挨拶をするところからシミュレーションを繰り返したし、家事を手伝うためのエプロンも荷物に入れた。つまり、二人揃ってそれなりに気合いを入れて実家に向かったのだ。ところが、玄関先に現れたマスク姿の姑は、栗林とかのんを見るなり「入ってこないで」と言った。

「あなたたちも知ってるでしょう？　昨日、東京の感染者は千人を超えたってこと。テレビでも散々、不要不急の外出は控えるように言ってるじゃない」

マスクの上から見える目を三角にして、姑は玄関の前に立ちふさがるような格好のまま、

「だから、帰んなさい」と言った。そして、栗林とかのんが用意してきた土産物だけ慌ただしく受け取り、非情なほどの素早さで「じゃあね」と扉を閉めてしまったのだ。

ありがとうもなし？　え、新年の挨拶も？

あまりにも予測していなかった展開に、かのんはしばらくの間、栗林を見上げることも忘れてぽかんと立ち尽くしていたくらいだ。来てほしくないのなら昨日、栗林が電話したときに言ってくれればよかったのだし、第一、栗林の兄一家だって年末から来ていると聞いていた。今は名古屋に住んでいる彼らこそ、県境を越えての帰省ではないか。

ほんの数分間の出来事が頭の中で整理できていくにつれ、次第に何とも言えない不快感がこみ上げて来た。自分がどんな顔をして隣に立つ夫を見上げたかは分からないが、目が合った栗林は、かつて見たこともないくらいにばつの悪そうな顔をしていたから、相当に険悪な表情になっていたのかも知れない。彼を責めても仕方がないことは分かっている。母子とはいえ別人格なのだから。かのんは思い切り息を吸い込んで、ゆっくり深呼吸をしながら、自

分の中で六まで数えた。これこそアンガーマネージメントの初歩の初歩。いち。に。さん。

おせち料理どころか餅の一つも買っていない北品川のマンションにすごすごと戻るのも憂鬱な話だった。だから距離も近いし、本当なら明日、栗林の実家からそのまま訪ねるつもりだったかのんの実家に電話をかけたら、電話をとった弟の玲央《れお》が「来いよ来いよ」と言ってくれたのはありがたかった。今日も明日も関係ねえよ、みんな、待ってるからさ、と。

それにしても厄介なお義母《かあ》さんだ。思っていた以上に。

お互いに無言のまま、何となく気まずい雰囲気で乗り慣れないレンタカーを走らせて、信号待ちで車が停まったときに、ちょうど栗林のスマホが鳴った。素早く手に取ってスマホの画面に見入った彼は「親父から」と言いながら、そのままスマホをかのんに差し出してくる。

〈母さんのこと、ごめんな。俺から言っておいたから。父さんが糖尿のせいもあって、母さんは神経質になってな、とにかくコロナが怖いんだ。しかもあの性格だから、昨夜も二年ぶりに来たっていうのに、圭実《たまみ》さんと些細なことから険悪な雰囲気になって、参った。ひと晩たっても、母さんはそれを引きずってたんだろう。そんなわけだから、かのんさんにも謝っておいてくれ。それと、色々と心遣いありがとう。ありがたく使わせてもらうよ。今年もよろしく〉

メールを読むうち、わずかながらも自分の表情が和らいでいくのが分かった。舅の気遣いが嬉しくもあり、どこか気の毒な気もしてくる。とにかく、こうしてカバーしてくれるのなら、こちらとしても水に流すしかない。むしろ気を遣いながらあの家でひと晩過ごす必要がなくなって、たっぷり実家で過ごせるのだから、ここは密かに喜ぶべきかも知れなかった。

それに、かのんはもともと兄嫁の圭実さんという人をよく知らない。だから、もしかしたら姑ばかりを責められない事情があるのかも知れないとも考えられた。

嫌いにならないためにも、それくらいの冷静さと気持ちの余裕は持っていないと。

信号が青に変わって、再び車が動き出す。隣から「俺からも謝るよ」と栗林の声がした。

「だから、機嫌なおして、な？」

今度は、かのんははっきりと夫の方を向いて、口もとをきゅっと引き締めて見せた。

「お義父《とう》さんの顔を立てるよ。今回はね」

栗林の横顔が安心したように微かに笑っている。それから彼はかのんの実家に着くまでの間、自分の両親が昔からどんなことで喧嘩になり、その都度、父が自分から折れることでことを収めてきたのかを語った。

そうして着いた実家で、元日は弟と一緒になって初めての伊達巻き作りに挑戦したり、前の晩から水に浸けてあったという黒豆の煮方を母から教わったり、また久しぶりに会った妹と他愛ない話をしたりして過ごし、夜は家族揃ってワインを抜いて食卓を囲んだ。すると父と妹とはすぐにワインの香りについて分析し始めて、チオール化合物がどうのとか、小難しい話になる。かのんだって匂いには敏感な方だが、専門的な知識はない。だから「すみれの花みたい」とか「雨が降った後の石畳みたい」などとしか表現出来ないのだが、長く健康食品会社で研究職にいた父と、パフューマーになった妹は本格的で、とてもついていかれない。

「ちょっと、お父さん、みんなに分かる話をしましょうよ」

母から半ばたしなめるように言われて、本当は昨年が定年だったのが、会社から引き止められたとかで七十歳まで仕事を続けることになった父は、「ああそうか」ととぼけた表情になっている。

「嬉しいのよ、みんなが来てくれたから」

普段は両親と玲央との三人なのに、そこに妹とかのん夫婦まで加わって賑やかな新年を迎えられたことを、それなりに喜んでいるらしいことは、母に言われるまでもなく、かのんにも分かった。

第一、昨年までは暮れに地方の職場から飛んで帰ってきても、食事の時以外は死んだように眠るばかりで、翌日には栗林の住まいに行くような正月の過ごし方をしていたかのんにとっても、こういうのんびりとした気分で家で過ごすのは、実に久しぶりだ。ふと、幼い頃の正月を思い出すほどだった。

「そりゃあ、お父さんに持病がおありなら、お母さんだって神経質にもなるでしょう」

今年は人混みを避けるために初詣もやめにして、正月二日は朝から居間に陣取って、ちびちびと酒を酌み交わしながらテレビで箱根駅伝に見入っている男たちを尻目に、かのんは母と二人、ダイニングテーブルに向かって、今夜のカニ鍋に入れるカニ脚の殻にハサミを入れていた。ようやく二人で落ち着いた話が出来るようになって、初めて母に昨日の顚末を聞かせると、母は「何かあったなとは思ったけどね」と頷いた。

「でも、大したお父さんじゃないの、そうやってすぐにフォローされるんだから」

今ごろになって父の書斎を借りて年賀状を印刷している妹が、「ああ、肩凝る」と言いながら疲れた顔でやってきて、バスケットに盛ったみかんを二つ手に取り、また父の書斎に戻っていく。

「そういえば、光莉《ひかり》、結婚するとかしないとか言ってなかったっけ？」

確かそんな話を弟から聞いたと思いながら尋ねると、母は顔をくしゃりとさせて小さく首を左右に振る。そして「別れたのよ」と囁いた。かのんは思わず肩をすくめて妹が消えていった方に目をやった。

「いつ？」

「もう大分前。あんたたちが結婚してから少しした頃かな」

「どうして」

「知らない」

ふうん、と頷きながら、本人から話を聞いた方がいいだろうかと考え、すぐにその思いを振り払った。話したければ向こうから話してくる。かのんは妹弟とも、そして母ともＬＩＮＥでつながっているし、グループも作っている。加わっていないのは父だけだが、とにかく、話したければいつでも誰とでも話せる状態にある。それでも何も言ってこなかったということは、妹なりに自分で思いを整理して、片をつけるつもりだったのだろう。

「それで、あちらのお父さんて、おいくつだった？」

「栗林の？　七十は過ぎてると思った。七十一だか、二だか」

「だったら余計に心配だわよ」

「でね、栗林の家は、夫婦喧嘩になる度に必ずお義父さんが折れることで丸く収めてきたんだって。今まで、ずーっと」

軍手をはめた手にキッチン鋏を握りながら、かのんは、そういえば、と母を見た。

「うちは？」

「何が？」

母はダイニングテーブルの上に小さなまな板を置いて、今度はカニ鍋に入れる椎茸に飾り切りを入れ始めている。

「お母さんたちって、私たちの前であんまり喧嘩したことないよね」

母は、陰ではずい分喧嘩したこともあるのよと薄く笑う。

「だけどね、何ていうのかなあ――お父さんて、今だから話すけど、ほら、碧《みどり》さん――のことがあったじゃない？」

碧さんというのはかのんの実の母の名だ。かのんが一歳にならないうちに亡くなった。それから父は両親に助けてもらいながら、かのんを育てていたが、ほどなくして同じ職場にいた母と再婚した。思えば、この母もずい分と思い切った決断をしたものだ。乳飲み子を抱えたやもめ男のところに嫁いでくるなんて。しかも当時、母はまだ二十五歳。その頃の感覚でも、別段、行き遅れていたというわけではないはずだ。父の方だって、妻を喪った哀しみが癒えていたかどうか分からない。それでも母を結婚に踏み切らせるだけの魅力が、若い頃の父にあったのだろうか。いつか聞いてみたいものだ。

「だから、何ていうかな――怖がってるところが、あったと思うのね」

「怖がってる？」

「二度目の女房もいなくなったらどうしようって」

結婚当初、父は「一生、感謝し続ける」と言ったそうだ。それは、前にも聞いたことがあった。

「それでも喧嘩くらい、するわよね」

ことに若い頃はお互い感情的になることも珍しくはなかったという。だが父は必ず途中で口を噤んでしまう。それが余計に腹立たしくて、母が「何とか言ってよ」などと迫ると、父は必ず「君には感謝してるから」と答えたのだそうだ。それを言われてしまうと、こちらも怒るに怒れなくなって、そのままうやむやになることが常だったと母は語った。

「ちょっと、ずるいと思わない？」

母は片手に包丁を持ったまま、少しばかり忌々《いまいま》しげな表情になっている。かのんも「思う」と頷いた。かのんが実母のことを知ったのは中学生になってからだ。当時はずい分と動揺したが、この母にしたって、そんなかのんを見ていて、その頃はさぞかし気を揉み、思うところもあったことだろう。それでも母は、まるで変わることなく母でい続けた。それが、ありがたかった。

「人ってねえ、時には全部、吐き出すことだって必要なのよ。それが出来なくなっちゃうわけ、お父さんみたいにされると」

だから、そういうときは庭に出て一人黙々と、一時間でも二時間でも土いじりをしていたこともあったそうだ。

「あ、それが家庭菜園につながったの？」

母は、そうかも知れないと笑っている。

「玲央のサッカー熱に乗っかって、一生懸命に応援してたのも、それもあるかもね」

かつてサッカー少年だった弟のために、土日や夏休みなども関係なく、朝から弁当作りに励んでいた頃の母を思い出した。あの熱心さの陰には、そういうこともあったのか。

「俺がどうしたって？」

握りつぶしたビールの空き缶をいくつも持って、赤い顔をした玲央がぬうっと背後から現れた。弟は昨年の春から理学療法士を目指して専門学校に通い始めている。かつてのサッカー少年は、彼なりに色々な遠回りをして、三十を過ぎてようやく新しい生き方を見つけたところだ。

「何か、手伝おっか？」

「やめて、酔っ払いに包丁なんか持たせられないわよ」

かのんが手で追い払うようにすると、弟は「へいへい」と言いながら空き缶をそのままテーブルの上に置いて、冷蔵庫に向かってしまう。

「玲央、空き缶！」

弟の後ろ姿に声を浴びせていたら、今度は栗林が「トイレ、トイレ」と言いながら部屋を横切っていった。何の気なしに居間を覗いてみると、いつの間にか父は炬燵《こたつ》でゴロ寝を決め込んでいて、玲央か栗林か、どちらが気遣ったのか、ちゃんと枕をして毛布を掛けられていた。

2

三が日が終わると同時に新型コロナウイルス感染者は激増し始めた。もともと例年ほどの賑わいも感じられない年明けだったが、仕事始めから間もない一月七日、政府は東京・千葉・埼玉・神奈川の一都三県に一カ月間の緊急事態宣言を発出した。昨年の春についでの二度目の措置によって、人々は都県境を越えるばかりでなく「日中も含めて」外出を控えるように呼びかけられ、飲食店は再び時短営業に加えて酒類の提供も時間を制限されることになった。イベントも人数制限がされている。それでも動き回る人は動き回り、缶酎ハイを片手に歩きまわったり、また路上で立ち飲みする若者なども目立つようにはなってきたが、やはり世の中には息苦しさが広がった。

「駅伝の中継見てたら、当然こうなるとは思うよな。いくら『密は避けて』って呼びかけてたって、あれだけの人が沿道に集まって応援してんだから」

「結局、何かやれば、人っていうのは動いちゃうもんなんですよ」

「このままで、オリンピック大丈夫なんですかね」

「さあねえ。俺はやらない方がいいと思うけどなあ。これ、絶対に夏までになんて収まらないよ」

職場でも、そんな話題ばかりになった。たとえ緊急事態宣言下でも、裁判所が閉まるということはあり得ない。それでも、昨年のうちから予定されていた調停や審判の中立てが「今は様子を見ることにする」という理由で中立人の方から取り下げられたり、延期を希望されたりする場合も少なくなかった。そんな中でも、予定通りきっちりと調査面接にやってきたのが、離婚調停を申立てていた海老沼幸恵という六十五歳になる女性だ。

結婚四十年以上になって、未だに同居しているというのだから、何もこんなときにと思うのだが、面接室で向き合って住所氏名などを確認し終えると、その人はマスクをしている顔を心持ち俯かせたまま、「もう、無理なんです」と小さな声で呟いた。半分以上白くなっているショートヘアは艶もなく、眉は薄くなって、瞼が瘦せて落ちくぼんでいる目元には、実年齢以上に年月が刻まれているように見える。

「七十歳になったら、さすがにもう離婚するエネルギーなんて残っていないだろうと思います。だからって、このまま一生を終えたくはありません。もう、真っ平。もう、たくさん

——ですから、今が本当に最後のチャンスだと思いまして」

一見すると表情はあまり動かないし、声は細いが落ち着いていて起伏がない。と、いうよりも、むしろ心ここにあらずというのか、どこか放心状態のように見えなくもなかった。かのんは母や姑を思い浮かべながら、彼女たちとほぼ同世代の申立人と向きあって「では」と資料のファイルとノートを開いた。実を言うと、この人の申立書と添付資料には、今一つよく分からない箇所がいくつかある。

「一つずつ、伺っていこうと思います。まず、最初に」

ファイルに綴じられた申立書を一瞥してから、かのんは改めてアクリル板越しに海老沼幸恵を見つめた。

「お出しいただいた申立書に、離婚の理由として異性関係の項目に○をつけられていますね。それもカッコして、昭和五十九年と。これは、どういうことでしょう？」

「申立書に添付した写真の人とのことです」

添付されていた写真というのは、実際には雑誌の切り抜きのようだった。まるで女優さながらにポーズを取って、おそらく実年齢よりはずっと若く見えているに違いないが、それでも五、六十代だと分かる女性のバストショットだ。加工してあるのか、小皺一つない肌は輝き、豊かな栗色の髪を波打たせて、濃いピンク色に彩られた唇の間からは見事な歯並びの白い歯が見えている。

「この写真の女性と、ご主人との間に関係があった、ということでしょうか。昭和五十九年に。それから、ずっとですか？」

「——ずっとでは、ありません」

「写真は、当時のものなんでしょうか？」

するとかのんは初めてかのんの目を見て「調査官さん」と少しばかり怪訝そうに小首を傾げる。

「この人のこと、ご存じありません？」

かのんは「はい」と頷いた。ひょっとして往年の女優か誰かだろうか。だが、調査官室でも写真を見た人たちから特別な反応はなかった。離婚調停の中立てに写真が添付されてくる場合があるとしたら、それは大抵の場合は配偶者の浮気現場の写真とか、ＤＶ被害に遭った証拠になる痣や傷痕の写真などで、あんなブロマイド風の写真というのは珍しい。海老沼幸恵はわずかに落胆した様子になって「それほど有名じゃないんですかね」と首を傾げたまま、
写真の女性は化粧品会社の経営者だと教えてくれた。

「最近、婦人雑誌に取り上げられたり、テレビの通販番組なんかに出ていることがあるんです」

「そうなんですか。すみません、知らなくて」

「いえ——実は私も、つい最近になって知ったんです。たまたまチャンネルを合わせた通販番組で見て——」

海老沼幸恵は、臙脂《えんじ》色のハイネックセーターの肩から羽織っている柄物のスカーフの胸元に手を添えるようにした。

「最初は、あらっと思ったくらいだったんです。どこかで見たような人だわって。でも、それから少しして、今度は美容室に置かれていた雑誌で見た瞬間、それこそ心臓が止まるかと思いました。それでいっぺんに、思い出してしまったんです」

「昭和五十九年のことを、ですか？」

海老沼幸恵は静かに頷いて、膝にのせたままだったハンドバッグから、また一枚の写真を取り出してきた。アクリル板と机の間のわずかな隙間から、こちらに滑らせてくる。

「その人の、当時の写真です。一番右の人」

企業の制服なのだろう。紺色のベストとセミタイトスカートに白っぽいブラウス姿という同じ服装で、四人並んで笑っている若い女性たちの写真だった。当時の流行だったのだろうか、皆が前髪を眉が見え隠れする長さにカットして、あとはストレートで長く伸ばしている。その右端で笑っている女性は、確かに海老沼幸恵が添付してきた写真と同一人物らしく見えた。鼻筋の通り方と小鼻の膨らみが違っている感じもするが、四人の中では一番垢抜けて見える。現在よりも顎の線も四角いし、何より眉がかなり太めに描かれているのが印象的だ。

「その隣にいるのが私です」

それには密かに驚いた。下ぶくれで愛嬌のある笑顔を見せている写真の女性と、目の前にいる彼女との落差が、あまりにも激しすぎたからだ。それが、そのまま海老沼幸恵という人の歩んできた人生に思われた。

「その人は当時、私の同僚で、主人も勤める会社の、受付をしていました」

海老沼幸恵はこの写真を写した直後に自分は結婚退職したこと、そして昭和五十九年当時は妊娠中だったことを語った。妻の妊娠中に夫が浮気するという話は、家裁で仕事をしていれば嫌と言うほど耳にする。それにしても、かつての同僚の夫を寝取るというのは、えげつない。まあ、それも大して珍しくはないが。

「あの頃、主人は言っていました。関係したのは二回だけで、それも彼女の方から誘ってきたんだって。自分は誘われたからつき合っただけだそうです」

「二回で、終わったんですか」

「そう、言っていました。向こうから、声をかけられなくなったからって」

女性から誘って二回で終わったということは、つまり単なる好奇心か、または自分よりも先に結婚した同僚への密かな嫌がらせ、嫉妬、復讐心、といったところだったのだろうか。

「でも、そのときは海老沼さんもお許しになったんですよね？」

海老沼幸恵の目が遠くに泳ぐ。そして、少しの沈黙の後、彼女は「馬鹿なんですよね」と肩を落とした。

「すっかり、忘れていたんです。そういうことがあったっていうこと自体」

「お許しになったわけではなく、ですか？」

海老沼幸恵は、力のない瞳をかのんの方に向けてきて、やっとというように、ゆっくり、ゆっくり、首を横に振った。

「忘れるように、仕向けていたんだと思います。自分を。それと——」

「はい」

「そのすぐ後に生まれた子が、生まれつき身体が弱かったものですから、そっちにかかりきりになってしまって」

なるほど、そういうご事情もあったんですね、と頷き、かのんはノートにペンを走らせながら、それにしても、と考えていた。まだ何かしら不思議な感じがする。

「つまり最近になって、ご主人の昔の浮気を突然、思い出された、というわけですね」

「——はい」

「それで、許せないお気持ちになったと」

海老沼幸恵は、かつて、あんなに下ぶくれで潑剌としていたとは思えないほど、顔の小さな女性だった。そして、マスクの上から見える瞳があまりにも虚ろに、また絶望的に揺れるのを、かのんは見た。

「許すとか許さないとかではなくて、思い出したことが——きっかけになったんです」

「きっかけ、ですか」

「私はもう、とっくにうんざりしていたことに、改めて気がついたっていうか。あの人、あの昔の同僚を雑誌で見たときに、『ああ』って、もう、心の底からため息が出てしまいました。この人は二回で見切りをつけたんだなあって。私もそうしていれば、もっとちがう人生があったかも知れないのにって」

「とっくに、ということは、前々から、うんざりなさっていたんですか？」

海老沼幸恵は、また虚ろな瞳をこちらに向けてきた。それは、彼女が中立ての動機の「その他」として、「孤独と絶望」と書き込んでいたことを如実に物語る瞳だった。

「それで、そのうんざりの理由は言わないわけ？」

調査官室に戻って簡単に報告をすると、まず三好主任がアクリル板越しに首を傾げた。

「何を言っても、どうせ分かってもらえないからって」

真正面から自分の職業を拒絶された気分で、かのんも肩を落とした。中立てをされた調停が可能な限り順調に進むように、予め判事が必要と判断したからこそ、調査官に調査命令が下るのだ。それなのに、肝心な部分を話してもらえないのでは、調停が難航するのは目に見えている。

「三十七年前の夫の浮気相手が、今は華々しくテレビなんかに出てることを知って怒りが蘇ったっていうんなら、まだ分からないじゃないんですけど。それは、単なるきっかけに過ぎないって言うんですよね」

そのとき「おつかれさまー」と外から戻ってきた平瀬総括が、「おや」とかのんに目を留めた。

「面接、早く済んだの？」

かのんはわずかに首を縮めるようにした。

「今日は、帰っていただきました。案外、手強い相手で」

平瀬総括は「手強い？」と、かのんの肩に手を置いて、一瞬だけ顔を覗き込んでくると、「あ、密だよね」と思い出したようにぱっと距離を置いた。

「確か、熟年離婚で、妻の方が申立人だったわよね？」

「そうなんですが、本当に別れたい理由は、私に言っても分からないからって、話してくれなかったんです」

「あれまあ。調査官に言っても分からないんだったら、誰に言ったら分かるんだって？」

「ですが、『誰にも分かってもらえない』って言ったきり、もう、石みたいに黙り込んじゃうんですよねえ」

平瀬総括は腕組みをしてマスクをした顔を少しの間あちらこちらに向けていたが、「ダンナさんは？」と聞いてくる。

「何してる人？」

「もう定年退職して、家にいるみたいです」

三好主任が「それかな」と顎に手を添えて考える表情になった。主任は仕事始めの日、普段は殺風景な調査官室に正月らしい花を持ってきて飾るような人だ。家庭的だし、調査官の中でいちばん細やかな気遣いの人だという気がする。

「夫が退職して家にいるようになった途端に、煩《わずら》わしくてウツ状態になるって。あれ」

「ウツ——まあ、そう見えないこともなかったかなあ。でも、『とっくにうんざり』って言ってたんですよね」

自分の席に戻っていた平瀬総括が「とりあえずは」とアクリル板の向こうから声を上げた。

「どちらの言い分も聞かないことにはね。同居してる妻から離婚調停を申立てられた夫が、今どんな気持ちでいるかってことも、きっちり見てくださいよ、庵原調査官」

3

数日後、海老沼幸恵の夫、徳一が、調査面接のために家裁に現れた。七十一歳とは思えないほど若々しい雰囲気で、長身痩軀《ちょうしんそうく》の男性を前にして、かのんは一瞬「この人が？」と戸惑う気持ちになった。マスクをしていても、その眼差しから穏やかで実直そうな雰囲気が伝わってきたからだ。既にリタイアしているはずだが糊のきいたワイシャツにネクタイを締め、スーツをきちんと着こなして、靴もきれいに磨かれている。はっきりとした眉と大きな目が印象的で、マスクをしていても鼻筋が通っていることが分かった。それだけでも、若い頃はなかなかの二枚目だったのではないかと想像させるに十分だ。

「僕は、離婚するつもりはありません」

かのんと向かい合って氏名や生年月日などの確認作業を終えると、海老沼徳一は穏やかな表情のままで口を開いた。

「妻が一方的に申立てたことです」

申立書の写しは相手方、今回の場合なら目の前にいる海老沼徳一に送られているから、彼が内容を読んでいないはずがない。

「では、そのことでご夫婦でお話し合いなどは、なさいましたか？」

「していません」

「それは、なぜでしょう」

海老沼徳一は「さて」というように一瞬、視線を横に向けて、妻の方で調停の手続に入ったというのなら、それに従うまでだと考えたからだと言った。

「ただし、それは申立てそのものを了解したという意味で、申立ての内容について受け容れるというのとは、意味が違います」

なるほどと頷いて見せながら、内心では、かのんは眉をひそめていた。普通なら、家裁からの通知を受け取った段階で、驚き慌てて妻に詰め寄るか、たとえ喧嘩になろうとも夫婦でやり取りするものではないのだろうか。もしかすると、家庭内別居状態ということか。

「では本日は、何と言って出てこられたのですか」

「べつに、何も言っていません。自分の予定は自分で管理すればいいことですから」

「奥さまに、お会いにはなりましたか？」

「もちろんです。朝食の時も」

それでも何も話さないとは。

何か、ちょっと変わってる？

穏やかな表情はそのままで、背筋を伸ばして静かに座っている海老沼徳一という人を、もう少し知る必要がある。

「ところで、海老沼さんの簡単な経歴をお教えいただけますでしょうか。どちらのご出身で、どのようなお仕事をしておいでだったか、とか」

すると海老沼徳一は「いいですとも」と頷いて、生年月日と出生地から順に、それまで歩んできた自分の人生を、実にすらすらと淀みなく語った。

昭和二十四年に石川県金沢市で生まれた海老沼徳一は、高校まで地元で過ごした後、東京の国立大学に進学。大学卒業後は大手電子機器メーカーに技術開発者として就職した。

「今でもありますでしょう、ＣＤプレーヤーというのが」

「ええ、はい」

「あれの開発に、僕は初期から携わりました」

海老沼徳一は、取りたてて得意げな様子でもなく、自分が開発に携わったという製品名を口にした。それは、かのんも知っているどころか、持っていたこともある製品だった。

「すごいですね。あれの開発を」

「べつにすごくはありません。僕一人ではなく、チームでやっていたことですから」

彼のサラリーマン人生は、そのまま開発者人生といってよかった。技術開発ひと筋に歩んで、部長職で定年。その後は系列子会社に再就職して、一昨年まで働いていたという。

「それで、ご結婚はいつ、奥さまとは、どのように知り合われたのですか？」

話しぶりと仕事の内容からして、見合い結婚しそうな雰囲気に見えたが、海老沼徳一は、妻の幸恵が言っていた通りに職場結婚だと言った。当時、幸恵の方は同じ会社の総務部にいて、何かの拍子に顔見知りになったのだそうだ。

「当時の奥さまの印象は、どんなものでしたか？」

するとと海老沼徳一は一瞬、小首を傾げてから「垂れ目で脚が太かった」と言った。

「――どういうところが、気に入られてご結婚なさったんでしょうか？」

海老沼徳一は片方の手を顎の先にあてて「そうですね」と少し考えるように目を伏せる。

「彼女は、事務処理能力に長けているわけでもないですし、これといって目立つところも、取り柄らしいところも、ないんです。ただ、余計なことは喋らないし、僕の仕事の邪魔もしない、それは好ましく思いました。あとは家事が好きだというので、それならば家のことを任せても大丈夫だろうという判断もあったでしょうね」

何となく、背中がすうっと寒くなるような感じがした。かのんは「そうですか」と頷きながら、ノートに「人事査定みたい」とペンを走らせて、○で囲んだ。彼本来の性格が今一つ見えてこないから、次の質問にも迷うところだ。

「ところで、ご結婚が昭和五十五年で、最初のお子さんがお生まれになったのが――」

「昭和五十九年九月十八日。午前四時二十分です」

「よく、ご記憶ですね。やはり、結婚してから少したってからのお子さんですから――」

それだけ嬉しかったのですね、とかのんが言いかけるのを遮って、海老沼徳一は、妻の幸恵はその前に二度の流産を経験しているのだと言った。そして、かのんが恐縮している間に、彼は「それに」と、まったく姿勢を変えないままで言葉を続けた。

「僕はもともと、子どもは望んでいなかったんです」

「それは、どうしてですか？」

「うるさいし、金もかかります。第一、自分の生活を色々と乱されますからね」

「——では、奥さまが流産されたときは」

「それはそれで、仕方がないじゃないかと、本人にもそう言ったはずです。でもまた妊娠したんだな」

その責任はあなたにもあるんじゃないの、という言葉が腹の中で蠢《うごめ》いた。何を他人事のようなことを言っているのだ、この人は。

「——それで、そのぅ、浮気なさったことは、奥さまの妊娠と、何か関係はありますでしょうか？」

そのとき初めて、海老沼徳一の目の表情が動いた。そして、いかにも大発見したかのように「ああ」という声を洩らす。

「妻はそう思ってるんですね？　そのことを根に持って、今ごろになって離婚すると言い出したというわけか。そうか」

かのんは顔の前で手を振りながら「そういうわけではありません」と慌てて否定した。

「確かに『きっかけになった』とはおっしゃっていましたが」

「後になって『内緒にしていた』とか、そういうことで責められるのが嫌だから、あの時、僕はわざわざ報告したのに」

海老沼徳一の眉間に初めてくっきりと皺が寄った。表情を険しくすると、途端に穏やかに見えた目元の表情がすっかり変わって、猛禽類を思い起こさせる。

「ご主人から自発的に話されたんですか。ご自分の浮気を」

「話しました。だって、僕から仕掛けたことではないんですから。妻の同僚だった女の子が、どうしても僕とつき合いたいと言うから、つき合っただけです。それも二回だけですが」

「――どうして二回だけだったんでしょう」

「向こうから誘ってこなくなりましたから」

「その、お相手の女性は何か、言っていましたか？　海老沼さんに」

海老沼徳一は、まったく悪びれる様子もなく「はい」と頷いた。

「よく覚えています。二度目に会ったときの別れ際にね。一体何を言ってるのかな、この子はと思いましたから」

「差し支えなければ、教えていただけますか？」

「ホテルを出るときに、『つまんない男ね、あんたって』と、言われました」

言った後で「あっはっは」と一人で笑っている。かのんは無意識のうちに唾を呑み込んで、老紳士を見つめていた。

「それを、妊娠中の奥さまにお話しになったんですか？」

「何と言われたかまでは話さなかったんじゃないかな。僕としては、ただ単に、過ぎ去った出来事として報告しただけだから」

は、はあ。

何となく、分かってきたような気がした。

「ちなみに、海老沼さんのご趣味は」

「僕は、退職して時間が出来てからは、ダイヤグラムの解読と分析に凝っています」

「ダイヤグラム、ですか？」

「鉄道の」

「ああ、鉄道の――では、奥さまはどんなご趣味がおありか、ご存じですか？」

「知りません」

何ともキッパリとした返事だった。

「では、最後にお聞きします。海老沼さんが奥さまと離婚するおつもりがないのは、どうしてでしょう？」

海老沼徳一は意外な質問を受けたというように、わずかに顎を引いた。

「離婚する必要がどこにありますか。確かに僕はかつて二度だけよその女と関係を持ちました。だけどそれは、もう大昔のことだ。あとは一度もそういうことはありません。真面目に働いて、家を建てて、子どもたちも大学まで出したし、妻に手を上げたこともない。酒も滅多に飲みません。妻の料理に文句を言ったこともなければ、いつだって出されている服を着てきました。そんな僕が妻に慰謝料を支払う理由がどこにあります？　今になって、コツコツと働いて貯めてきた財産の半分を渡して、年金までむしり取られるなんて、そんな理不尽な要求をどうして呑まなければならないんですか」

海老沼徳一は激することなく、ただ滔々《とうとう》と「理不尽だ」ということを喋り続けた。言葉に抑揚はなく、熱がこもっていくという感じでもないだけに、かえって薄気味悪い。ただ、言いたいことはすべて言い尽くさなければ気が済まないといった様子だった。

つまんない男。

今や化粧品会社の社長に納まっているという女性が言ったひと言が、何となく分かるような気がしてきた。

4

栗林と夕食をとろうとしていた一月末の晩、母からいきなり「別居することにしました」というＬＩＮＥが入った。スマホに浮かんだ文字を見た途端、かのんは思わず「うそっ」と口走り、短い文章を凝視してしまった。その画面を栗林に見せた後、慌てふためいて、すぐに返事を打ち返そうと考え、「電話の方が早いよ」と栗林に言われて、そうだったと思い出したくらいだ。

「そうなのよ」

電話に出た母の声は、いつもと変わらず落ち着いたものだった。

「ちょっと、なんで？　どうして。お正月に帰ったとき、そんなこと何も言ってなかったじゃない」

母は、おっとりした口調で「ごめんねえ」などと言っている。

「あの時はまだはっきりしてなかったの。やっとね、物件も決めて、引越しの目処もついたもんだから」

「ちょ、ちょっと待ってよ、お母さん。引越し？　ねえ、本気なの？」

頭の片隅では「つまんない男」というひと言が点滅していた。本当は海老沼徳一という人と会ったときから、何となく父と似た部分があると感じていたのだ。技術開発者と研究職として生きてきたところも似通っている感じがするし、父だって家にいれば一人で碁盤に向かっている程度で、正直なところ、そう面白味のある人ではないと思う。そんな父に対して、たとえ喧嘩しても土いじりや息子の世話をすることで気を紛らしてきたという母は、長い間、不満を抱いていたのかも知れない。

「もちろん本気よ。お父さんも賛成してくれたし」

「賛成したの？　お父さんも？」

ところで一緒に住んでいる玲央は、どうしてこんなことになるまで放っておいたの、なぜもっと早く、かのんなり光莉なりに教えてくれなかったのと、様々な思いがいっぺんに頭の中を駆け巡った。これは家族会議すべき案件だ。いや、まずはグループＬＩＮＥか。

「ねえ、お母さん、落ち着いて、よく考えてみて。あのねえ、高齢になった夫婦が別れると、夫の余命は十年は短くなるんだっていう統計が出てるんだよ。妻の方だって、やっぱり余命は短くなるんだよ。それくらい、精神的に負担がかかることで――」

「ちょっと、お姉ちゃん、何か勘違いしてない？」

「そりゃあ、お母さんのことだから一時の感情に流されてるわけじゃないっていうのは分かるけど――」

「だから、お姉ちゃん。落ち着いてったら」

笑いさえ含んでいる母の声を聞きながら、かのんの方は鼻の穴を膨らませ、肩をいからせていた。いきなり両親の別居話を聞かされて、誰が落ち着いていられると思うのだ。

「別居っていっても、平日だけ。週末は、お父さんが来てくれることになってるの」

「――え。なに、それ」

「身体が元気で、まだ自由に動き回れるうちにね、少し、好きなことをさせてもらおうと思って、前々からお父さんと相談してたの。それで、思ってた通りの家が山梨に見つかったわけ。空気も美味しいし、景色がすごくよくてねえ、小さなテラスの前に畑もあるのよね。それに、目の前に富士山が見えるんだ。どーんと、大きいのが」

母の説明によれば、その家は山梨県の笛吹《ふえふき》市にあるのだそうだ。車でも電車でも、意外なほど簡単に行くことが出来るという。

「今の季節は冷え込むけど。でも、行政も移住者を増やすために色々とやってくれててね、それで、家の中の段差をなくして、建具も二重サッシに入れ換えられたし、エアコンも新しくして」

インターネット環境まで整えられているのだそうだ。コロナの時代になってリモートワークが推奨され、都心から離れても仕事が出来る人にとっては、長閑《のどか》な環境での暮らしが新しい選択肢の一つになってきている。

「だから、そこで暮らすっていうの？　平日、たった一人で？」

それでも未だに信じられない気持ちだった。母は当然、慣れるまでは淋しいだろうと思うとも言った。

「それが辛かったら、『やっぱりやーめた』って戻ってくればいいんだし、これまで何十年も一人で過ごす時間なんてなかったから、お母さんだって少しは違った環境で、落ち着いて考えごともしたいの。田舎だからコロナの心配もそんなにいらないし、近所を歩きまわって絵も描きたいし、本も読みたい。昼間は畑を耕したら、夜は静かに好みの映画も観たいかな。とにかく、やりたいことが一杯あるのよ。犬か猫も飼いたいかなあ。きっと、新しいご近所付き合いとかも、生まれるでしょうしね」

そして父は週末ごとにそんな母の様子を見に通い、気が向いたら二度目の定年後に自分も引っ越してもいいようなことを言っているらしい。玲央が料理好きということもあって、母がいなくなった家でも食事の心配は必要ない。掃除や洗濯に関しては「いい機会だから」少しずつ身につけてもらうつもりだと母は言った。

「――そっか――それも、いいのかなあ。お父さんも納得してるんなら」

最後には、かのんもそう言うより他なかった。自由になりたいという母の気持ちも、よく分かる。長い間、夫と子どものためだけに暮らしてきた人だ。

「びっくりした。てっきり、お父さんが棄てられるのかと思ったよ」

すると母は「どうして」と自分の方が驚いたような声を出した。

「だって、お父さんなんて、何の面白味もないだろうし」

「お姉ちゃん、お父さんのことそんな風に思ってたの？　ああ見えて結構、面白い人なのよ。口数は多くないけど聞き上手だし、時々、つい吹き出しちゃうような妙におかしなことも言うし」

「――あ、そう？」

半分、キツネにつままれたような奇妙な気分で電話を切ると、それまで辛抱強く自分のスマホをいじっていた栗林が「お義母さん、かっこいいな」と呟いた。

「お義父さんもさ」

「自由に動けるうちに好きなことしたいんだって」

「うちの親父たちには、出来ないだろうなあ、そういうこと」

栗林は仕方なさそうに眉を上下させる。

「ああ見えて、おふくろの親父依存は相当なもんだし、親父も何だかんだ言いながら、日常生活はおふくろに頼りっぱなしってとこ、あるからなあ」

「――色んな形があるってことだよね」

焼酎のお湯割りをひと口飲んで、ふう、と椅子の背によりかかって脱力していたら、栗林は「専門家だろう」とにやりと笑う。

「そういうの散々、見てきてるんじゃないの」

「見てきてるけど、自分の身に降りかかるとは思ってないわけよ、これが」

それにしても人騒がせな両親だ。と、いうよりも、あのＬＩＮＥのメッセージが唐突過ぎる。それから玲央にも文句を言わなければ。ああ、光莉は知っていたのだろうか。いちいち名前を挙げて文句を言った後、「冷めちゃってるよ」と言われて、かのんはようやく食卓に意識を戻した。

「温め直すか」

「大丈夫だよ」

「いや、温め直すわ。俺が嫌だから」

今夜は牛バラ肉と焼き豆腐を使った肉豆腐とカボチャの煮つけ、ちぢみホウレンソウのごま和え、そして白菜と塩昆布の和え物というメニューだ。汁物は、鮭と大根の粕汁。かのんは牛バラ肉と焼き豆腐、そしてネギをそれぞれ切ったし、カボチャは煮込む前にレンジでチンした。茹であがったちぢみホウレンソウにごますり器ですった白ごまをたっぷり振りかけた。あ、粕汁も煮立ちすぎないように見守った。白菜の塩昆布和えは、栗林が自慢の握力でぎゅっぎゅっと揉み込むとあっという間に出来上がるから手伝いようがない。

「うーん、美味しい！」

温め直した肉豆腐にふりかけた山椒七味が何ともいえず風味がよかった。こういったものは、勤め帰りなどに栗林が買ってくるのだが、一体どこで見つけてくるのだろうかといつも不思議になる。

「年月と共に、夫婦の形も変わっていくんだろうな」

料理を突《つつ》きながら栗林がふと考える顔になった。

「俺もいつか、全部かのんの手作りっていう料理を食えるようになるかな」

「そんなの、今すぐだって出来るよ」

「今はいいや。俺、旨いもの食いたいから」

「何それ」

一応は膨れっ面になって見せたが、内心では「その通り！」と手を叩きたいくらいだった。結婚していちばんよかったのは、食生活が充実したことだと、かのんはつくづく思っている。

海老沼幸恵との二度目の面接のとき、かのんはまず、面接を終えて帰宅した後の徳一の様子について尋ねた。

「特に何も申してはおりませんでした」

前回と同様、マスクをしていても分かるほど生気のない表情で、幸恵は「いつもそうなんです」とつけ加える。かのんは前回、夫の徳一にもしたように、今日は二人が知り合った当時からの話を聞かせて欲しいと切り出した。幸恵は視線をそらしたまま「そうですね」と少し考える様子になった後で、ふと遠い目になった。

「あの人――主人は、実は当時、同じ職場の女子社員の中では、かなり話題になっていたというか、人気があったんです」

一流大学を出ている上に、背が高くて二枚目で、いつでも物腰が柔らかな徳一は、派手で目立つどころか、むしろ控えめな印象だったが、そこが余計に人気の理由になったと、幸恵は語り始めた。

「あの人が通り過ぎると、女子社員たちは喜んじゃって、『ほら、海老さまよ』なんて言い合ったりして」

短大を出て、一流電子機器メーカーの総務部に就職した幸恵は、当初から職場で結婚相手を探すつもりだったという。親もそれを望んでいた。当時はそれが普通だったし、いい相手が見つかりそうなら、商社でも銀行でも、就職先は厭《いと》わなかった。

そんな女子社員たちの目に、海老沼徳一のようなタイプは、安定性があって夫にするのに最適だと映ったようだ。そしてある日、チャンスが訪れた。昼休みに社屋の屋上でバレーボールをしていたとき、幸恵がレシーブし損ねたボールが、屋上の縁に腰掛けて本を読んでいた徳一の方まで転がっていったのだという。

「あの時のこと、今でもよく覚えています。あの人がボールを拾い上げて、わざわざ立ち上がって手渡してくれた時、私は顔から火が出るほど恥ずかしくて、真っ赤になってしまって、それと同時に、他の女子社員の羨望の眼差しをヒリヒリするくらいに感じていました」

だが、自分から積極的に話しかけたり出来る性格ではない幸恵は、そんな出会いのチャンスをすぐに生かすことは出来なかった。ところが、それからほどなくして、今度は社内の懇親会の席で、海老沼徳一と言葉を交わす機会が訪れた。そのときに幸恵は「これは運命かも知れない」と思ってしまったのだそうだ。それに改めて話をしてみると、海老沼徳一は印象通りに物静かだし、口調も穏やかでいい人だと思った。何より真面目そうなのが、そのまま誠実な人柄に映ったという。

「うちは父が暴君と言いますか、すぐに大声を上げるような人でしたので、正反対なあの人が新鮮に思えたんです」

その後、海老沼徳一がコーヒー好きだと分かると、幸恵も懸命にコーヒーを好きになろうとした。そして、美味しい珈琲店を見つけた、新しく喫茶店が出来たなどと口実を見つけては、それから時々、会社の帰りに待ち合わせをして、一緒にコーヒーを飲んだり夕食を共にするようになったという。徳一は常に本を持ち歩いている人だった。そして、幸恵が「何の本ですか」などと訊ねると、ときには無我夢中になって本の内容について語ることもあった。仕事についても同じだ。幸恵に分かっても分からなくても、自分に興味のあることとなると時を忘れるくらいに話し続ける。そんな彼を見ていて、熱心な努力家なのだと幸恵は微笑ましく感じたという。

やがて二人の交際は社内の噂となって広がり、交際が始まって一年ほどたったときに、「上司から背中を押される格好」で徳一が幸恵にプロポーズしてきたのだそうだ。社内でもかなりの人気者に選ばれたのが嬉しくて、当時の幸恵は天にも昇る心地だった。

そこまで話して、幸恵は疲れた様子で微かに肩を上下させた。

「本当はあのときから、何となく妙な感じがしていたことは、していたんです。でも、気のせいだと思ったり、思い過ごしだと自分に言い聞かせたり――要するに、私がいけないんです」

「それは、具体的にはどのようなときにお感じになっていたことなんですか？」

かのんが首を傾げて見つめると、海老沼幸恵はまたため息をついて「言っても理解してもらえない」と、前回と同様の言葉を繰り返した。とにかく離婚さえ出来れば、もういいのだと。

「今までも、ずっと、そうだったんです。誰に話しても、誰一人として理解してくれませんでした。悪いのは私。わがままなのは私。どんなに説明しても」

「海老沼さん」

かのんは自分の瞳に精一杯の思いやりをこめたつもりで、小さな老女を見つめた。

「ここは家庭裁判所で、私は調査官です。皆さんのお気持ちを聴かせていただくのが、私の仕事です。そして、その方にとって、いちばん望ましいと思える方法を一緒に考えさせていただくお手伝いもしたいと思っています。海老沼さんは『孤独と絶望』が離婚を申立てる理由だと書かれました。これは、目に見えない問題なだけに、もしかすると相手の不倫などよりも、ずっと深刻な問題だと思うんです。ですから、是非ともその部分をお話しいただけませんか」

それでも海老沼幸恵は多少、落ち着きなく瞳を動かすだけで反応しない。

「ご主人は、離婚に応じるつもりはまったくないと言っておられます。自分に落ち度がないのに、どうして慰謝料の支払いや財産、年金の分割に応じなければならないのかとも」

「――そうでしょうね、あの人なら」

「それでも奥さまの離婚の意思が変わらないとしたら、今のままでは、幸恵さんは身一つで別れるしかなくなるかも知れませんよ」

「――私は、いざとなったらそれでも、と」

「でも、無一文で離婚なさって、この先はどうなさるんですか？　これまで『うんざりするほど』我慢してきたのに、何もかもなくなって、あとはお子さんに頼りますか？」

「いえ、子どもたちには——」

「ですから、調停委員や裁判官がちゃんと理解して、納得出来るように、まず私に説明していただきたいんです」

かのんは辛抱強く、繰り返し、同じ言葉を伝え続けた。自分はちゃんと聴く。幸恵の心を受け止める。だから話して欲しいと。

「お目にかかった感じでは、とても穏やかで、素敵なご主人に見えますよね。そんなご主人の、どんな部分にうんざりしてこられたんでしょう？」

俯きがちの幸恵の視線がわずかに動いて、かのんの喉元辺りに向けられた。かのんは、その視界に入るように大きく頷いて見せた。白いウレタンマスクが上下したのが、彼女にも見えたはずだ。数分間、沈黙が流れた。

今日もだめ？　話せない？

ここまで絶望的になってしまった人が、どうやって立ち直れるものだろうか。たとえどんな形でも離婚だけは出来たとして、そこから先も苦しまなければならないのでは気の毒すぎる。

「何とかお力になりたいんですよね」

つい、ぽつりと呟いて、なおもしばらく沈黙が続いた。どうにか出来ないものか、どう話しかけようか。そればかり考えていたら、ふいに幸恵が「うまく」とかすれかけた声を出した。

「ちゃんと、お話し出来るか分かりませんけど」

かのんは「かまいません」とテーブルの上で両手を組みあわせた。

「思いつくところから、お話しいただければ大丈夫ですから」

海老沼幸恵は、今日も前回と同じ臙脂色のセーターの襟元にスカーフを巻いていて、その薄い肩を大きく上下させると、自分の中で言葉を探すようにした後、ようやく口を開いた。

「――誰もが羨むようなお相手とおつきあいできて、結婚までこぎ着けた私を、周りの人はみんな、幸せものだって言いました。羨ましいとも言われました。短大時代のお友だちや、職場で一緒だった人たちと会っても、それから自分の実家でも。でも私は、結婚してから毎日――」

「毎日？」

「どんどん、淋しくなっていったんです」

胸を衝かれる言葉だった。一人でいるよりも二人でいる方が淋しいとは。それも、新婚当初から。

「それは、ご主人との関係の、どのあたりがうまくいかなかったから、とお考えでしょうか？」

海老沼幸恵は絶望的な眼差しで曖昧に首を左右に傾ける。

「どのあたりも、このあたりも――向こうはまったくそうは思ってないんだと思います。今に至るまで――と、申しますか、要するにあの人は――何も感じない人なんです。たとえば、夜の生活にしても、それはもう、何ていうか――私にしてみれば本当に単なる義務のようなものでした」

たとえば結婚前に二人で外食したときも、結婚後の幸恵の手料理にも、一度として文句を言わない人だなと思うくらいまでは、操縦しやすい人だと感じる程度だった。だが、そのうちに分かってきたという。海老沼徳一という人は、きれいなものを見ても、美しい音楽を聴いても、ほとんど何も感じないらしいということだ。幸恵がいくら色々な話をしても、それらはすべて「情報」として耳に入れるだけで、彼の琴線に触れることはなかった。たまの休みに出かけようと誘っても嫌がるし、会社から帰って夕食をとったら、あとは一人で自分の部屋にこもってしまう。たとえば幸恵が流産したときでさえ、彼は救急車だけは呼んでくれたものの自分は病院にも付き添わず、無論、慰めの言葉さえなかったという。

「日ごと、年ごとに、何ていう情のない、冷たい人なんだろうと思うようになりました。でも、そのことを実家に行って母に訴えても、古い友だちに相談しても、誰もが言うんです。『男なんてそんなものよ』『自分が動揺しているところを女房には見せたくないからでしょう』って。ですから私も、何度もそう思おうとしました。でも、何か違うんです」

幸恵が泣いていても見向きもしない。腹を立てても不思議そうな顔をするばかり。それでも幸恵が泣き止まないと、「うるさいっ」と急に怒りをあらわにして壁を殴りつけたりしたこともあったという。静かにしてくれ。仕事の邪魔をするな。俺の好きにさせろ。彼が言うのは、そんな言葉ばかりだったそうだ。

「私が何も言わなければ言わないほど、あの人は晴れ晴れとした顔で会社に出かけるんです。そうこうするうち、三度目の妊娠でやっと生まれた子どもが、本当に生まれてすぐ手術をしなければならないほど弱い子だったものですから、私はその子にかかりきりになることで、すべてを忘れようとしたんです。妊娠中に浮気したと言われたことも、すっかり頭の中から追いやりました。その後もう一人生まれて、余計に子どもたちにかかりきりになって──気がついたら、あの人とは何日も、何週間も、目一つ合わせないようになっていたんです」

だが、「ご飯よ」と呼べば食卓につき、風呂の支度をすれば一番に入る。時には居間にいて子どもたちが見ているテレビを一緒に眺めていることもあるが、会話はない。生活費を入れないわけでもなく、外で遊ぶわけでもない夫の、一体どこを非難するのだという人しか、幸恵の周囲にはいなかった。子どもに興味はない様子だったが、「お父さん」と呼ばれれば返事をするし、学校行事に行かなければならないときには腰を上げ、やるべきことは淡々とこなす。だから保護者の間でも、彼の評判はよかったのだそうだ。

「それでも私は、まるで大きな石と暮らしているようにしか感じられなかったんです。そうでなければ、深い、深い、洞穴に向かって声を上げているような。相談ごとなんて何一つ出来ませんし、向こうもしてきません。あの人は自分に色々な規則をもうけていて、その通りに動くことが好きなので、ワイシャツでもネクタイでも、曜日を決めて順番通りに私が用意しておけば、黙ってそれを身につけて行く、それだけでした。まるでロボットと暮らしているみたい、そんな風に思う私の方がおかしいんだろうかって、毎日毎日、思いながら暮らしてきたんです」

気が滅入り、孤独が募る。三十代から四十代にかけては、子育ての合間に、どうしてこんな人生になったのだろうと思わない日はなかった。五十を過ぎた頃からは、憂鬱と息苦しさとに、本当に動悸がして冷や汗が止まらなくなり、そのまま倒れるのではないかと思うような症状に見舞われることも度々だったという。

だがやはり親しい人や実家の母親に相談しても「精神科なんて人聞きの悪い」と反対され

てしまい、結局、身動きが取れないままで年月を過ごしてしまったと、海老沼幸恵はうなだれた。

「そしてとうとう、あの人は定年で、毎日ほとんどずっと家にいるようになりました。私は、もう何も考えずにいる方がいいと思っていたんです。そんなときに、あの女を見かけてしまいました。悔やんでも悔やみきれないって、本当に思ったんです」

ひとしきり話が終わったところで、幸恵は、深く長いため息をついて視線を落とした。表情は虚ろなままだが、マスクをしていても顔がわずかに上気しているのが分かる。

「これは家裁調査官としてでなく、あくまでも私個人の意見として、言わせていただいてよろしいですか」

少し間を置いてから、かのんは幸恵を見つめた。テーブルの上で組みあわせた両手に、自然に力が入っていた。海老沼幸恵は返事をする代わりに、おずおずと顔を上げた。

「本当に長く、耐えておいでだったんですね。海老沼さんが抱え続けられた苦しみは、ごもっともだと思います」

海老沼幸恵の瞳が揺れた。

「ですが、私は医師ではありませんので、今の海老沼さんの状態を、きちんとお伝えすることが出来ません」

揺れている幸恵の瞳に向かって、かのんは、是非とも近いうちに診察を受けて欲しいと伝えた。海老沼幸恵は余計に怯えた表情になった。

「やはり、私がおかしいんですか。私が病気なんですか」

「そうではありません。原因は、ご主人だと思います。その影響で、海老沼さんは、あまりにもお疲れだと思うんです」

まだもの問いたげな様子の彼女に、かのんは、必要であれば川崎市内とその近辺にある専門の診療所や病院のデータを揃えてあげましょうと伝えた。

5

「私、知りませんでした。聞いたこともありませんでした」

二月も半ばに差し掛かって、コロナの感染者も大分少なくなり、このまま落ち着いてくれればいいがと思うようになったころ、海老沼幸恵との三度目の面接が行われた。これまではいつも臙脂色のセーターに合っていないスカーフを巻き付けて、いかにも疲れた様子で現れていた彼女が、その日は明るいグレーのニットに、キラキラと光るペンダントをつけてきた。

「カサンドラ症候群って言うんだそうですね。クリニックの先生は、とてもよく聞いて下さって、『あなた、そんなに長く我慢してきたの』って、びっくりされてました」

カサンドラ症候群というのは、ギリシャ神話に登場するカサンドラ姫から取られた名称だ。かの有名なアポロン神は、美しく魅力的なカサンドラ姫に魅せられて、未来を予知する能力を授ける。ところが、その代わりに自分に言い寄ってきたアポロン神を、カサンドラ姫は相手にしなかった。すると怒ったアポロン神は、自分で能力を授けておきながら、カサンドラ姫がいくら予言しても信じてもらえないという呪いをかける。以降、カサンドラ姫がいくら予言を語っても、誰にも信じてもらえないという苦しみを味わうことになったという。

たとえばパートナーがアスペルガー症候群などの自閉症スペクトラム障害の場合、物事に共感する力が低く、お互いに心を通わせるコミュニケーションを取ることが困難なケースがある。そういう人と暮らしていることで孤独に陥り、相手を理解しない自分が悪いのだろうかと自分を責めたり、心身に不調を来したりする。さらに、そんな苦痛を周りに分かってもらおうとしても、パートナーが一見すると平均以上に優れていたり、また好感の持てる人柄に見えたりするために、第三者からの理解を得られず、逆に責められたり冷やかされたりして終わってしまうという、二重の苦しみに苛まれる。これをカサンドラ症候群と呼ぶようになった。

「『よく頑張りましたね』とも言われて、私——」

初めて、海老沼幸恵の目から涙の雫がこぼれ落ちた。最初はあれほど虚ろに見えた人が、ようやく感情を動かし始めた証拠だ。かのんは「私もそう思います」と頷いた。本当に、よく我慢した。いや、我慢し過ぎた。

海老沼幸恵の夫・徳一という人は、一度会って話しただけでも、外見は非常に好感の持てる雰囲気の持ち主ではあるものの、共感性が著しく低いらしいことが、かのんには感じられた。つまり、相手の言動に対して、それをどんな気持ちで言っているのか、自分にどう反応して欲しいかを想像することが苦手どころか、感じることもなく、考えることもしない。あの年齢にまでなってしまうと、改善の余地があるとは考えにくいとさえ思えた。

それでも本人自身には何の不自由もなく、相手と気持ちを通わせる必要というものを、まったく感じない。これは、自閉症スペクトラム障害の人に限ったことではなく、むしろ幼い頃からの育ち方や育った環境によって、人との関わりを避けていた方が気が楽だったり、自分が傷つくことを恐れたりする人の場合でも大いに起こり得ることだ。

　さらに言えば、海老沼徳一という人には、情緒性というものも欠けているように、かのんには思えた。若い頃こそコーヒー好きと言っていたらしいが、音楽にも芸術にも興味はなく、結婚してからただの一度として夫婦で映画を観にいったこともないという。そんなことをして「何が面白いの」というのが、その理由だったのだそうだ。

「色々と思い出したんです。たとえば一人目の子どもがやっと退院した、それからハイハイした、立ち上がった、何か喋った、そんなとき、私が飛び上がるほど嬉しくて主人の帰りを待って報告しても、『成長段階にあるから当然だ』と言うだけだった——そういう人なんですよね。もともとが」

　もしも、これが夫婦共にまだ若く、そして夫の方に夫婦関係を改善していくつもりがあるのなら、二人でカウンセリングを受けるなどの方法もあったと思う。だが、四十数年という年月はあまりにも長く、そして、海老沼幸恵は、もう疲れすぎていた。何度か確認してみても、離婚の意思は変わらない、と彼女は言った。そして、今となっては顔を見ているのもつらいので、まずは別居を考えようと思うとのことだった。

　調査官室に戻って面接の結果を報告すると、三好主任は「それが賢明ね」と頷いた。

「カサンドラだと分かって、自覚した上で石の地蔵みたいな亭主と二人で過ごすなんて、とてもじゃないけど耐えられないだろうから」

「お地蔵さんなら拝んでればいいですけど、相手は飯も食うし風呂も入るんですからね」

　珍しく隣から醍醐くんが口を挟んできた。かのんも「そうだよねえ」と頷いた。海老沼徳一には少し酷かも知れないが、彼自身に大いなる問題があるということを、調停の席でははっきりとさせなければならないだろう。そのために、幸恵には医師の診断書をもらってくるようにとも伝えてある。

「納得しますかねえ、そのご主人は」

向かいの席の岩本さんが腕組みをして天井を見上げている。どちらかというと、この人の方がお地蔵さんというか、お坊さんのような雰囲気なのだが、見かけによらずボルダリングが趣味で、休日には中学生になる息子と一緒に、専用のジムに通っているらしい。

「理詰めで考える人みたいだから、その辺りから上手に攻めるのがいいんだろうけど。一つ、厄介なところにスイッチが入ると、長引く可能性も、なきにしもあらずね」

考える表情の三好主任に「そうですよねえ」などと頷きながら、かのんがそろそろ判事に提出する「調査報告書」の作成に取りかからなければと思っていたとき、調査官室の電話が鳴った。隣の組の桜井くんが「庵原さーん」と呼ぶ。

「電話ですよー。例の人から」

「例の？」

電話機の内線ボタンを押して「もしもし」と言った瞬間に、すぐに分かった。桜井くんが、何とも言えないニヤニヤ顔でこちらを見ている。かのんは、そんな彼をひと睨みしてから、電話の相手に「今日は、どうなさいましたか」と話しかけた。調査官同士の間では「こじらせてしまった人」と呼んでいる田井岳彦氏の声が「お久しぶりです」と丁寧な口調で語り始める。

「あれから色々と考えたんですがね」

田井岳彦氏というのは、武蔵小杉のタワーマンションに住んでいるエリートサラリーマンだ。最初は妻の浮気を疑って離婚調停を申立てたところから始まり、それが離婚裁判へと発展した段階で、まったくの作り話だったどころか、逆に妻に対する虐待が指摘されて、裁判に敗北。すると次には娘との面会交流を希望して調停の申立てを行い、やはり審判まで発展したが、それも娘本人が父親に会うことを強く拒否して思うように進まなかったという、こと家庭問題に関しては、悉《ことごと》く思い通りに物事が進まない、そういう意味では悲劇的な人だ。

「どうも、納得出来ないんでね」

また始まった。つい、片方の手で額を押さえてしまった。そのかのんの耳に、田井氏の声が「親権者変更調停を申立てます」という言葉が聞こえてきた。かのんは思わず「え」と絶句しそうになった。あなた、娘さんからあれほど嫌われてるのが分からないんですかと言いたかった。

「こんな風に引き離されるんだったら、私が親権を取り返そうと決めました」

かのんの立場からは言えない。やめときなさいよ、もう、とは。

「出来るだけ早いうちに、手続に入るつもりでいます」

「弁護士を立てたり、なさいますか?」

本人に会って話すよりは、弁護士と交渉する方が気持ちが楽だと思ったのだが、田井氏は即座に「いいや」と答えた。

「私が自力で、娘を取り返します」

「——分かりました」

離婚を決意するまでに四十年以上もかける人がいるかと思えば、離婚した後でも、こうして何年でも引きずり続ける人がいる。そういうあれこれを見るにつけ、「ちょっと自由が欲しいから」と平日だけの別居生活に踏み切るかのんの母や、それを許して週末ごとに会いに行く父などは、本当に穏やかで落ち着いてくれていると思う。誰だって、そういう夫婦でありたいと望むはずなのに、どうしてこうもうまくいかないものなのだろう。

「聞いてますか、もしもし」

「勿論です」

「今度こそ、少しはこっちの味方をしてくださいよ」

「そういうご希望には添えないんです。裁判所は、あくまでも中立ですから」

するとと、田井氏は「またまた」と人を小馬鹿にしたような笑い方をして、「じゃ、そういうことで」と電話を切った。かのんは受話器を戻すなり、「あー」と頭を抱えて机に突っ伏した。

「また、あの人と関わらなきゃならないんだぁ」

思わず声を上げたとき、ふわりと誰かがかのんの髪に触れた。ぱっと姿勢を戻すと、平瀬総括が、かのんの目の前にクリーム白玉ぜんざいを差し出して笑っていた。

再会

1

※この申立書の写しは、法律の定めるところにより、申立ての内容を知らせるため、相手方に送付されます。

【家事調停申立書　［子の監護に関する処分（面会交流）］】

横浜家庭裁判所川崎中央支部　御中
令和三年□月×日

申立人　橋場　璃子　㊞

添付書類　未成年者の戸籍謄本

申立人

住所　山形県鶴岡市陽光町△番地○号

氏名《フリガナ》　橋場《ハシバ》　璃子《リコ》

昭和58年△月□日生（37歳）

相手方

住所　神奈川県川崎市川崎区渡田五丁目△番○号

氏名《フリガナ》　南雲《ナグモ》　遼太郎《リョウタロウ》

昭和61年○月×日生（34歳）

未成年者

住所　相手方と同居

氏名《フリガナ》　南雲《ナグモ》　宙《ソラ》

平成27年□月△日生（5歳）

住所　相手方と同居

氏名《フリガナ》　南雲《ナグモ》　愛瑠《アイル》

平成29年△月△日生（3歳）

申立ての趣旨
申立人と未成年者が面会交流する時期、方法などにつき調停を求めます。
申立ての理由
申立人と相手方の関係
離婚した。
その年月日　令和二年×月□日
未成年者の親権者
相手方
未成年者の監護養育状況
相手方のもとで養育
面会交流の取決めについて
当事者間の面会交流に関する取決めの有無
なし
面会交流の実施状況
これまで実施されたことはない。
本申立てを必要とする理由
相手方が面会交流の協議等に応じないため

「外はお寒うございましたでしょう」

細く高い声と共に、大理石風のテーブルにとん、と置かれたのは、緑茶のペットボトルだった。ペットボトル？　と意表をつかれて、庵原かのんは礼を言いかけていた口が中途半端に開いたままになってしまった。よかった。マスクをしていて。

「こんな時代ですので、最近は主人の事務所に見えるお客さままでも、食器でお出しするのは控えておりまして」

顔が大きいのかマスクが小さいのか、とにかくサイズが合っていない印象のマスクの上から出ている細い目を、女性はちろりとこちらに向ける。愛想笑いを浮かべたのか人を推し量っているのか分からない目だ。年の頃は七十をいくつか過ぎたところだろうか、丸い顔に茶色く細い眉が心持ち上がり気味で一直線に描かれているのと、その眉間にくっきりと刻まれた縦の二本線が印象的だった。白髪の多くなった髪は前髪を上に大きく膨らませてきっちりセットしており、ペットボトルを置いた白い手には、緑色の大きな石を小さなダイヤモンドが取り巻いている指輪が輝いていた。

「どうぞ、召し上がって」

かのんが「規則ですので、頂戴できないんです」と、ペットボトルを押し戻しかけたとき、向かいのソファに腰を下ろそうとしていた女性は「あ」と言って再び腰を浮かせ、前のめりになるような姿勢でパタパタとスリッパの音をさせて窓辺に歩み寄った。

「換気をね。しませんと」

レースのカーテンを開いて、窓を十五センチほど開け、その上で彼女は窓の方に向けて扇風機も回し始めた。

「こうするといいって、テレビで言ってましたものですから」

せっかく暖かかった部屋に、切り込むような冷たい風がすうっと流れ込んできた。これでは許可されていたとしても、冷たいお茶など飲む気にはなれない。一方でかのんは、首都圏から来た自分が最大限に警戒されていることを実感していた。もともと、この家の玄関先に立ったときから、挨拶もそこそこにてのひらにはアルコール消毒液を滴り落ちるほど垂らされたし、コートにもウイルス除菌スプレーをかけるために、その場でくるりと一回転させられた。その上で、まず家に上がるとすぐ洗面所に案内されて手を洗うようにすすめられ、水気を拭うために置かれていたのは使い捨ての紙タオルだ。徹底している。

新型コロナウイルス感染症患者の増加によって東京都を始め一都三県に出されていた二回目の緊急事態宣言は先週、三月二十一日に解除されていた。その間二カ月あまりにわたって、不要不急の外出は避け、県境を越える移動も控えるようにという通達を可能な限り守ってきた家庭裁判所調査官たちは、ここぞとばかり、それまで滞りがちになっていた東京や埼玉などへの調査面接に動き始めた。そしてかのんも今日、山形の鶴岡までやってきていた。以前から何度となく電話をもらっては「早く調停に入りたい」と催促されていた、子との面会交流を希望する調停申立人に調査面接するためだ。

「都会の方は大変でしたでしょうね、感染者が多くて」

やはり心持ち前のめりの姿勢でソファまで戻り、背もたれに手を置きながらようやく腰を落ち着けると、女性は改めて細い目をこちらに向けてくる。

「どうしても人が多いですから。こちらの方は、感染者はあまり出ていないようですね」

女性は、特に鶴岡は今のところほとんど感染者は出ていないと自信ありげに頷いた。山形県全体でも感染者はさほど多い方ではないが、その大半は内陸に位置し、宮城県仙台市と隣接している山形市から出ているのだそうだ。

「でも、それだけに気をつけませんとね。うちのように主人が自宅で仕事をしておりますと、人の出入りもそれなりにございますし、もしも感染者が出てしまいますと、それだけでもう、噂も広がって、大変なことになりますから」

特に今年は新型コロナウイルスの影響を考慮して、確定申告の期日も例年より一カ月延長されて四月十五日までになったことで、夫の仕事は未だに一区切りつかず、忙しい状態が続いていると女性は語った。そういえば、この家の門柱には「ハシバ税務会計事務所」という表札も出ていた。どうやら、かのんが面接すべき人物の父親は税理士らしい。

「ですので、今日も主人は来客中でして、失礼させていただきます」

「それは問題ありません。あの、今回の中立てをされた橋場璃子さんは――」

かのんが本題に入ろうとすると、女性はまた「あ」と小さな声と共に席を立ち、さっき開けた窓を閉めに立ち上がる。

「開けっぱなしじゃあ、やっぱり寒くなりますわね。また少ししたら開けましょう」

鶴岡は、飛行機とバスを使えば羽田から一時間半あまりの距離だ。朝一番の便に乗って一時間で庄内空港に到着し、飛行機から降りてボーディング・ブリッジを歩き始めた瞬間、かのんはまず、その空気の冷たさに驚いた。東京では既にソメイヨシノの開花宣言が出されたというのに、こちらは真冬そのままの寒さだ。夫に忠告された通り、マフラーを持ってきて正解だったと思いながら鶴岡駅行きのバスに乗り込んでからも、走り出した窓の外に見える景色はところどころに雪を残して、いかにも寒々しいものだった。それらの景色を眺める間に、ああ東北に来たのだなという気分になってくる。そうして鶴岡駅に着いたのはまだ午前九時にもならない頃だ。面接の約束は午後一時だったが、羽田から庄内行きは便数が少ない。次の便にしてしまうと、約束の時間に間に合わない心配があったから、結局、朝一番の便で来たのだった。

「ちょっと寒くなってしまいましたわね。エアコンの温度を上げましょうか」

「ありがとうございます。それで、橋場璃子さんですが——」

「それで、こちらには初めていらしたのかしら？　少しは鶴岡の街をご覧になったりされました？　ああ、娘はね、もう、すぐにまいります。今、支度をしておりますので」

何かしらはぐらかされている感じを覚えながら、かのんが鶴岡公園とその西側に広がる古い建物が並ぶ辺りを歩いたと答えると、女性は満足げに頷く。自分が暮らす城下町を誇りに思っているらしいことが感じられた。

「きれいで驚きました。致道《ちどう》博物館とか旧郡役所《ぐんやくしょ》、あと警察署の跡でしょうか、すごくモダンな建物が残っているんですね」

日帰り出張とは言え、初めて訪れた土地でわずか数時間でも、晴れ渡った空の下をぶらぶらと歩きまわることが出来たのは、実に久しぶりの気分転換になった。

ああ、旅に出た。

マスクをしたままでも、胸一杯に吸い込む空気は確実に違う。コロナ禍以降、何と息苦しい日常を続けてきたことかと、寒さの中でも改めて感じさせられた。それに、緊急事態宣言は解除されたと言っても、きっとそう遠くない将来すぐに次の波がやってくることは、ほぼ間違いないだろう。だから仕事とはいえ、その隙間を縫ってこんな風に遠出できたことは幸いだった。

〈栗林《くりりん》にも気分転換させてあげたいよ〉

今朝、家を出るときにはまだ眠っていた夫に、無事に着いたという報告のＬＩＮＥを送る。すると、すぐに既読がついて「旨いもん買ってきて」という返事が来た。この辺りの名物とは何だろう。帰りに時間があったら探してみたい。

それこそ桜の名所だという鶴ヶ岡城跡の公園も、今はまだ寒々しいばかりだ。その周辺をざっと見て歩き、たまたま見つけた店で温かいラーメンも食べて、そういう点では時間に余裕を持ってやってきたのは正解だった。だが、まさか面接すべき申立人が姿を見せないとは思わなかった。さっきから、もう三十分以上も一人で喋っているのは、申立人の母親だ。

「こういうプライベートなことで、裁判所の方にわざわざ遠くまでお越しいただくのは本当はお恥ずかしいと申しますか、心苦しいことだとは思ってはいるんですけれど」

「いえ、仕事ですから」

「こんなことになるんでしたら、家を出るときに、子どもたちを連れて出ればよかったんです。それを、向こうに言われるままになって、バタバタと身一つで追い出されるような格好で——それは、本人が一番悔やんでることなんですけれどもねえ」

「それにつきましては、これからご本人様から直接うかがっていきたいと思っていますので。それで娘さんはあとどれくらい——」

「実を言いますとねえ、私と主人は、もともとあの結婚そのものに、諸手をあげて賛成したというわけではなかったんです。何しろ生まれも育ちもあまりにも違う二人ですし、家の

——何と申しますか、雰囲気というのか、そういうのも、まるで違いますし」

「こちらは税理士さんでいらっしゃるんですよね。あちらのお宅は——」

すると母親は丸い顔を一瞬ぷいっと横に向け、それから一つ息を吐いてから「お風呂屋さんです」と言った。

「お風呂屋さんですか」

「そう。銭湯。お分かり？」

「もちろんです」

「こういう環境で育った娘が、銭湯の女将さんになったんですよ。そこ、お分かり？」

ははあ、そういうことかと思った。この母親は、まず娘の嫁ぎ先の家業が気に入らなかったのだ。

「それもね、川崎の、何ていうんですか、私もたった一度、行ったきりですからよく分かりませんけど、駅の傍の、もう本当に空気は悪いし雑多だし、人も何もかもがゴチャゴチャしたところで」

止めどなく喋り続けようとする母親をどこかで制して、かのんがもう一度娘のことを尋ねようとしたとき、ようやく応接間のドアが小さくノックされた。現れたのは、やはり大きな丸い顔をしてずんぐりと太った女性だ。だが、顔色が紙のように白い。

「——すみません、お待たせして」

消え入るような声で挨拶をすると、女性は「橋場璃子です」と小さく会釈をしてから、やっとというように母親の隣に身体を沈めた。するとすかさず母親が「あなた、マスク」と言いながら立ち上がり、パタパタとスリッパの音を響かせて部屋を出て行く。橋場璃子はソファに身体をもたせかけて、ぐったりとしたままだ。支度に時間がかかっているような話だったが、ルーズな感じのセーターにスウェットパンツという出で立ちで、どこからどう見ても起き抜けといった印象だ。それに、その顔色は尋常ではない。

「だい、じょうぶ、ですか？　どこか体調がお悪いんですか？」

こめかみの辺りには乱れた髪が汗ではりついているし、まだ肩で息をしている橋場璃子は、力の入らない目をちらりとこちらに向けた後、大きくゆっくりと息を吐き出した。

「母が、言ってませんでした？　私、パニック障害で、さっき発作が出ちゃったんです。今日は、その、お約束の日だなと思ったら、やっぱり緊張したんでしょうか、お昼過ぎになって急に冷や汗が吹き出してきて、苦しくなって——一度、始まるとどうしても一時間は治まらないんです」

かのんは「そうだったんですか」と、疲れ果てた様子の女性を気の毒に思った。申立書によれば、彼女は三十七歳。かのんと同い年だ。母親がマスクを持って戻ってきて、気ぜわしげに娘に手渡したが、橋場璃子はそれを手にしたまま、やはり虚ろな表情で力のない目を宙に向けている。

「——今、まだ息苦しくて、マスク出来るような状態じゃないのよ」

「そんな、あなた——」

「あの、私でしたら定期的に抗原検査を受けていますので、一応ご安心いただいて大丈夫かと思うんですが」

かのんが三日前にも受けたばかりだと言うと、母親が、ようやく少しだけ安心した様子になった。静寂が流れる間に、璃子はマスクをソファの上に置き、かのんが手をつけずにいるペットボトルの緑茶を「失礼」と言ってひと口飲む。これは、注意深く話を聴かなければならないようだ。うつ病を患《わずら》っていてパニック障害もあるという、相手の神経を刺激しないように。

「もともと体力には自信があったんですけど、こっちに戻ってからというもの、すっかり調子を崩してしまって」

少し時間がたつと、ずい分と落ち着いた様子になってきた橋場璃子は、視線を落としたままで独り言のように呟いた。すると、母親がすかさず「そうなんです」と口を挟んでくる。眉間に刻まれていた縦の二本線がくっきり深くなり、一直線に描かれた眉がぎゅっと寄った。

「戻ってきたときは、まあ、ちょっとした喧嘩だろう、じきに仲直りするだろうと思ってたんですもの。それが、あれよあれよという間に離婚になって、子どもも取られて——そうこうするうちに、この子は全身から力が抜けてしまったようになってしまって、話している途中でも突然ぽろぽろと泣き出すし、眠れないって言いますしね、結局、うつ病の診断を受けたんです。それから少しして、今度は急に苦しがって倒れるようなことになりまして、お医者様からパニック障害ですか、そちらの診断も受けました」

母親はそれからひとしきり、娘が嫁ぎ先から戻ってきたときの様子と、そんな娘を自分たち夫婦がどんな思いで見守ってきたかを切々と語り、そして、眉間の皺をさらに深くしながら、せめて子どもさえ傍にいればと、いかにも悔しそうに呟いた。

「子どもは、特に小さなうちは母親が傍にいなければだめに決まってますでしょう？　それなのに『どんなことをしても手放さない』の一点張りで、娘が体調を崩したことを逆手にとって、『うつ病の母親に子どもは任せられない』などと言いましてね。だから余計に、娘はこんなことになってしまったんです。それにあんな無神経で雑な家の人たちに任せておいたら、今ごろは孫たちだってどうなっていることやら——」

「やめてったら、お母さん！」

橋場璃子が小さく叫ぶような声を上げた。

「あの子たちに、あの子たちに何かあったら——」

そこまで言ったと思ったら、橋場璃子は丸い肩を縮こまらせるような姿勢になり、両手をグーにして目元に持っていくと、幼い子のようにしくしくと泣き始めた。母親はまた前のめりに立ち上がってパタパタとティッシュの箱を持ってくる。

「何でしょうねえ、この子は。お客さまの前で」

ちろちろとこちらを見ては、必死に取り繕うようにする母親と、「会いたいよぉ」と繰り返しながら背を丸めて泣く娘は、そういえば面差しがよく似ていると、そのときになって気がついた。母親が、やたらと真っ直ぐに眉を描いているのに対して、娘の方は、ほやほやと下がり気味の眉をしているという違いだけだ。

「こう見えて繊細な子なんです。今さらこんなことは申したくないんですけど、都会で、色んな人が大勢出入りする商売をしている家なんて、耐えられる神経じゃないんですよ。それが分かっていたからこそ、この子には自分の才能を生かして、好きな道を歩ませたかったのに、今となってはそういう親心が、仇《あだ》になってしまったと思うしか」

拭っても拭っても涙が出てくるらしい璃子本人に、すぐに語らせるのも気の毒に思えたし、母親の話す勢いがあまりにすごいので、結局かのんはしばらくの間、ただ黙って母親の話を聴いているしかなくなった。それにしても、ふくよかな身体から空気が抜けたように頼りなくなってしまっている橋場璃子を眺めていると、こんな状態になっている彼女の心を支えるためにも、この面会交流は何とか実現させたいものだという思いが強くなった。

2

橋場璃子が三歳下の南雲遼太郎と結婚したのは三十歳を目前にした二十九歳のときだという。二人の出会いはそれよりも四年前、場所はイタリアだったそうだ。

当時、璃子はフィレンツェに音楽留学をしていた。高校卒業後に進学した大学は父親の勧めもあって経済学部だったが、小学生の頃から始めたヴァイオリンへの思いは断ちがたく、同時に本場でイタリア語を身につけたいという思いもあって、大学卒業後にイタリアへ渡った。そして、あるとき休日を利用して友だちとトスカーナ州を旅したときに、現地の温泉施設に滞在していた南雲遼太郎と運命的な出会いを果たした。遼太郎はゆくゆくは家業の銭湯を継ぐという親との約束と引き換えに、イタリアで「ワインと温泉巡りの旅」を気ままに続けている最中だった。二人はすぐに意気投合して頻繁に連絡を取り合うようになり、やがて璃子の学校が休みの度に二人でイタリア各地を旅するようになった。

「向こうにいる間、彼はよく自分の夢を語っていました。今は銭湯が数を減らしてる厳しい時代だけど、自分はお祖父《じい》さんの代から始めてお父さんが守り続けてきた銭湯をもっと大きくして、ゆくゆくは都会の真ん中で、誰でも楽しめるスパに発展させていきたいんだって」

交際が進むにつれて、璃子は自分も彼の夢を後押ししたいと思うようになった。もともとヴァイオリンが好きとは言っても一人前のプロになれるほど才能があるわけではないことは自分でも分かっていたし、小さなコンクールの一つにさえ出たことはない。イタリア留学は、本音を言えば就職もしたくないし他にやりたいこともなかった彼女の、一つの言い訳に過ぎなかった。

だが、そこで遼太郎と出会った。優しくて陽気な年下の彼と共に生きることが、橋場璃子の新たな夢になった。二人は将来を固く誓い合い、共に帰国してそれぞれの親に自分たちの決意を伝えたのだそうだ。

「でも最初は、どちらの両親も賛成してくれなかったんです。うちは田舎のこんな家ですから、川崎みたいに遠い大都会で、しかも商売をしている家に嫁ぐなんて、家風も合わないし、アルバイト一つしたこともない私には絶対に無理だと言われました」

「あちらのお宅はどういう理由で反対だったんでしょう」

「南雲の家では、とにかく『まだ早い』って言ってたみたいです。これから仕事を覚えて一人前になっていかなきゃいけないんだから、せめて三十までは我慢しろって。それと、私が年上なのも気に入らなかったのかなぁと思います」

だが、反対されればされるほど二人の気持ちは燃え上がった。もともとイタリア留学中から三十歳までには結婚したい、そのためならイタリア人男性を相手に選んでも構わないとさえ思っていた璃子は、遼太郎と一緒になるためなら、銭湯に就職したつもりになって働いてみせると彼の両親の前で大見得を切った。当時、息子に任せるつもりで新しく二号店をオープンさせたばかりだった遼太郎の両親は、そこまで言い張るならと折れざるを得なくなり、結局、璃子の両親も娘の幸せのためならと、渋々二人の結婚を認めたという。挙式は二人の思い出の地トスカーナで、二人きりで行った。

「でも、実際にやってみると、銭湯の仕事って朝早くから夜遅くまで、思ってた以上に、本っ当に大変なんです」

午前中から燃料の搬入やボイラーの手入れがあって、その後、湯沸かし、リネン類の搬入と交換などに入り、営業時間中も引っ切りなしに動き回らなければならない。午前零時に営業が終了した後には清掃作業が待っている。しかも夫に任された二号店は昔ながらの銭湯といった趣の本店とは異なり、敷地面積そのものはさほどではないものの、地上五階地下一階という建物で、本来の銭湯に加えてサウナと岩盤浴、レストルームまで併設していた。店舗は地下と三階までで四階には従業員寮を備えており、璃子たち家族は最上階に住むという造りだ。自分が生まれ育った銭湯よりもずっと大規模な店を任された遼太郎は、イタリアにいて昼間からワインを呑み、陽気で冗談ばかり言っていた頃とは人が変わったように働き始めたという。

だが、璃子の方は戸惑うばかりだった。初めての環境、初めての生活の中で、スタッフの使い方も分からないまま、右往左往してばかりの毎日だった。一日に二度は、歩いて十分ほどのところにある本店から遼太郎の父親がやってきて、店の様子を細かくチェックし、目についた点を指図して、帳簿にも目を通し、遼太郎と話し込んでいく。ついでに必ず、璃子も何かしら小言を言われた。

「とにかく細かいお義父《とう》さんなんです。言葉遣い一つにもうるさくて」

出入りの業者も燃料店、クリーニング業者から貸しタオル、自販機業者にメンテナンス業者、石鹸などの卸し業者、信用金庫に銀行などなど、簡単に覚えきれないほどの人が引っ切りなしにやってきた。地元商店会に町内会、同業者とのつきあいもある。璃子は、それらの人たちにひたすら頭を下げて日々を過ごしたそうだ。しかも遼太郎本人からは「女性目線」で、居心地の良い空間になるように目を配って欲しいと言われていた。スタッフ全員が揃いのポロシャツを着て、必要なときにはフロントにも入らなければならない。客がロッカーの鍵をなくしたと言ってくれば、男湯にでも駆けつけていってマスターキーでロッカーを開けてやるし、自販機の飲み物が出ないと言われれば、やはり駆けつける。営業時間中でもサウナのタオルを交換したり、浴室の排水口に詰まった髪の毛や垢などをこまめに取り除いたり、次から次へと仕事が出来た。

「手がふやけすぎて、ヴァイオリンなんか弾くどころじゃなくなるんですよね。もう、つらくてつらくて、特に最初の子を妊娠するくらいまでは、毎日、泣いていました。でも、主人は仕事の合間には組合や商店会の寄り合いで出かけてしまうし、夜は夜で浴室の清掃がすべて終わるのが夜中の二時過ぎですから、私がいくら泣いていても、気がついてもくれなかったんです」

時間がたつにつれて体調も落ち着いてきたのか、橋場璃子は次第に饒舌になっていった。

「結婚した時には一日に一時間くらいならヴァイオリンを弾いてもいいと言われていたんですが、それもダメになりましたし」

「それは、手がふやけて、ですか?」

かのんが尋ねると、璃子の隣から母親がすかさず「ちがうちがう」と手を振って、「お舅さんのせいですよ」と、マスクをしていても分かるほど、顔をくしゃりとさせた。基本的には、面接は本人のみと行うものだが、璃子がここまで体調も悪く不安定なら仕方がない。

「あるとき突然、お舅さんが怒鳴り込んできたんですって。ねえ、そうねえ？」

璃子は切なそうな表情で頷く。

「ちょうど、ほんの少し窓を開けて弾いていたんですよね。そうしたら『下まで響いてくる。そんな気取った音楽は風呂屋には向かない』って。あの時も、私は悲しくて泣いてしまったんですけど、主人はやっぱり、何も言ってくれませんでした」

戸惑いと淋しさの中で、それでも何とか日々を過ごすうち、上の子の妊娠が判明した。舅も姑も、そのときばかりは喜んで、妊娠中はずい分と親切にしてくれたが、鶴岡に戻っての出産には反対された。妊娠中期から血圧が上がったことが理由だという。

「それはつまり、璃子さんの身体を心配して、ということですよね？」

「そうとも言えるかも知れませんが、私がいない間、人手が減るのが困るからだろうと、思います」

そして結局、川崎の病院で出産した。男の子だった。遼太郎はもちろん舅も姑も「四代目が出来た」と大喜びして璃子を褒めてくれたという。それから二年後、今度は女の子が生まれる。このときもやはり実家に戻って出産することは出来なかった。今度も妊娠高血圧症候群と診断されたからだ。

「ですから、実は私どもは孫たちにほとんど会えていないんです。会いに行きたいと思いましても、何しろそんな家ですから落ち着きませんしねえ、娘も『会いに来て』とは言いにくかったらしくて。せいぜい写真を送ってもらって眺めるくらいで、もう少し大きくなったら会えるかなと思っていたら、その前に、こんなことになってしまって」

母親が、また話し始めた。

「それに、娘は申しませんけれど、長男の時も長女を出産した時も、この子は子どもを産んで一カ月もしないうちに、もう店の仕事に戻らされたんです。『昔の女は産んだ翌日から働いたもんだ』って言われたって。妊娠中だって浮腫《むく》みや血圧やらで大変な思いをしたんですよ。いくらお姑さんが孫を見てくれるからって、今どき、あんまりじゃありませんか」

隣で橋場璃子がまた目元をティッシュで押さえる。かのんは膝の上に広げたノートにいちいちメモを取りながら、確かに「今どき」ではあるなと思った。産休は産後八週間と法律でも決まっているはずなのに。

「そういうとき、ご主人はどうされていたんですか」

「あの人はもう、仕事に夢中で。それに、何しろ父親の言うなりですから」

璃子の母親が「本当に」と、大袈裟なほどに肩を上下させる。

「どういう父子なのかと思いますわ。自分の女房より父親の言いなりになる息子なんて。それにお舅さんだって、息子の嫁を、まるで家政婦くらいにしか思ってないんじゃないかと思いますし」

そうして昨年の秋、首都圏でもコロナウイルス感染者数がある程度落ち着いていた頃に、ふとした言い争いから璃子が感情的になって泣きながら「もう疲れた」と口走ると、遼太郎は激怒して「それなら出ていけ」と言ったのだそうだ。

「たった今、荷物をまとめて出ていけって、腕を、こう、ぎゅっと引っ張られて、そのまま寝室まで連れていかれたんです。それから、クローゼットから乱暴に服なんかを放り出されて」

璃子は自分の左手首を自分の右手で握り、一人芝居のように引っ張られる格好をした。それは気の毒な話だと、かのんも大きく頷いた。

「そのとき、お子さんたちは」

「ちょうどたまたま、姑が自分たちの家に連れていっている間だったんです」

「そこに寄っていこうとは、思わなかったんですか？」

「何かもう、パニックになっていましたし、本当に、ほんの少しだけ、休ませて欲しいっていうつもりだったんです。あの時の私はもう疲れ果てていて、とにかく川崎から離れたい一心でした。だから、せめて二日でも三日でもいいから、実家で休ませてもらおうって、そんなつもりだったんです。それが、こんなことになって――」

橋場璃子はティッシュで鼻をかみ、また新たなティッシュで目元を押さえる。ほやほやとした下がり眉の下の目はすっかり赤く腫れてしまっていた。璃子が泣いている間に、璃子の母親が、前触れもなく戻ってきた娘は帰宅早々にひどい風邪を引いて、一週間以上も寝込むことになったと話してくれた。

「まさかコロナじゃないのって、そんな心配までしましてね」

幸いコロナではなかったが、かなりしつこい風邪だったようで、ようやく熱が下がってからも咳だけが残り、しばらくの間は体調が戻らなかった。

「だからなかなか向こうの家に連絡出来なくて――まさか、その間に全部が終わりになるなんて」

璃子は「あの子たちの声も聞けなくなって」と、またもしくしくと泣き始める。その丸い大きな背中を、同じ輪郭をした母親が懸命にさすっていた。

3

「そんな風に言っていましたか。やっぱりなあ」

少し年季が入って陽に焼けた畳の部屋は広々とした八畳間で、掛け軸のかかった床の間には、まるで大切な置物のように、部屋の雰囲気とはまるで不釣り合いな真新しい器械が据え置かれていた。聞けば、つい最近設置した高性能の空気清浄機だという。自分たちの居住スペースだけでなく、銭湯の脱衣場などすべての空間にこの器械を置いたのだそうだ。その効果を信じているのだろう。男性はかのんを前にしても、マスクをしていない。

「それじゃあ、本当にこっちが一方的に悪者ですわな」

昔ながらの構えをした銭湯の、二階にある座敷だった。窓の方を見るとちょうど外に煙突が見えていて、その長い胴体に書かれた「ゑ美寿湯」という黒々とした文字が読み取れる。

「過ぎたことを、ああだこうだと言うのは好きじゃないんですがね、だが、それにしたって倅が気の毒ってもんです。孫たちだって、そうですわ。だって、ある日突然、何も言わないで家を飛び出してったのは、嫁の方なんですから。子どもまでおっぽらかしてさ」

四隅に螺鈿《らでん》の細工が施された黒檀《こくたん》の座卓を挟んで、いかにも不愉快そうに口もとを歪めているのは、南雲遼太郎の父親だ。遼太郎は仕事が一区切りつき次第、自分が任されている店から駆けつけてくることになっている。

「そうなんですか？　璃子さんの方が、家を飛び出したんですか」

かのんがノートを開いてペンを持ったとき、部屋の外から幼い子のきゃっきゃと笑う声が聞こえてきた。遼太郎の父親が、ちらりと振り返る。

「今は、こっちで一緒に住んでるもんでね。じぃじとばぁばがつい甘やかすってこともあるかも知れんのですが、日に日に聞かなくなってきて、女房が手を焼いてますよ。何せあたしらだって、そう若くないもんで」

だが、そう語る面長の顔には何ともいえず嬉しそうな笑みが浮かんでいた。橋場璃子の母親と同じく、七十をいくつか過ぎたというところだろうか、孫が可愛くてならないと、額に皺の刻まれたその笑顔が如実に物語っている。

「誰が産んだって、倅の子であることは間違いないんだしね、あたしらにはかけがえのない孫ですから」

座卓の上には茶托《ちゃたく》にのせられた蓋付きの汲出《くみだ》し茶碗と、その横にはおしぼり受けと共に真っ白いおしぼりが出されている。おしぼりは、最初ほかほかと湯気をたてていた。だが、やはりかのんは手をつけずにいる。桜は見頃を迎えたとはいえ、何となく花冷えするその日、かのんはおしぼりの湯気をしみじみと眺めながら、いやが上にも鶴岡の橋場璃子の家を思い出さないわけにいかなかった。寒風が吹き抜ける応接間で、固くて冷たそうな大理石風のテーブルにペットボトルのお茶を置かれた光景だ。

「どうぞ。冷めんうちに」

遼太郎の父親は自分も大ぶりの湯飲み茶碗に手を伸ばす。遼太郎の母親は、玄関先でかのんを迎え入れ、この座敷に案内してくれた他は、さっき茶を出しにきて「ごゆっくり」と、すっと部屋を後にしていた。だからかのんは自分でいつも持ち歩いているアルコール消毒液で手を拭った。今、子どもたちのきゃっきゃという笑い声に混ざって、孫たちに何か話しかけている声が、ここからも微かに聞こえている。

「それで、向こうは他にどんなことを言ってました」

「それはまあ、息子さんとお話ししたいと思います。当事者とお話しすることになっていますので」

父親はふん、と鼻を鳴らすようにしながら、茶を飲んだ後の口もとに皮肉な笑みを浮かべている。

「でも、ことに最初の頃は、慣れないことばかりで多分、色々とご苦労もされたんではないでしょうか」

すると、今度は父親は、えっという顔になった。

「苦労、ですか。あの嫁が？　冗談言ってもらっちゃ困るなあ。苦労したのはねえ、うちの倅ですって」

地味なポロシャツの上にジャケットを羽織り、遼太郎の父親は、髪を明るい茶色に染めていて、その下の黒々とした太い眉をしかめて腕組みをする。

「息子が来る前だから言いますけどねえ、こうなることは最初から大体、予想がついてたんですわ。最初に、倅があれをうちに連れてきたときからね」

かのんは「と、申しますと」とペンを構えて腕組みしたままの父親を見た。

「うちの倅ときた日にゃあ、またどこのお姫さまを連れてきたんだと、そう思ったからね」

「お姫さま、ですか」

「何しろ、きちんとした挨拶一つ出来ないわけですよ。人にね、丁寧に頭を下げるってことからして出来ないんだ。どっかしら人を見下したようなところがあって、頭を下げてやってるっていう感じなんだよな」

かのんの記憶に残っているのは、ひたすら涙を流して目を泣き腫らしていた橋場璃子だけだ。だが、何となく「なるほど」という気もしなくもなかった。あの家で、あの母親のもとで育ったことを考えると、さほど想像出来ない話でもない。

「あたしら商売人ですよ。しかも、風呂屋だ。裸になれば貧乏人も金持ちもありゃしない、どなたも有り難いお客さんです。だから、どんなお客さんにだって、何万回でも頭くらい下げますよ。たったそれだけのことで、お客さんが気分良くうちの風呂に入って、ああ、いい湯だった、また来ようって思いながらお帰りいただけりゃあ、それでいいんですから」

「ごもっともです」

「ところが、それをいくら言っても出来ねえんだな、あの娘は。どうしても、こう、腹を突き出してふんぞり返ったように見えるしね、何しろ仏頂面でねえ。愛想ってもんが、これっぽっちもないんです。あれじゃあ店で働いてる子たちにだって示しがつきませんよ」

「そう、なんですか」

「文句ばっかり一人前で、遼太郎がおとなしいもんだから、下でボイラーの調子が悪い、エレベーターから変な音がしてるって騒いでるときでも、自分だけは呑気にヴァイオリンを弾いてるわけです。それも、もう、癇《かん》に障る音でさあ」

は、はあ。と、マスクの下で口がぽかんと開いたままになった。離婚をめぐる諍いのときに、双方の言い分が大きく食い違うのは、ほぼ当たり前と言っていい話だが、子の面会交流のときでも、こういう話を聞くことになるのだなと改めて思う。

「働いてるふりだけはしたって、ただぶらぶらしてるだけで、ちょっといないなと思うと、もう上の部屋に戻ってゴロゴロしてるんだから。特に子どもを産んだ後は、それがひどくなったよね」

「妊娠中は血圧とか、大変だったそうですね」

すると父親は、またも初耳だという顔になる。多少のつわりはあったものの、あとはモリモリ食べて、よく眠って、出産も安産そのものだったそうだ。

「面倒くさいから田舎には帰らないでこっちで産むけど、『お義母《かあ》さん、よろしく』とか言っちゃってさ。料理だって大して出来やしねえんだから、倅が仕事の合間にちゃっちゃと作ることが多かったっていうし、掃除も洗濯も機械任せ。孫が生まれた後は、うちの女房に赤ん坊を預けちゃあ、武蔵小杉《こすぎ》だの二子玉川《にこたま》だのって買い物に行ってましたよ」

産後すぐに働かされたのではなかったのかと、かのんはここでも内心でため息をついた。嘘をつく性格なのは母親なのか、もともとは璃子が母親にそういったことを吹き込んだのだろうか。

「子どもはどんどん大きくなっていくのに、嫁だけはいつまでもお姫さま気分なもんで、あるときうちの倅が好い加減に呆れて、『少しは真面目にやってくれよ』って軽く文句言ったんですよ。そうしたら、そのままぷいっと出てっちまったんだからね。最初、まさか山形まで帰ったとは思わねえから、こっちは必死で探し回ったわけですよ。孫だって置きっぱなしなんだしさあ。それなのに、こっちの気も知らねえで、向こうの家から連絡があったのは、いなくなった三日後くらいだからね」

そういうことだったのかと、ため息混じりにメモを取っていたら、座敷の障子戸が開いて、ぽってりした体型の、人の好さそうな男性が姿を現した。かのんと目が合うと、ジーンズの膝に両手をあてて、深々と頭を下げる。

「お待たせしてすみません」

ブルゾンの下に見える鮮やかな紺色のポロシャツの胸元には「I❤湯」という刺繍が入っているから、店のユニフォームだと分かる。橋場璃子よりも三歳年下の南雲遼太郎は、体型こそ中年ぽいが、面差しはまだ三十そこそこと言っても通るような色白で童顔の男性だった。彼は、その丸っこい身体を縮こめるようにして父親の隣に正座する。かのんが「どうぞお楽に」と言うと、ようやく安心したようにあぐらになった。座高が、すとんと低くなる。彼もやはりマスクをしていなかった。彼らにとっては自宅だから当然の感覚なのだろうと思いつつ、ふと心配もよぎる。だが、お蔭で相手の表情がよく分かるのは有り難かった。ここは、最新鋭の空気清浄機を信じるしかない。そして、ここで父親には席を外してもらうことにする。父親は実にあっさりと腰を上げた。

「橋場璃子さんからの中立書は、コピーをお送りしましたので、ご承知いただいていると思いますが」

二人きりになったところでかのんが切り出すと、遼太郎は「はい」と神妙な面持ちで頷いた。

「ですが——」

迷ったような表情で、彼は唇を軽く噛む。

「僕としては、あんまり会わせたくないっていうか——子どもたちもやっと精神的に落ち着いてきて、母親のことを忘れてきたところなんですよね」

かのんは、遼太郎の顔を注意深く見つめていた。

「最初しばらくは、本当に大変だったんです。夜になるたんびに『ママ』『ママ』って泣いて。上の子はおねしょが続いちゃうし、下の子は急に『キーッ』ってひきつけでも起こしたような声を上げて、その辺のものを投げたりして、もう、手がつけられないときもあったくらいで」

遼太郎はいかにも不甲斐ないといった表情で自分の手元に目を落としていた。確かに真面目で誠実そうだが、多少、気が弱そうにも見える。

「大体、自分からあっさり捨てておいて、今ごろになって会わせろだ何だって、ちょっと虫が良すぎないですか」

思い切ったように、遼太郎が顔を上げた。

「そうかも知れませんが」

かのんは、鶴岡で会ったときの橋場璃子の様子を語って聞かせた。故郷に帰ってからうつ病を発症し、その後はパニック障害も患って、面接予定の日も発作を起こしたのだと伝えると、彼はにわかには信じがたいという表情になって目を瞬いている。

「電話でもうつがどうのって言ってはいましたけど——本当なんですか?」

「本当です。私がこの目で見てきましたから。紙のように血の気の引いた顔をして、私と話をしている間も、ずっと涙が止まらなくて、しくしくと泣き通しでした」

遼太郎は「本当なのか」と呟き、それから視線を落として考え込む表情になっている。そこでかのんは「あの」と、改めて彼を見た。

「伺いたいんですが、一体どうして、そんなにあっさりと離婚されたんですか?」

すると南雲遼太郎は何度か深呼吸をした後、「僕はべつに、別れる気なんてなかったんです」と口を開いた。

「そりゃあ、多少は売り言葉に買い言葉みたいなことはありましたけど」

璃子が勝手に家を飛び出して、三日もしてから向こうの親からやっと連絡があったときに、心配し続けていた遼太郎は、思わずかっとなったのだそうだ。

「つい、『どうしてすぐに連絡くれなかったんですか』って、ちょっと荒っぽく言っちゃったんですよね。人の気も知らないでって。そうしたら『娘はもう帰らせない。二度と風呂屋の女房には戻さない』って、向こうのお義母さんから言われちゃったんです」

それから一週間もたたないうちに、璃子の署名捺印がされた離婚届が送りつけられてきたのだという。遼太郎は慌てて鶴岡の家に電話をしたが、璃子の母親は頑として娘を電話口に出してはくれなかったという。

「璃子さんは、向こうに帰られてすぐに、ひどい風邪をひいたんだそうです。熱が下がった後もずっと咳が長引いたというお話でしたから、まだ体調が優れないときだったんじゃないでしょうか」

遼太郎は「そんな」と、呆然とした表情になり、諦めたようにまた俯いた。

「でも、いくら何でも親の意志だけで、離婚届まで送ってくるとは思えませんよね」

「それはそうですね。それで、ご主人はそのとき、奥さまを迎えにいこうとか、そういうことはお考えにはならなかったんですか？」

もちろん考えました、と、遼太郎はそのときばかりは少し鼻息を荒くした。

「だけど、僕だって必死なときだったんです。この何年間か、親父から任された店を何としてでも軌道に乗せなきゃと思って必死で働いて、どうにかこうにか落ち着いてきた矢先の、このコロナですからね。どうしたって客足は落ち込みます。感染対策で一日中ピリピリして、それでも従業員の給料は払っていかなきゃならないし、燃料費やら何やら、最低限の金は毎日出ていきます。そんなときに、毎日、向こうに電話をかけ続けて、その度にあのお義母さんの金切り声を聞かされるだけでも、僕としては結構なエネルギーを使わなきゃならなかったくらいで。第一、言われたんですよね、『こんな時にやって来て、都会からコロナを持ち込んでくれるな』って」

遼太郎は仕方なさそうに俯く。あの母親なら言いそうなことだった。それでも、あれだけ消耗しきった様子で「子どもに会いたい」と泣いていた橋場璃子を思い浮かべると、やはり、どうにかして面会交流を実現させてやりたいという気持ちになった。何より子どもたちのためを考えれば、やはり母親に会いたいに違いないという気がした。

4

南雲遼太郎はともかく、再び姿を現した彼の父親の方が、子どもたちを璃子に会わせるのは絶対に反対だと言い張った。

「孫たちだって、やっと落ち着いてきたところなんですから」

表情を険しくして、父親は腕組みまでした。かのんは頭の中で色々と思いを巡らせながら、今度は神妙な面持ちになっている遼太郎の方を見た。

「お子さんは確か、五歳と三歳でしたね。お母さんが急にいなくなったことについては、どのように説明されたんですか?」

遼太郎は「それは」と言って、父親を見る。どうやら、父親への依存度がかなり高いという点は、璃子の母親の言葉通りのようだ。

「最初のうちは、『ママは急なご用があって、ちょっとお出かけしてる』って言ってました。でも、何日たっても戻ってこないし、そのうちに離婚届が送られてきて――」

「そんとき、あたしが言ったんですよ。『パパも、おまえたちも、ママに捨てられたんだよ』って」

そんな風に言ってしまったのかと、内心でため息が出た。過ぎてしまったことを今さら責めても仕方がないが、それでもかのんは「失礼ですが」と言わずにいられなかった。

「それは、あまり適切な表現ではありませんでしたね。お子さん方は、さぞ傷ついたことと思います」

遼太郎の父親は、初めて鼻白んだ表情になって「そうですかね」と口をへの字に曲げている。

「お子さんたちにとっては、お母さんはやっぱり、たった一人のお母さんなんです。たとえばの話ですが、母親による虐待があったような家でも、自分たちに暴力を振るう母親であったとしても、それでもやはり子どもって、母親という存在は、誰よりも大切で大好きなものなんです」

は、はー、と、父親は余計に口をへの字に曲げて、顎を突き出した。

「そんじゃあ、じぃじやばぁばは、面倒の見甲斐がねえなあ」

そう言われてしまうとかのんも困る。だが、それだけ母親は特別な存在なのだと承知して欲しかった。

「それに、これは本当に、遼太郎さんにとってはとても難しいことをお願いすることになるんですが、ご夫婦の問題と親子の問題を、この際きっちりと切り離してお考えいただきたいんです」

遼太郎は半ば戸惑ったような表情で、こちらは父親と違って唇を尖らせている。こういう表情も、やはり少し幼く見えた。いずれにせよ、結婚するには互いを知らなすぎた二人ということなのかも知れない。

「たとえご夫婦は離婚しても、子どもたちの父と母であることには変わりはありません。一般的に、子どもたちは、両親が争う姿を見たくはないし、どちらかがどちらかの悪口を言うのも、聞きたくないものなんです。出来ることなら子どもはやはり、父と母の両方から愛情を注がれてると感じるのがいいと思うんです。特に、自分たちは母親から捨てられたんだと思って大きくなってしまっては、きっと心に傷を残したままになるだろうと思うんですよ」

「でも」と、腕組みを解かない父親がまた口を開く。

「子どもが会いたがらないかも知れないじゃないですか」

かのんは、そう言い張る子どもも確かにいると頷いた。それに、子どもも中学生くらいになれば、大抵は自分の思いをはっきりと言葉にすることが出来る。そういう年齢の子どもが「会いたくない」と言うなら、それはほぼ本心だろう。

「でも、まだ幼稚園や小学校低学年くらいですと、自分の本当の気持ちをきちんと言葉にすることは難しいですし、それから、もしも本当の気持ちを言ってしまうと、お父さんやお祖父さんたちに叱られるのではないかと、そういう心配もしてしまうものなんです。お母さんから捨てられた上に、今度はお父さんたちからも捨てられたら自分たちはどうなってしまうんだろうって、ものすごく不安になるんです」

遼太郎の父親は、まるで深刻な病名でも告げられたかのような、いかにも痛ましげな顔になった。隣の遼太郎も、ただでさえ小さめの口をもっと小さくすぼめて、目をぱちぱちとさせている。

「――でも」

少しして、遼太郎が口を開いた。

「もしも、会わせたとして、です。そのまま連れ去られるなんていうこと、ないんですかね」

すかさず父親が「そうだよなあ！」と唸《うな》るような声を上げた。

「やりかねんよな。あの女なら」

とにかくこの家で、橋場璃子という元嫁は徹底的に信頼されていないらしい。かのんは、そういう心配がないように、まずは家裁で母親と子どもたちとを引き合わせてみるという方法があると提案した。

「調停に入る前の段階でも試してみることが出来ます。家裁にそういう部屋が用意されていますので、そこでお子さん方とお母さんが面接なさる様子を、お父さんはマジックミラーを通して別室から見守ることも出来ます」

そこで、およそ半年ぶりに会う璃子と子どもたちが、どんな様子になるかをよく見定めた上で、これからの面会交流について考えてみる方法もある。

「璃子さんは、本当に憔悴しておいでだったんです。おそらくご自分のことを責めていると思いますし、何と言っても自分の産んだ子どもです。もちろん確認する必要はありますが、会いたくないはずがないと思うんです」

「そうですよ、普通はね。でも、最初っからうちが引き取るなんて言ってやしない、自分で産んだ子を、放っていったんじゃないですか」

父親は、まだ腹の虫が治まらない様子だ。これではまた話が振り出しに戻ってしまう。

「これ以上、家ん中に波風は立てたくないんだよなあ」

「そうかも知れませんが、ここはまず、二人のお孫さんたちのことを一番に考えていただけませんか。母親から捨てられたと思い続けて大きくなるのは、可哀想過ぎませんか」

難しい顔をした父親が「おい」と肘で突くような真似をしながら隣を見た。遼太郎は俯きがちのまま、ちらりと父親の方を見る。

「おまえ、どう思うんだ」

「俺は——」

「父親なんだからよう、しっかりしろよ」

「だから俺は——」

言いかけては口ごもり、言いかけては口ごもりを繰り返してから、遼太郎はようやく、自分自身が璃子に会うのが怖いのだという意味のことを言った。

「だって、家を飛び出していったきり、気がつけばあれよあれよという間に離婚してたみたいなもんなんですよ。捨てられたのは、子どもたちだけじゃなくて俺——僕も同じっていうか、僕なんです。じゃあ、それまでの八年間って何だったんだよって、今でも気持ちの整理がついてないんです。そんな風にして振り捨てていった女に、また会わなきゃならないっていうのが、ちょっとキツいっていうか——」

「そういう夫婦としての感情と、子どもの親としての気持ちとが、切り離せないという感じでしょうか？」

「そう、ですね」

かのんは「分かります」とゆっくりと頷いた。たとえ両親の助けを借りていたとしても、自営業で二人の子どもを育てていかなければならない男親というのは、いかにも大変だろうと容易に想像もつく。今、そんな状態で、南雲遼太郎も手一杯なのだろう。

「では、お二人が直接顔を合わせることのないように、私たちで調整するというのでは、いかがですか？　マジックミラー越しにお子さんとお母さんたちの様子を見ることは出来ても、直接、鉢合わせにはならないようにしますので」

「あたしたちも一緒に行けますか」

父親が、わずかに顔を突き出してきた。すると遼太郎が初めてしかめっ面になった。

「やめろよ。俺が出かけてる間、親父にはあっちの店だって見ててもらわなきゃならないんだから」

あ、そうか、と父親はいかにも残念そうな顔になって頭を掻いていた。

「それで結局、二人を鉢合わせしないようにして、まずはここで母親との面会をさせてみるわけね」

家裁に戻って三好主任に報告をすると、主任はうん、うん、と頷いて、では当日は上手に調整しようと言ってくれた。

「それで、子どもたちには会ったの？」

かのんは「声は聞いたんですけど」と首を横に振った。

「お祖父ちゃんお祖母《ばあ》ちゃんもいるところで、とても正直な気持ちを話してくれるとは思えませんでしたし、何しろ『ママに捨てられたんだよ』って言っちゃったっていうんですから」

離れた席でやり取りを聞いていたらしい平瀬総括が「それにしても」と、アクリル板の向こうで声を上げた。

「庵原さん、言ってなかったっけ？　うつ病の上にパニック障害も抱えちゃって、もう、痛々しくて見ていられないような哀れな申立人だったって」

川崎駅の傍で買ってきた桜もちを口に運ぼうとしていたかのんは、つい曖昧に顔を歪めるしかなかった。

「それは、本当に本当なんです。やっと現れたときには幽霊みたいに見えましたし、あとはもう泣きっぱなしで目も鼻も真っ赤になってたし。あの姿に嘘はないと思うんですけどねえ。これって、面会交流をするのにはやっぱり不安要素になりますか？」

「まあ、そうね。要するに、お嬢さんなんでしょう。お風呂屋さんなんていう庶民的な商売をしている家の嫁としては、使い物にならなかったっていうことなんじゃない？」

三好主任が話している間に、平瀬総括は愛用の伸縮性孫の手を持ったまま「ところで」と立ち上がって、かのんたちの方に歩み寄ってきた。

「その二人は確か、海外で知り合ったんだったわよね？」

「イタリアですね。璃子は留学、遼太郎は気ままな一人旅だったとか」

「つまり、アレってヤツなんじゃない？　いわゆるゲレンデマジックと同じ。日本人も少ない海外で、お互いにキラキラして見えちゃって、うっかり盛り上がっちゃった、なれの果てっていう」

ああ、なるほど、とうなずいてから、かのんは桜もちにかぶりついた。ほんのりと桜の香りがして、微かな塩味が粒あんのうま味を引き出している。これならあと二、三個、買ってくればよかった。

「ダンナさんの方が三歳年下ですし、何となく気の弱そうな人だったから、彼女に引きずられたっていうところも、あるのかも知れませんね。彼女はどうしても三十までに結婚したかったんだそうですから」

口をもぐもぐとさせながらそんな話をして、ふうん、なるほどねえ、と三好主任たちとうなずき合っているときに、隣の組の四戸主任が帰ってきた。

「桜もち、買ってきたんですけど、皆さんどうですかあ」

大きめの紙袋を掲げながら周囲に声をかけている主任を見て、かのんは慌てて残りの桜もちを口に放り込み、「いただきます！」と手を挙げた。隣の席の醍醐くんが、半分驚いたような、冷やかすような顔でこちらを見ていた。

5

親とは打ち合わせをしたのだが、南雲遼太郎に手を引かれてやってきた二人の子どもは、何の説明も受けていないらしく、物珍しげに辺りをきょろきょろと見回していた。

「お名前は？」

かのんが腰を屈め、目線の高さを合わせて質問すると、父親似らしい長男は「南雲宙ですっ」と家裁の廊下で元気よく答える。

「何歳ですか」

「五歳ですっ」

ついで妹の方に視線を移す。丸顔で無邪気そうな兄に比べると目元がきつくて癇が立った顔つきをしている妹は、かのんの「お名前は」という質問に、何度か首を左右に傾けていたが、やがて渋々というように小さな声で「なぐも、あいる」とたどたどしく答えた。

「愛瑠ちゃんていうのね。何歳ですか？」

身体を左右に揺らしながら、愛瑠は黙って親指と小指を折り曲げたてのひらを見せてくる。兄の方より、この子の方が明らかに屈託を抱えて見えた。

「今日はね、これから楽しいお部屋に連れていってあげるね」

立ち上がって父親の遼太郎を見ると、一通りのことは理解しているはずの遼太郎も不安げな表情をしていた。

しっかりしてちょうだいよ。

言葉にする代わりに彼に頷いて見せ、かのんは三人をまず児童室に案内した。幼い子が喜びそうなおもちゃが揃えられていて、手前のスペースには椅子とテーブル、奥にはプレイマットを敷いてある。そこでは靴を脱いで遊ぶことも出来るようになっていた。壁の色調も明るい部屋だ。家庭裁判所のこの部屋に来て過ごす子どもたちは、必ず本人か、または親が何らかの問題を抱えている。それだけに、ここに案内した子どもたちの顔を思い返すと、かのんは何とも言えず複雑な心境になった。幼いながらに傷つき、不安を抱え、怯えていた子どもたちが、願わくば今はどこかで屈託なく笑えるような日々を送っていて欲しいと、いつも思う。

「ほら、色んなおもちゃがあるでしょう。お絵かきも出来るのよ」

　まずは父子三人に部屋に置いてあるものを教えていき、かのんは少し離れて見守る感じで、三人で遊んでもらうことにした。すると宙はレゴブロックに興味を示し、愛瑠の方は、小さなおもちゃのグランドピアノに手を伸ばした。最初はおっかなびっくりといった様子で小さな指を鍵盤に置く。すると、ポン、ポロン、と音が出た。愛瑠は初めて嬉しそうな顔になって、さらに鍵盤を叩き始めた。

　さすが、音楽好きは母親譲りだわ。

　かのんは思わず感心しながら、しばらく子どもたちの様子を眺め、十分ほどしたところで、遼太郎に視線で合図を送った。すると彼は「あー」と、急に取り繕うような声を上げた。

「ちょっとさ、パパ、用事を思い出したから、宙も愛瑠も、ここで遊んでてな。パパ、すぐに用事を済ませて、戻ってくるから。少しの間だから、大丈夫だよな？　うん？」

　遼太郎が子どもたちの肩に手を置いて話しかけても、二人は特に不思議そうな様子も見せず「わかった」「いいよー」と答えるだけだ。気難しそうな愛瑠の方も、今はもうピアノに夢中らしかった。

「じゃあ、こちらへ」

　かのんは小声で遼太郎を促して児童室を出ると、すぐ隣の部屋に案内した。隣室との境にあたる壁に引かれていたカーテンは既に開かれていて、そのまま児童室で遊んでいる二人の子どもの姿が見えている。予めスタンバイしていた三好主任が、薄暗い部屋の中で、遼太郎に椅子をすすめた。

「向こうからこちらが見えないように、少し暗くしています。こちらでしばらくご覧になっていてください。今、庵原調査官がお母さんを連れて隣の部屋に行きますのでね」

緊張した面持ちで遼太郎が椅子に腰掛けるのを確かめたところで、かのんは早めに時間を設定し、既に別室で待ってもらっている橋場璃子のところに向かった。

「お待たせしました。お子さんたち、もう来ていますよ」

朝一番の便で来たという璃子は、今日は髪も乱れていないし、それなりにきちんと化粧をしている。彼女は緊張した面持ちで、大きく一つ息を吐いた。

「大丈夫ですか？　途中で具合が悪くなったりしたら、すぐにおっしゃってくださいね」

「あ、薬——薬を飲んできましたから。大丈夫です」

言いながら、もう自分の胸を押さえるようにして、深呼吸を繰り返している。かのんは、そんな彼女の背中を軽くさすった。たとえ、わがままなお姫さまでも、哀れな母親であることは間違いない。

「先日も電話でご説明しましたが、お子さんたちは、お母さんに捨てられたと思っています。そして今日も、お母さんに会うことは何も知らされていないんです。ですから、いきなり抱き寄せるとか、ご自分の感情をぶつけるようなことはなさらない方がいいと思います。驚いてしまったときの反応というのは、お子さんそれぞれに違いますが、とにかく最初は、強い刺激を与えないで、そっと見守るような感じで」

「そっと、見守る。そっと、そっと、そっと」

璃子は何度も自分に言い聞かせるように繰り返しては、また深呼吸をする。本当にこの人は大丈夫なんだろうかと、かのんの方が心配になるほどだった。

「私もご一緒しますから。お子さんの動きをよく見て、出来るだけ自然になさってください。お子さんがすぐに近づいてこなかったりしても慌てたり、感情的にならないで、少し時間をかけましょう」

「あ、あと、あとですね、この前、いいって言っていただいたので、子どもたちの好きなものを作ってきたんですけど——そこで食べさせられるものなら、食べさせても構いませんか」

「無理のない形でしたら大丈夫です」

璃子はほっとしたようにまた息を吐き出している。そういえば、大きめのナイロンバッグを提げていた。中には子どもたちに食べさせたいものが入っているのだろう。かのんは先に立って廊下を歩き、児童室の前で一度、振り返って璃子に「いいわね」と言うように頷いて見せた。

「そっと。そっと」

まるで念仏のように呟いている璃子の前に立って、こんこん、とドアを小さくノックする。児童室のドアを開けると、プレイマットの上に座り込んで遊んでいた二人の顔が同時にこちらを向いた。四つの瞳が、かのんを捉え、次に璃子を見て、ぴたりと動かなくなった。妙に長く感じた数秒後、二人の子どもはほぼ同時にすっと顔を背けて、またおもちゃの方に戻ってしまった。ポン、ポン、とおもちゃのピアノの音だけが響く。かのんは璃子の背中を軽く支えるようにしながら部屋に入っていった。

「とりあえず、こっちに座りましょうか」

入口近くに置かれているテーブルの方に璃子を案内して、まず彼女を座らせる。璃子は、早くも目を潤ませていた。それでも必死で耐えるように、子どもたちを見つめ続けている。

「――大きくなって」

震える声が聞こえた。かのんは、遊んでいる子どもたちと璃子とを交互に観察していた。

二人のうち長男の宙は、無心に遊んでいるように見えながら、時折ちらり、ちらりとこちらの様子をうかがうようにする。だが愛瑠という長女は、まるでムキにでもなっているかのように、ひたすらピアノの鍵盤を叩いていた。璃子は、ハンカチを握りしめた手をテーブルについて、ただ固唾を呑んでいる様子だ。

果たしてこの距離が埋まるものだろうか。

思わずマジックミラーの方をうかがいながら、かのんが密かにため息を洩らしたとき、くすん、くすん、という音が聞こえてきた。見ると、レゴブロックを両手に持ったまま、五歳の少年がすすり泣きを始めている。かのんは素早く璃子の腕に自分の手を置いた。

「そっと、行ってあげたらどうでしょう。宙くん、お母さんのこと分かってますよ」

囁くように言うと、璃子は目にいっぱいの涙をためたまま小さく頷いて腰を上げる。そして、おそるおそるといった様子でプレイマットの方に歩み寄っていった。ピアノを叩いていた愛瑠が、ぎょっとしたように顔を上げる。そしていきなり「キーッ」というような声を上げると、それまで愛おしげに弾いていたおもちゃのピアノを投げ飛ばした。乱暴な音が響いて、室内に何かが飛んだ。璃子が慌てたように腰を落として「愛瑠ちゃん」と呼ぶ。すると三歳の幼女は、さっと立ち上がって母親から逃げるように壁際の棚に駆け寄り、そこに飾られていたぬいぐるみを片っ端から投げ始めた。

「バカッ！　あっち行けっ！　バカッ！」

母親に向かって、ゾウやクマのぬいぐるみがぽんぽんと投げつけられる。璃子はされるがままになりながら「愛瑠、愛瑠」と名前を呼び続けていた。

「分かる？　ママよ。ママだよ、愛瑠」

その間に、今度は宙の方が、ついに声を上げて泣き始めた。璃子が近づいていくと、くるりと背を向けて膝を抱えたまま、うずくまってわんわんと泣いている。

「何でぇ――何でぇ――何でぇ！」

悲痛な叫び声と、それに続く泣き声だけが児童室に響き続けた。かのんは、璃子がどこまで落ち着いていられるか見極めるためにも、一旦腰を上げて児童室を後にした。その足で隣の部屋に行く。薄暗がりの中で、南雲遼太郎は大泣きしている宙と、まだ投げつけるものを探しているらしい愛瑠、そして、別れた妻をじっと見つめていた。三好主任も、まるで祈るように両手を組みあわせた格好で、マジックミラーの向こうを見つめている。

「あんなに泣かせて――」

遼太郎が苦しげに呟いた。

「この分じゃあ、今夜また熱出しますよ。弱いんだから――もう、見てらんないす」

そう言って小さく舌打ちをし、今にも腰を浮かしそうになる。それを引き止めたのは三好主任だ。

「もう少しの間、見ていましょう。小さな子たちですから、ショックを受けて当然です。それに、今まで溜め込んできた色々な思いがいっぺんに吹き出してるんでしょう」

主任の静かな声に、遼太郎はまた椅子に座り直す。かのんは彼らの後ろに立って、やはり児童室の様子を眺めていた。スイッチが入っているマイクからは、しばらくの間は宙の泣き声と愛瑠の金属音に近い悲鳴のようなものばかりが聞こえていたが、五分か十分くらい過ぎたところで、「ごめんねえ」という璃子の声が聞こえてきた。

「ママがいけなかったねえ。ごめんね、ごめんね」

とうに泣き声になっている璃子は、ハンカチで自分の目元を押さえながら、愛瑠からはものを投げつけられ、宙には背を向けられたままだ。

「ずっとねえ、二人に会いたかったんだよ。会いたくて会いたくて、仕方なかった」

震える声が呟く。膝を抱えて泣いていた宙が、そっと振り返った。

「――忘れたんじゃないの？」

「忘れるわけないじゃない、宙くん」

宙は、涙で濡れた顔のまま、信じられないといった様子で母親を見上げている。ウサギのぬいぐるみをぶら下げたまま、愛瑠の方も黙って母親を睨みつけていた。

「愛瑠のことだって、そうだよ。一日だって、一瞬だって、忘れたことなんかないよ。会いたくて会いたくて、ママ、病気になっちゃったくらいなんだから」

ウサギの耳を握りしめて、愛瑠が「病気？」と、初めて怯えたような声を出した。璃子は、うん、うん、と頷きながら涙を拭っている。

「でも大丈夫。ね。こうして愛瑠とも、宙くんとも会えたから。きっと治るからね」

宙と愛瑠は互いに時折、視線を交わし、そして、涙を流し続けている母親を不安そうに見つめていた。それでも時間がたつにつれ、宙は身体の向きを変えて母親の様子をもっと見ようとし始め、愛瑠もウサギの耳を手から離した。プレイマットの上は、ぬいぐるみが散乱し、片隅には放り投げられたグランドピアノがひっくり返り、そこに宙が遊んでいたレゴブロックが混ざっているという有様になった。そんな中でしばらく泣き続けていた璃子は、それから宙と愛瑠を抱き寄せて、さらに肩を震わせて泣いていた。子どもたちは、されるままになっている。そのまま五分、十分と過ぎて、ようやく少し落ち着いたのか、璃子がふいに「あーあ」と声を出した。

「お部屋が、こーんなに、ごちゃごちゃになっちゃったよ。ママと一緒に、お片付け出来る人？」

「だけど——これやったの愛瑠だから」

母親から離れた宙が、膨れっ面になっている。大分、普段の表情に戻ったようだ。愛瑠の方も、いかにも気が強そうに口をへの字にまげて、再び仁王立ちになった。

「愛瑠のせいじゃないっ！」

「そっか。二人とも、お片付けしてくれないのかなあ。宙くん、お兄ちゃんなのに、お手伝いしてくれないかなあ。一緒にお片付けしてくれたら、ママ、二人と食べようと思って、サンドイッチと唐揚げ、作ってきたんだけどな」

幼い兄妹は一瞬、お互いに顔を見合わせてから、競い合うように「する！」「するっ」と声を上げた。それから三人は、散らばったぬいぐるみを棚に戻し、ひっくり返ったグランドピアノも戻そうとした。だが、小さなグランドピアノは脚が折れてしまったらしく、ちゃんと立つことが出来なくなっていた。

「私、ちょっと様子見てきますね」

かのんが部屋を出ようとすると、「あの」と遼太郎がこちらを振り返った。

「俺——僕が、行ったらいけませんか」

「そう、ですか？　お願い出来ます？」

ちらりと三好主任の方を見ると、主任も黙って頷いている。かのんは、遼太郎のためにドアを開け、隣の児童室に案内した。

さらに十分ほどした頃、マジックミラーの向こうでは、久しぶりに揃った両親と子どもの四人が、テーブルを囲んで母親手作りのサンドイッチと唐揚げに手を伸ばしていた。璃子は、愛しくてたまらないといった様子で、隣に腰掛けた愛瑠の髪を撫で続け、また、正面に座っている宙の口もとや手をウェットティッシュで拭ってやったりしている。それを遼太郎は、静かな表情で見守っていた。

「今回の面会交流は、うまくいきそうね」

三好主任が満足げに呟いた。

「それどころか、夫婦の仲も戻っちゃったり、しませんかね。何しろ勢いで離婚しちゃったような二人ですし」

かのんは期待をこめて、そんな家族の姿まで思い浮かべていた。さっきあんなに大泣きしたのに、嬉しそうにサンドイッチを頬張っている少年も、ヒステリックな声を上げていたのが嘘のように、幼い顔で澄ましている少女も、いずれも健気に見える。三好主任が「そうだといいけど」と、微かな笑いを含んだ表情で、それでも疑わしげに首を傾げた。

「それぞれ、なかなか手強い親がいるみたいだしねえ。精神的にももっと自立出来ないと、そこまでは簡単に行かないかも知れないわね。でも、定期的に何度か会ってれば、子どもたちのために何かいい方法を考えるようになるかも」

ですね、と頷いたとき、ジャケットのポケットの中でスマホが震えた。取り出すと平瀬総括からのショートメールだ。

〈黄金井さんから連絡あり。新しいモメ事の模様〉

ああ、またあの一家か。調停の度に出席予定者がすっぽかしてみたり、相続人たちが自己主張ばかり繰り広げて、まったく進展しない遺産相続でもめている家だ。

〈了解です。後で私から電話します〉

平瀬総括にショートメールを返しスマホを戻しかけたら、今度はＬＩＮＥの着信があった。栗林からだ。

〈弁当に入れてきた民田《みんでん》茄子のからし漬け、ツーンときて旨し！　ツーン！〉

鶴岡に行ったときに買って帰った漬物の写真が添えられている。そういえば今朝、かのんの夫は弁当を作るのに冷蔵庫を覗き込みながら「おっ、これがあったか」などと言っていた。鶴岡では、他にも蕪やキュウリの漬物を買って帰ったのだが、それらはもうなくなった。

「それにしても、あのピアノだけど」

隣から三好主任の声が聞こえてきた。

「やられたわね。あれ、うちにあるおもちゃの中でも相当、高額な方なのよ」

小さな可愛らしいグランドピアノは、三歳の少女の生け贄になって、突上棒は吹き飛び、大屋根も外れてしまっている。その上で脚も一本、折れている様子だ。

「瞬間接着剤で、直せますかね」

「さあねえ。うちで一番器用なのって、誰かしら」

「後で相談してみましょう」

そんなことを言っている間にも、児童室では和やかな時間が過ぎている様子だった。彼らは今後、日を改めて調停に入り、面会交流についての細かい取決めをすることになるだろう。母親と子どもたちが会う頻度や、会う場所などを決めるのだ。

「あのご主人の様子なら、いずれ鶴岡に行くことも許してくれるかも知れないわね」

三好主任の言葉に、かのんは「でも」と、つい肩をすくめた。

「子どもたちが、あっちのお祖母ちゃんになつくかどうか、これはちょっとハードル高い感じがしますけど」

「そっか。その問題があったか」

薄暗い部屋でぼそぼそと話しながら、かのんは家族が軽食を終えるのを待っていた。彼らを無事に送り出したら、その後は自分も弁当を広げて、「ツーン」と来るのを味わいたいものだった。

キツネ

1

※この申立書の写しは、法律の定めるところにより、申立ての内容を知らせるため、相手方に送付されます。

【家事調停申立書　事件名（慰謝料）】

横浜家庭裁判所川崎中央支部　御中
令和三年△月〇日

申立人　杉原　耕史　㊞

添付書類　（審理のために必要な場合は、追加書類の提出をお願いすることがあります。）

申立人
本籍（戸籍の添付が必要とされていない申立ての場合は、記入する必要はありません。）
住所　神奈川県川崎市多摩区登戸○□○○番地　ピア登戸一○二号室
氏名《フリガナ》　杉原《スギハラ》　耕史《コウジ》
昭和54年×月×日生（42歳）

相手方
本籍（戸籍の添付が必要とされていない申立ての場合は、記入する必要はありません。）
住所　東京都渋谷区神宮前七丁目×―○　フィエスタ原宿参番館五○二号室
氏名《フリガナ》　荻野目《オギノメ》　朱里《ジュリ》
昭和62年△月△日生（34歳）

申立ての趣旨
相手方は、申立人に対し、慰謝料として相当額を支払うとの調停を求めます。

申立ての理由
1．申立人と相手方は平成21年〇月〇日婚姻し、令和2年〇月〇日に離婚しました。
2．婚姻当時、相手方は既に妊娠中であり、妊娠が発覚したときに相手方から「責任を取って欲しい」と言われて入籍を決意したという経緯があります。
3．申立人は住宅会社に勤務しており、収入は固定給とはべつに歩合給があります。固定給は銀行振込のため、申立人は通帳ごと相手方に渡し、その管理をすべて相手方に任せており、自分の小遣いや交遊・遊興費は現金で支給される歩合給から出していました。
4．申立人は仕事柄、曜日に関係なく出勤することがあり、また付き合いで飲酒する機会も多く、家にはあまりいませんでした。また、申立人の趣味はパチンコで、休みの日でもパチンコ店に行くことを楽しみにしていました。そのことで相手方から文句を言われると喧嘩になることが多かったのは事実です。
5．相手方は、申立人の上記のような生活ぶりはまったく家庭を顧みていない証拠だと主張して、令和2年に突然、離婚したいと言い出しました。申立人は子どももまだ小学生であることから離婚には反対しましたが、相手方は頑として主張を曲げることなく、結局、離婚調停を申立てられました。その結果、申立人は長男の親権を相手方に渡し、面会交流の約束だけを取りつけることで離婚に応じました。また、財産分与の話し合いの中で申立人名義の預金通帳が資料として提示されましたが、そのときの残高は数万円しかなく、相手方は「毎月のやりくりでずっと苦労してきた」と主張しました。

6．離婚に際して、申立人はそれまで住んでいた住居を慰謝料および養育費の代わりとして相手方に明け渡し、残っていた住宅ローンの支払いのみ続けることにして、身一つで家を出ました。

7．申立人は最初の面会交流で息子と会ったときに、十一歳になる息子から相手方について「すごい嘘つき」と聞かされました。そのときは理由は聞きませんでした。面会交流のときに、離婚した夫婦が互いを悪く言うことは子どものために避けなければならないと、家庭裁判所で教わったからです。ですが、それから申立人は息子の言葉の意味を考えながら過ごすようになりました。

8．実は申立人は、息子が成長するにつれて、息子が本当に自分の実子なのだろうかという疑念を抱くようになっていました。理由は外見も癖なども、まったく似たところがないからです。その思いは年々強くなり、離婚後もさらに強くなったため、悩み抜いた末に息子が申立人の自宅に一泊していったとき、息子の毛髪、使用した歯ブラシ、割り箸などをとっておき、ＤＮＡ鑑定に出しました。その結果、息子が申立人と血縁関係にある可能性は０・０１パーセントであることが判明しました。なおこのことは息子には話していません。

9．次の面会交流では、息子から引っ越したと教えられました。申立人が譲り渡したマンションは売却して今は「もうすぐ新しいパパになるかも知れないお兄ちゃん」と暮らしているということでした。息子はその男性と数年前から何回か会ったことがあるとも言いました。

10．息子から新しい住所を知らされた申立人は職業柄、不動産関係にも伝手があることから、知人を通じて調べたところ、相手方の新居というのは、離婚前の一昨年に相手方名義で購入されていたマンションだと分かりました。

11．申立人の給料だけでは生活が大変だったはずの相手方は、その一方で自分名義のマンションを買っており、しかも知人男性を先に住まわせていたということが分かりました。その男性を「新しいパパになるかも知れない」と息子に紹介していることから、申立人との婚姻中から既にその男性と特別な関係にあったことは間違いないと考えられます。さらに息子の父親も別の誰かだとすると、自分はこれまで誰のために働き、何のための人生だったのだろうかという思いにとらわれ、精神的に非常に苦痛を覚えるようになりました。

12．また息子により、相手方は何年も前から週に二、三度の割合で美容外科にパートに出ていたことも分かりました。そのパート先で目などの整形手術を受けていたということですが、申立人はまったく気づきませんでした。そのことにも相手方は腹を立てていたと息子から聞きました。

13．申立人はもともと細かいことを気にするのは嫌いな性格で、離婚に際しても未練がましいことはせず、相手方の提出した預金通帳も、残高以外は細かく見ることはしなかったのですが、もともと申立人名義の口座ですから銀行に問合せ、過去十年の記録を手に入れました。すると相手方は婚姻後間もない時期から、毎月、申立人の給料が振り込まれるとすぐに一定の金額を自分名義の口座に移していたことが判明しました。またボーナスが出たときにはその金額も多くなり、すべてを合計すると１０００万円以上になります。

14. これらのことから、中立人が心理的な損害ばかりでなく経済的に受けた損害も非常に大きく、人生を台無しにされたという思いが拭えません。そのため慰謝料を請求する次第です。

「ぜーんぜん、いっこも納得しませーん」

鼻にかかった甘えたような高い声が、静かな調停室に響いた。かのんは一瞬、まじまじと声の主を見てしまった。

全体にオレンジがかった明るい茶色に染められた髪は、長めの前髪がシースルーというのか、額が透けて見えるようにカットされていて、他はルーズな感じにアップにまとめられている。その透ける前髪の向こうには、茶色く描かれた心持ち太めの眉が見え、また、ピンク色のマスクの上から見えている瞳はブルーだった。カラーコンタクトを使用しているのだろうが、しっかりメイクされた目元全体からして、まるで人形のようだ。

「それは、どうしてでしょうか？　理由を聞かせてもらえますか」

じき六十に手が届こうという女性調停委員が、早くも相手を諭すような口調になって話しかけた。

「え、だって、どれもあたしには関係ない話だもん」

中立人の相手方、杉原の元妻・荻野目朱里は青い瞳を大きく見開いて前髪を透かして見える眉を険しく寄せていた。調停室内に、「大体さあ」という声が響いた。

「あの男に金をせびられる筋合い、ないんですけどっ」

「せびるって——」

調停委員が困惑を隠せない表情になった。

「赤の他人に、金よこせとか、言われたくないって、言ってんの！」

「赤のって——」

荻野目朱里は「でしょ？」と勝ち誇ったように人形のような青い瞳を細める。庵原かのんは、自分の首筋の辺りをぞくっとするものが走るのを感じた。この人は怖い、と思った。

「大体、夫婦だったときからさあ、『お前』とかって呼ばれるたんびに、何回もやめてって言ったんだよ。いかにも見下されてる感じするからって」

「今はそんな——」

調停委員が落ち着かせようとする。

「呼んでたんですっ！」

今度は男性調停委員の方が「まあまあ」と女性をなだめるように両方の手を上下に動かす。だが荻野目朱里という女性は、その外見からは想像もつかないほどふてぶてしい様子で腕組みをし、ふん、と横を向いてしまう。そのとき、後れ毛のかかる首筋から肩の後ろにかけて、明るい色彩のカットソーから何かの模様がのぞいているのが見えた。目を凝らすと、バラの花に何かが絡みついている絵だ。花びらの部分だけが毒々しいほど赤い色に染められている、どうやらタトゥーらしく見えた。本物だろうか。

「いいですか、ここは調停の場です。どうか落ち着いて、きちんと話をしましょう」

既に七十近い男性調停委員は、ついさっき「もうじき、お役御免ですから」と多少の疲れを見ている。

なっている。彼は今もそのままの表情で、まるで子どもか孫にでも対するように、若い女性を滲《にじ》ませた笑みを浮かべていた。家裁調停委員は通常、七十歳でその仕事から外れることに

「話をね、もとに戻しましょう。荻野目朱里さん、あなたは、中立人である杉原耕史さんの主張を、受け容れるつもりはないと、そういうことですか？　まったく？」

「当たり前ですよぉ、全然。だって、わけ分かんないじゃないですか。何であたしがその人に慰謝料なんか払わなきゃなんないんですか？　悪いことなんか何もしてないし、第一、離婚の原因だって、あっちが全部、作ったんですから」

「どの口で、何もしてへんとか言うとんねんっ！　別れる前から男作って、俺の金で買《こ》うたマンションに住まわせとって！」

入れ替わりに調停室に入ってきた杉原耕史は、元妻の主張を聞かされると顔を真っ赤にして声を荒らげた。調停の席は通常、当事者同士が顔を合わせることはない。片方が話している間は、もう片方は別室に控えて時を過ごす。またも男性調停委員が「まあまあ」と繰り返す。

杉原耕史が関西弁を使うことを初めて知った。調停前に一度、かのんが調査面接したときには、彼は関西弁のかけらも出さなかったからだ。さすがに営業マンだけあって舌は滑らかで話は淀みなく、とはいっても軽薄といった感じでもない。身だしなみにも気をつけていて、微かに整髪料の香りがした。こういうスマートな印象の人が、私生活ではそんな思いをしているのかと、意外に感じるようなタイプだった。それでもやはりこういう状況になると、素の自分が出るのかも知れない。

「それでは、ね、これから杉原さんの主張を一つずつ、見ていくことにしましょう」

女性調停委員がその場を取りなすように、手元の書類に目を落とした。調停の席を仕切るのは調停委員で、家裁調査官は必要な時には発言するが、あくまでも臨席するだけだ。だから、それまでの話を整理したりする場面以外は冷静に当事者たちを観察することが出来る。

それにしても、長いまつげに縁取られた青い瞳を、わざとというくらいにゆっくり瞬きさせる荻野目朱里という元妻は、かのんが最初に調査面接したときとは印象がまるで違っていた。一見して華奢で小柄だし、声は鼻にかかって舌足らずな話し方をする彼女は、実際の年齢より十は若い、せいぜい二十代前半くらいか、またはもっと幼い印象で、かのんを前にしても首をしきりに傾げたり、「そんなこと言われたってぇ」などと、もじもじしていたのだ。これも美容整形の賜物だろうかなどと密かに感心したものだが、それでも彼女は、今は彼女に代わって調停室にいる杉原耕史が中立書に書いてきた内容を、否定はしなかった。ところが、いざ調停の場となると、あれほどまでに強気に出てくるとは、まるで想像がつかなかった。

これは、そう簡単には片付かないかも知れない。

かのんは中立書に書かれていた当事者の息子のひと言である「すごい嘘つき」という言葉を思い出して、改めて荻野目朱里という女性のことを考えていた。

2

「それで結局、元妻が認めたのは婚姻と離婚の事実だけっていうことなの？」

調査官室に戻って調停の様子を報告すると、まず呆れた声を出したのは平瀬総括だ。かのんは「認めたっていうか」とマスクの下でわずかに口を尖らせて肩をすくめた。

「妊娠については『杉原耕史の子だと思っていた』っていう、その一点張りなんですよね。『まさかぁ』みたいな言い方でした。それから、家計費というか自分の口座に移していた件に関しては、夫から通帳ごと渡されている以上、そのお金を何にどう使おうと、自分の自由だって言うんです。心配ならチェックすればよかったんだし、とにかく離婚したのは、そんな調子で家庭をまったく顧みなかった杉原耕史の方に原因があるんだから、今さら責められる筋合いはないって」

「まあ、金銭については、そう言われちゃえば、そうとも言えるか」

斜め向かいの席で、三好主任がペンを持った手を顎に添えながら視線を上に向けている。すると、かのんの右隣の席から赤塚さんが「だけどさ」と疑わしげな声を出した。

「女性って、妊娠した子の父親が誰か、分かるもんなんじゃないの？　それこそ女の直感ってヤツで。そんな話、聞くけどなあ」

「そこまでする女なら、たとえ分かってたとしたって、本当のことなんか言うわけないってことだよ」

アクリル板の向こうで、向かいの席にいる岩本さんが顔を上げた。すると今度は左隣から「そもそも、です」と醍醐くんの声がした。

「同じ時期に複数の相手とですね、子どもが出来てしまうような、そういう関係を奔放かつ不用心に持つっていう、その神経そのものが、僕にはとても信じられないです」

三十を過ぎたばかりの醍醐くんは大きな黒縁眼鏡の向こうに見える小さな目を何度も瞬い

て「そんな女の人、怖いじゃないですか」と続けた。かのんと背中合わせに座っている隣の組の保科さんが「怖い、か」と笑いを含んだ声で話に加わってきた。今日もまつエクした目もとはパッチリしていて、相変わらずのマスク美人だ。

「醍醐くんも、少しは分かってきたかな。女っていうのはねえ、外見は可愛く可憐に見えても、なかなか怖いもんなんだよ」

眼鏡の奥の小さな目をぱちぱちさせている醍醐くんに、目元だけで「にっこり」と笑って、保科さんはまた自分の仕事に戻る。かのんはつい苦笑しそうになりながら、「相手方は」と話を戻した。

「都内にマンションを買ったのも、あくまでも投資のつもりだったって言うわけです。妻の才覚だって。それが、たまたま友だちの紹介で知り合った男性が部屋を探してるっていうから、貸しただけだって。そのことを伝えたあたりからもう、中立人は怒りで手が震えてました」

「そりゃあ怒るでしょうよ。だって結局、自分もそこに住んでるんだもんねえ？　もともと普通の関係じゃなかったって白状してるようなもんだわよね」

気がつけば平瀬総括は自分の席を立ってかのんたちの傍まで来ていた。手には、いつもの伸縮性孫の手を持っている。

「その男性って、何してる人？」

「最初はアーティストって言ってたんです。それで調停委員が『具体的には』って聞いたら、タトゥー・アーティストなんですって」

それには調査官室のあちらこちらから「タトゥー？」「へえっ」という声が上がった。道理で、荻野目朱里が自分の首筋にバラの花のタトゥーを入れていたわけだ。つまり、あれは本物に違いない。

「タトゥー・アーティストって、そんなに簡単に知り合いになれるものなのかね。今どきはそれほど珍しくない職業ってこと？　つまり、昨今はタトゥーを入れる人が多いっていうことなのかしらね」

孫の手を長く伸ばして、ぽん、ぽん、と自分のてのひらを叩きながら、平瀬総括は「想像つかないわ」と首を傾げながらその辺を歩きまわっている。

「確かに、電車の中でも街中でも、前よりタトゥーを入れている若者をよく見かけるようになったとは思いますね。ワンポイントとか、可愛い柄のタトゥーとかも」

「そういえば、ディズニーキャラクターのタトゥーを入れてる女の子を見かけたことありますよ」

「やっぱり時代なのかしら」

調査官たちが口々に話している間、三好主任も指先でペンを弄《もてあそ》びながら考える表情になっていた。

「でも、タトゥーって一度入れたら、そう簡単には消せないんでしょう？　そのときは気分で入れて楽しいかも知れないけど、後から後悔することにはならないのかしらね」

「人生なんて、先に何が待ってるか分からないんだからねえ」

主任の言葉を引き受けるように言った平瀬総括は、孫の手をぽんぽんさせながら、さらに歩きまわる。何か考え事をまとめたいときなどにこうして歩きまわるのが総括の癖だ。そうしてしばらくたったところで、総括は改めて「庵原調査官」とこちらを見た。

「中立人は怒ってたって？」

「震えるくらい」

「判事には私から許可を取るから、電話をしてくれない？」

「中立人に、ですか？　今すぐ？」

平瀬総括は、今度は孫の手を指揮棒のように振りながら、いつになく真面目な眼差しで大きく頷いた。

「精神状態が心配だから。もしも怒りの沸点が低い人だったら、『あの女！』ってことになりかねないから。怒りの勢いで物騒なことでもしでかさないといいと思ってね」

かのんは、再び背筋がぞくりとするのを感じた。そんな人ではないと信じたい。だが、さっきのあの顔色を失った様子は、確かにスマートな第一印象とは打って変わって見えた。

「それで、出来るだけ早くもう一度、面接の約束、取りつけてくれないかしら。そういう予定が入れば、多少なりとも気持ちのブレーキにはなると思うんだ」

平瀬総括は、かのんには中立人の気持ちをとことん聴いて、怒りを鎮めてやることが大切だと言った。

「それと同時に相手方に対しては、自分がどれほど中立人を傷つけたのかを、少しは分からせたいものだわよね」

「気合い、入れてね」と背中を軽く叩かれて、反射的に「はい」と答えたものの、かのんは次の瞬間には姿勢をぐにゃりとさせて、ふう、と息を吐いてしまった。中立書を読んだ時点では、さほど神経をすり減らすような内容ではないと思ったのだが、どうやら考えが甘かったようだ。

「あの日、電話をもらってよかったです。そうでなくてももう腹が立って腹が立って、コロナにかかってても何でもいいから、どっかその辺で一杯引っかけようかと思いながら歩いてたんです」

翌週すぐに面接の時間を作ると、再び家裁にやってきた杉原耕史は、マスクをしたまま頭の後ろに手をやって、面目ないというようなポーズを取った。

「よく我慢なさいましたね」

かのんが頷いて見せると、杉原耕史は目元をわずかに細める。人の好さそうな皺が目尻に寄った。この人がやけ酒をあおる姿や、ましてや怒りに任せて事件を起こす姿など、想像したくない。だが杉原本人は「まあ、やっとですわ」と諦めたように関西訛りで呟いた。

「ほんま、こんな時代やなかったら、友だちでも仕事仲間でも適当に呼び出して、愚痴の一つもこぼしながら呑み明かしたいところやったんですがね。それも出来やしないんですから、ほんま、やりにくい時代です」

「では、あの日は結局――」

「会社は休みとってましたから、暗くなるまでパチンコ屋にいて、結構な金額、貢がしてもらいましたわ。その後はコンビニであれこれ買い込んで、味気ない部屋で安酒呑んでました。そのまんま酔った勢いでひっくり返って寝ちゃおうと思ったんですけど、呑んでも呑んでも、どうしてもあの女の顔が浮かんできて、結構、悪酔いしましてね。次の日がしんどかったです。朝からコンビニでソルマック買って、その場で飲むくらい」

新型コロナウイルスは一向に終息の兆しを見せない。ゴールデンウィーク前に東京・大阪・兵庫・京都に出された三回目の緊急事態宣言は、連休明けの五月十二日には愛知・福岡も追加され、他に埼玉・千葉・神奈川・愛媛・沖縄・北海道・岐阜・三重の各道県に「まん延防止等重点措置」というものが出されていた。緊急事態宣言との違いは今一つはっきり分からないが、とりあえず首都圏にいる人間の行動は制限され、緊張を強いられることに変わりはなかった。結局、多少なりとも力を抜いて過ごせたのは三月末からの一ヵ月余りしかなく、その間にしたって決して人の流れや生活が以前の通りに戻ったわけでもなかったから、本当なら五月の風が吹いて一年で一番気持ちのいい季節のはずなのに、人々はますますストレスを溜め込んでいる。

通勤途中でも、路上呑みや電車での車内呑みをする人が増えたと感じるし、些細なことで喧嘩になったり、大声を張り上げたりする人を頻繁に見かける。かのんが仕事をしている家裁の、もう一つ上の階には少年事件を扱う少年部があるが、「最近、ぐ犯少年が増えた」と顔見知りの調査官が言っていた。ぐ犯少年とは、今のところは犯罪行為に走っているわけではないが、将来その恐れがあるとされる少年のことだ。たとえば家に帰らない、深夜に街をうろつく、暴走族などに出入りするなどといった行動が見られる。無論その中には、親が暴力を振るうなどするために家にいられないという少年も含まれる。コロナ禍が大人の勤務形態や収入に影響を及ぼして、結果としてそのしわ寄せが子どもに来ている場合も少なくないだろう。

「ああ、この間は息子が言ってた通り、アレが美容整形したって、よく分かりましたよ。目と目の間隔が前より狭くなってるし、マスクをしてても鼻筋と顔の輪郭が違うって、分かりました。すれ違いざまですけどね」

「そんなに違いましたか」

杉原耕史は「さすがにね」とまた目元に皺を寄せる。

「これでも十年以上は夫婦やったわけですから。知り合った当時は、あんな顔の女じゃ、ありませんでした」

「そうですか――それで、週末は、息子さんにはお会いになったんですか？」

杉原は、今度は「いや」と首を左右に振った。

「ここんとこずっと、コロナを言い訳にして、会ってないんです」

会いたいことは、会いたいんですがねと、彼は続ける。

「たとえ自分の血を分けた子やないって分かったって、赤ん坊の時からずっと見てきて、自分なりに可愛がってきたヤツですからね――それに、あいつとは気が合うし、あんな母親と、それと、タトゥー・アーティスト？　要するに彫り師でしょう？　そんな男と暮らしてて、あいつだって色々と我慢してるんちゃうかって、可哀想に思うんです。その辺を聞いてやりたい、聞いてやらなきゃとは、思うんですけど」

ただ、会えば会ったで気持ちが乱れる。この子の本当の父親は誰なのだろうか、今ごろどこでどうしているのかと、どうしても考えてしまうと、杉原耕史は目を伏せた。

「だから今回の調停で、せめてあの女が、なんで僕に『責任を取れ』なんて言ったのか、その辺だけでも正直に話してくれれば、まだ少しはすっきりするかとも、思ったんやけど」

かのんがノートにメモを取っていると、杉原耕史の声が「それに」と聞こえた。

「今さらこんなこと言ったって仕方がないんですけど――というか、僕も偉そうなことを言えた義理やないやないかって言われるかも知れへんのですけど」

マスクの上から見えている杉原耕史の瞳がわずかに揺れた。くっきりした二重の、形のいい目をしている。マスクを取ったら実際にはどんな顔をしているのだろうかと、ふと思う。その瞳を伏せて、杉原耕史は、実は自分自身にも当時は別に交際している女性がいて、その人と結婚するつもりだったのだと言った。

「そう、なんですか？」

「真剣に、将来を考えてつき合ってたんです。この人だけは生涯をかけて大切にしたい、幸せにしたいって、本気でそう思ってました」

その一方で、荻野目朱里とも関係があったということか。かのんが、この情報を自分の中のどの辺りに収めれば良いものだろうかと考えている間に、杉原耕史は、荻野目朱里とはほんの気まぐれというか、軽い遊びのつもりだったのだと続けた。

「失礼ですが、杉原さんと荻野目さんのお二人は、どういうきっかけでお知り合いになったんでしょう？」

杉原耕史は、何度か目を瞬かせた後、「実は」と少しばかり話しにくそうに口を開いた。

もともと荻野目朱里という女性は、彼が行きつけにしていた美容室の店員だったのだそうだ。だが、まだ美容学校を出て間もない駆け出しで、実際にハサミを持たせてもらうところまでいっておらず、もっぱら店内の掃除と雑用をしており、それからようやくシャンプー台に立つようになったところだったという。そしてあるとき、シャンプーしてもらいながら、彼女が他にもアルバイトをしていると知らされたと、杉原耕史は語った。

「美容師って、一人前になるまでは本当に給料が安いらしいんですよ。それで、色んなバイトをする子がいるらしいんですけど、朱里——あの女は、キャバクラでバイトしてるって言って。それで『一度、来て下さいよ』なんて誘われたんです」

それがきっかけで朱里がアルバイトしているキャバクラに何度か通ううち、彼女から誘われる形で男女の関係になった。

「その辺が、男のだらしなさっていうか、向こうから誘って来てんのにとか、まあ酔った勢いもあって」

当時、杉原耕史は既に三十歳になっており、二十歳を過ぎているとはいえ子どものようにしか見えない荻野目朱里に対して、気持ちが動くというようなこともなく、本当に遊び感覚だったという。朱里本人も早く一人前の美容師になって、キャバ嬢などやめたいと言っていたから、適当に小遣いでもせびりたいのだろうと、杉原の方では解釈していたらしい。

「それに、そういう関係だって、ほんの二、三回だけなんです。本当に気の迷いっていうか――それがあるとき突然、妊娠したって言われて。もう、頭の中が真っ白っていうか、上からガーンって、岩でも落とされたような気分でした」

自分の思い描いていた将来が、その岩にすべて押しつぶされ、飛び散ったと思ったと、杉原耕史は語った。荻野目朱里は、もしも責任を取ってくれなかったら、このことを杉原の職場にばらすと言ったという。子どもの生命、自分の将来、社会的信用、愛する人との未来、あらゆることが頭の中でいっぺんに渦巻いた。そして悩みに悩み抜いた末、彼は真剣に交際していた女性の方に別れを告げたのだそうだ。

「泣かせて、泣かせて――彼女には本当に、申し訳ないことをしたと、今でも思ってます。だけど当時は、それが男としての責任の取り方だと思ったんです」

杉原耕史は、そう言ってがっくりうなだれた。大切に思ってきた女性を棄てて、子どもの父親として責任を取ったつもりで始めた結婚生活は、だが最初から満ち足りたものとは言えなかったようだ。

「子どもは可愛かったですよ。だけど、家に帰れば必ずアレがいるわけですよね。特に疲れて帰ったりすると、どうしたって腹立ってくることがあって。元はと言えば僕が遊びで手を出したからあかんのやとは思いつつも、何ていうか、『もう人生終わったんや』『取り返しのつかへんことをしてもうた』っていう感じがこみ上げてくるわけです。だから、とにかく子どものために、食うに困らんようにだけしてればええやろうって感じで、通帳もカードも渡してあったし、家のことについては何一つ口出ししませんでした」

そんな具合だから、自然と家に帰る足取りは重たくなり、新婚当初から酒を呑んだりパチンコをしたりして、帰宅はいつでも遅くなった。

「朱里さんから責められたりはしなかったんですか？」

「それなんです。アレは意外なほど涼しい顔してたんですよね。あんなに早く一人前になりたいとか言ってた美容師をやめるのにも、何の未練もない様子やったし、僕が何時に帰っても、せいぜいカップ麺なんかがテーブルの上にのってる程度で、本人はもう赤ん坊と先に寝てるのが当たり前っていう感じで」

「では、ご家族で夕食をとられるようなことは？」

杉原耕史はしばらく考える顔をした後で、「休日以外はほとんどない」と答えた。それでも朱里は不満そうな様子もなかったという。

「息子が幼稚園くらいになったときに、その謎が解けましたけどね。アレは年がら年中、ときには子どもをよそに預けて、友だちや自分の親なんかと、さんざん外で食ったりしてたんです。たまに風呂に入れたりすると、息子は無邪気に誰に会ってどこで何を食べたとか、あそこに行ったよとか、僕に言うわけですわ。『でもナイショなんだよ』って笑いながらね」

今にして思えば、実家の親が病気で看病に行かなければならないと外泊したときに、美容整形を受けていたのだろうと思うし、以前の美容師仲間とも頻繁に会っていたらしい。その他にも、おそらく隠し事は山ほどあっただろう、と杉原耕史は言った。

「そのことを問いただしたりは、なさらなかったんですか？」

かのんの質問に、杉原耕史はそこでも「いや」と首を横に振った。そんな興味さえなかったと。要するに杉原本人も、家庭人としては実に冷ややかで無関心だったことは間違いないらしい。

「だけど、その金の出所は僕ですからね。その上、他の男のためにマンションまで買ってやるって――一体何回、僕を裏切れば気が済むんですか。そこまでコケにされてたんかって、さすがに思いますよ」

初めて鋭い舌打ちが聞こえ、それに続いて、ったく、ふざけやがって、という吐き捨てるような呟きが聞こえてきた。

「考えれば考えるほど、はらわたが煮えくり返ります。僕だってあいつに無関心やったかも知れませんが、向こうだって少しでも僕に歩み寄ろうっていう感じは、なかったですからね。そら、そうですわ。子どもの本当の父親でもないのに、まんまと亭主に仕立てただけなんやから。きっと腹ん中では舌を出してたはずです。そやけど、それがバレた上に、不倫のことまで分かったからには、もう何がなんでも許せるわけないです。もしも、こういう手段が通用せえへんのやったら、僕にも僕なりの考えがあります」

いけない、と思った。きちんとした手段を踏まないのだとしたら、あとは平瀬総括の言っていた通り、暴力しかなくなってしまう。それだけは避けなければいけない。

「あの、ここで、もう一度、整理しませんか」

かのんは姿勢を改めて、アクリル板の向こうの杉原耕史を見つめた。本当にもどかしい。マスクのせいで表情が分からないから、彼が今、どれほど憎しみに燃えているのか、どの程度、本気なのかも分からない。

「せっかく、というか、こうして正式に家庭裁判所を頼りにしていただいて、調停も始まってるんです。ですから、あくまでも正攻法でいきませんか」

杉原耕史は、初めてわずかに試すような目つきでこちらを見てくる。

「正攻法が通じる相手やなかったら？」

「どうにかして、落とし所を見つけましょう。そのために、私も、先日の調停委員も精一杯に考えて、動きますので」

向き合っている男の目には、今のところはまだ殺気めいたものは感じられない。そう思いたかった。

3

その日、荻野目朱里は緑色の瞳をして家裁に現れた。髪型は相変わらずだが、先日の調停の時とは打って変わって、黒いワンピースだ。上半身はレース地で、たっぷりとしたギャザーの寄っているスカート部分は地布とオーガンジーの二枚重ね、そこから出ている脚には右足だけに、ヒールを履いたふくらはぎから足首にかけて星と人魚のシルエットをかたどったタトゥーが入れられているのを、すすめた席につこうとする後ろ姿を見て発見した。まさしく、そのタトゥーを強調するために選んできた、しかも相当、若作りな服装だ。そして椅子に腰掛けるなり、彼女はまるで自分のタトゥーを見せびらかそうとでもするように、うなじに片手をやったから、かのんもごく自然な口調で尋ねてみることにした。

「タトゥーって、入れるときには痛くないんですか？」

荻野目朱里は一瞬「え」という表情になり、それから少し芝居がかった仕草で自分の肩の辺りに視線を送ると、「見えちゃいましたぁ？」と、また鼻にかかった甘ったるい声を出して目を細める。

「痛いか痛くないかって言ったら、そりゃ、痛いですよぉ。入れる場所にもよるんですけどね」

「それでも、入れたんですか」

「だって、彼氏が勧めるし——身体に何かしようと思ったら、痛いに決まってるってことは、とっくに分かってるしね。ぶっちゃけ顔をいじるのだって麻酔が切れてからはマジで痛いし、すごぉく腫れたりもするわけだから。要するに怪我するのと同じですって」

そうだった。この人は顔の美容整形もしているのだったと思い出した。顔を変え、タトゥーを入れて、一児の母でもあるこの人は一体、どこに向かって進んでいるのだろうか。ちょっと聴いてみたいところだが、まずは本題に入らなければならない。

「先日、私がお話をうかがったときには、荻野目さんは、少なくともお子さんの父親が杉原耕史さんではないということは、認めておいででしたよね？」

すると荻野目朱里は「そんな風に取れましたぁ？」と緑色の瞳をぱちぱちとさせる。かのんは相手のペースに乗せられまいと「はい」と、あくまでも静かに頷いた。

「実際に、杉原耕史さんがＤＮＡ鑑定もされて、科学的に証明されていることですから、ここはもう、ごまかさない方がいいんじゃないかと思うんですが」

「ＤＮＡ鑑定って、そんなのアテになるのかなぁ」

荻野目朱里は、ふん、と鼻を鳴らしてそっぽを向く。外見をどういじり、どんなに甘ったるい声で話そうと、ふてぶてしい性格は変わりようがないらしい。

「鑑定書もお持ちだそうです」

「そんなの、ただの紙切れでしょう？」

「それが信頼出来ないということでしたら、杉原さんは何度でも、他の機関にでも鑑定を依頼されるでしょう。ああ、でもその場合は息子さん本人に協力をお願いする必要が出てくるかも知れませんね」

すると彼女は初めて緑色の瞳を大きく見開いて「それは困りますよぉ」とマスクの前で手を振った。

「息子は何も知らないんですから。それに、あの子ってどういうわけか杉原になついてるんですよね。それなのに今、本当の父親じゃないなんてバレたらショック受けるに決まってるし、急にグレたりしたら、責任取ってもらえるんですかぁ？」

「責任というと、家裁が、ですか？」

「だって、家裁が息子にバラすんなら、そういうことになるでしょう？」

かのんはテーブルの上で両手を組み合わせ、アクリル板越しにゆっくりと一つ深呼吸をした後、「では」と、じきに中学生になる子どもの母親には見えない女性を見つめた。家裁がバラすなどと言っていないのに、見事に話をすり替えようとする彼女と正面からやり合うつもりにはなれない。

「質問を変えますね。荻野目さん、お子さんの本当の父親に心当たりはあるんでしょうか？」

荻野目朱里は長いまつげを伏せ、まるで地下アイドルのようにも見える服装で、「うーん」と首を傾げている。また、首筋のタトゥーが見えた。

「ない、ですか？」

「それじゃあ、まるであたしが誰とでも寝てたみたいじゃないですか」

さすがの荻野目朱里も、そこでは気分を害したように茶色の眉をぎゅっとひそめる。

「では、どなたか分かってるんですね？」

「――最近どんどん似てきてるんですよね、息子が。だから、嫌でも思い出すっていうか」

「では、もう少し立ち入ったことをうかがいますが、その方とは、どうして一緒になられなかったんでしょうか」

もともとそこからボタンの掛け違いが始まっているのだ。名前まで聞き出そうとは思わないが、ここはきちんと説明してもらいたかった。荻野目朱里は「えー」と首を反対側に傾げて、視線を宙に漂わせている。黒いマスクを取ると、口もとはどんな表情になっているのだろう。

「言わなきゃ、駄目ですかぁ」

「出来れば、聞かせていただきたいです」

「でも、それ言ったら慰謝料、取られるんですよね？」

「これは私の感触なんですが、もしも荻野目さんがＤＮＡ鑑定も信じない、本当の父親についても語らない、しかも、杉原さんの要求に一切、応じないということになったら、おそらく杉原さんは、このまま調停から民事訴訟に持ち込むだろうと思います」

「訴訟？」

「調停による話し合いで決着がつかない場合には、杉原さんは民事裁判に訴えてでも、損害賠償を請求するかも知れません」

「裁判まで？」

初めて身構えるように顎を引く荻野目朱里に、かのんは「そうですね」とつい皮肉っぽく口もとを歪めながら頷いた。「それが嫌なら早く話してしまう方が得策ですよ」という気持ちを、密かにこめたつもりだ。

「杉原さんは相当に腹を立てていますし、今のままでは絶対に納得しないと言っていましたから」

荻野目朱里は「えー」とまた首を左右に揺らしていたが、やがて、「じゃあ、えっとぉ」と自分の手元に目を落とした。

「確かにね、あの子は杉原の子じゃないです――それは、まあ、認めるしかないかな」

「では、どなたの？」

「結婚する前、あたし、まだ美容師の卵っていうか、見習いで美容室に勤めてたんですけど」

杉原耕史から聞いていたが、かのんは「そうなんですか」と相づちを打った。

「そのとき、同じお店のいっこ上の男の子とつき合ってて――その子もまだ見習いで」

当時お互いにまだ二十一、二という年齢で、美容師としても駆け出しなら給料も少なく、将来のことなど話し合うどころか、考えたことさえなかった。ただ、暇さえあれば二人でくっついていられればいいという感じだったという。

「杉原はお店のお客さんだったんですけど、そのうちあたしがシャンプーを担当するようになって。シャンプーするときって、普通に世間話とかするじゃないですか。そしたら、たまたま生まれた星座とか、血液型の話になって、杉原と彼氏が同じ血液型だって分かったんですよね」

「それは、杉原さんとおつきあいになる前のことですか？」

荻野目朱里は「どうだったかなぁ」と首を傾げた後で「でも」と少し表情を改めた。

「だからって、杉原を狙ったとかっていうことはないですよ。ホント、特に興味もなかったんですから。ホントに単なるお客さまでしたから。歳だってずっと上だし、何よりあたしには彼氏がいたし。だけど杉原の方は、ホント、何ていうか、あたしを目当てに店に来てるみたいな感じ、ではあったかな」

「ホント」を繰り返せば繰り返すほど嘘の匂いがしてくる。第一これは、杉原耕史から聞いた話と食い違っていた。キャバクラの話はどうなったのだと言いたかったが、かのんはただメモを取りながら相づちを打っていた。

「で、そのうち、杉原の方からつき合ってくれって言われて。あたし、マジでお金ないときだったから、年上のオトコとつき合えば美味しいものも食べさせてもらえるし、多少のものなら買ってくれたりするかなぁとか思って、軽いノリで——まあ、今でいうパパ活みたいな感じですよね」

なるほど、とかのんは頷いた。彼氏がいながら、荻野目朱里はある意味、打算で杉原耕史とつき合うようになり、関係を持ったということだ。しかも、もしかすると杉原耕史の血液型を知った上で。

「そんで少ししたとき、あれ、そういえば生理が来ないと思って――しかも、もう三カ月過ぎてたんですよね。当然『ヤバ！』って、なるじゃないですか」

「そのとき、彼氏の方には」

荻野目朱里は緑色の瞳をすっと横に向け、もう別れていたと言った。

「ちょうど、その前の週かな、向こうに二股かけられてるって分かって、別れたばっかりだったんです」

何だか今回の事件は二股だらけだ。家裁に持ち込まれる男女のトラブルでは珍しいことではないにせよ、これほどまでに男女関係を鎖状につながらせていたい人というのは多いのだろうかと、内心でため息が出る。

「そうこうするうちに、もう堕ろせないってなってきたし、彼氏は戻ってこないし、じゃあ、どうすんのよって考えたら、杉原しかいなかったんですよね。だから半分ダメ元で『責任取って欲しいんだけど』って言ったら、そのまんま、とんとんって、結婚するって話になっちゃって」

何が「とんとん」だ。そのひと言のお蔭で杉原耕史が本当に愛していた女性と別れなければならなかったこと、自分とはまったく関係のない女性の人生まで狂わせることになったことなど、彼女は何一つとして考えていないのに違いなかった。かのんはため息と共に怒りともやり切れなさともつかない思いを腹の底に落とし込んだ。

「では、お子さんの件に関しては、次回の調停の席できちんと認めていただけますね」

「――まあ」

荻野目朱里は、仕方なさそうに俯いていたが、すぐに「でも」とまた顔を上げた。

「慰謝料っていったって、あたし、払えるお金なんて、ないですからね」

「マンションを売られたんですよね？」

その金で現在暮らしているマンションの、ローンの残りを清算した、と荻野目朱里はすかさず肩をすくめた。

「ここだけの話、離婚して後悔はしてないんですよ、全然。だけど、生活は前の方がずっと楽だったんですよねぇ」

「そうなんですか？　今のお住まいは――神宮前だから、都心の一等地ですね」

「その分、川崎に比べたら物価も高いし――それに、杉原はほとんど家にいなかったから、あたしははっきり言って、のんびりと好きなことをしていられたんです。お金のこともうるさく言わないし、家のことにも口出ししないし、あたしが暇つぶしにパートに出るようになったって、プチ整形したって、気づきもしないような夫だったから」

顔の輪郭までいじっているのならプチとは言わないのではないかと思いながら、緑色の瞳をゆっくり瞬かせる荻野目朱里を見ていると、彼女は初めてその瞳に愁《うれ》いらしいものを漂わせた。今はほとんど一日中、彼氏と顔を突き合わせる毎日なのだそうだ。

「神宮前っていったって、超古い中古のマンションだし、広さだってそんなにないし」

そのマンションの一室をタトゥーのスタジオにしており、息子にもひと部屋与えているから、同棲相手がスタジオにこもっていない限りは、ほとんど四六時中、顔が見える位置にいなければならないのが、今の彼女の日常だという。

「それにタトゥーの商売って、そんなに儲かんないんですよぉ。お客さんだって毎日来るわけじゃないし、前はインスタとか見てインバウンドのお客さんが来ることが結構あったらしいんですけど、コロナになったでしょう？　外国人のお客さんはゼロになって、日本人で腕一本まるごととか、背中一面とか、そんなタトゥー入れる人、そうそういないじゃないですか。うちの場合、小さいタトゥーは、サイズで金額が決まってるから」

それでもインスタグラムの影響は大きく、次々に新作を発表していく必要があるから、それもあって荻野目朱里も自分の首筋と右足、それから腰の辺りにもタトゥーを入れたのだという。今度は胸元に入れる予定だし、自分ばかりでなく、周りの友人にも声をかけて小さなタトゥーを入れてもらったり、自分のＳＮＳで発信して「営業」もしているのだそうだ。

「そんなにタトゥーだらけの母親がいるのか？」

その晩、食卓を挟んで今回の事件の話を大まかに聞かせると、夫の栗林《くりりん》は莢《さや》ごとオーブントースターで炙《あぶ》った空豆の、片方の莢だけ取り除いたものを皿に並べて、湯気を立てている豆にぱらりとトリュフ塩を振ったものを一粒ずつ口に放り込みながら、ハフハフと熱そうな息と共に「そりゃあ、嫌だなあ」と唸っている。空豆は茹でるより、こうして食べるのが一番美味しいと彼は信じている。

今日の献立は、他にタマネギとワカメのサラダ、丼にして食べてもいいアジの漬け、新ジャガとベーコンの味噌風味グラタンというものだ。かのんはタマネギを刻み、ワカメを水にさらし、それから新ジャガの皮を剝いた。あとは栗林と電子レンジの仕事が大半だ。彼が飼育員として勤めている動物園は今もコロナ防止策として休園中だった。仕事の内容そのものに大きな変化はないが、お客さんと触れ合う機会がなく、担当しているニシゴリラがコロナに感染する心配も少ないから、その分だけ気楽なものだと彼は言っている。

「元ダンナは、今どうしてんの」

「仕事は普通に続けてる。で、本人が言うには『ショボい』ワンルームで暮らしてるって。家電から家具から、何もかも置いてきちゃったから、最低限の家電が揃ってる、学生向けみたいなところを探したって言ってた」

「欲がないっていうか、ちょっと人が好すぎるよなあ」

かのんたち夫婦は共稼ぎということもあって、月々の家計費はすべて互いに同額ずつ出し合った通帳から出している。保険料や将来へ向けての貯蓄も、やはり同額ずつ出し合って、残りはそれぞれが好きに使うという形だ。だから互いに小遣いの範囲内で何をどう使おうと勝手だし、正直を言うと、かのんの方はその分からも更にちびちびと貯蓄をしている。これから先のことを考えると、可能な限りは貯蓄に回す方がいいと思ってしまうからだ。

コロナ禍になって、ますます先が見えない世の中になった。この先、子どもを産みたいと思っても、ゆくゆくは家が欲しいと思っても、たとえ公務員の自分たちでも簡単に実現出来るかどうか分からない。だから少しずつでも蓄えが増えることが、そのまま安心につながるという気がしていた。それなのに一般企業のサラリーマンで、既に四十を過ぎた杉原耕史が家族も失って一文無しになったことを考えると、彼の心細さというか頼りない心持ちが、多少なりとも想像出来た。そんな人生を歩むことになるとは、まさか考えてもみなかったに違いない。

「栗林だったら、どう？」

「俺？　かのんがタトゥー入れたら？」

「ちがうよ。そんな風に裏切られたら」

早くも風呂上がりは半袖のTシャツと短パンで過ごすようになっている栗林は、口を大きくへの字に曲げて考える表情になり、それからレモンサワーをぐい、とひと口呑むと「金の問題じゃないかもな」と鼻から荒々しく息を吐いた。

「正直、一億もらったって気が済まないかも」

「一億でも？」

それは言い過ぎか、と少し笑ってから、栗林は「でもさ」と首を横に振る。

「気持ち的には、そうだよ。人生ってさ、取り返しのつくこととつかないことと、あるじゃないか。その女は、取り返しのつかないことをしでかしたんだ。断じて、金の問題じゃない」

珍しく少しばかり毅然とした表情でそう言ってから、大口を開けてタマネギとワカメのサラダをもしゃもしゃと口に運んでいる夫を見ていると、相手の顔全体が見えるということは何て自然でいいんだろうかと、改めて思う。

「本物には気の毒だけど、キツネみたいな女だな」

「確かに化け物系かもね。会う度に目の色も変えてくるんだよ。そのうち全身タトゥーだらけになっていくんだろうし」

「気持ち悪りぃなあ。そんで、その男と別れることにでもなったら、どうすんだろう」

「だよねえ」

コロナの時代になってしまって、心置きなく喋りあい、笑いあえることさえ少なくなった今、無防備に顔を出して安心していられるのは家庭の中だけになってしまったと、つくづく思う。かのんは「もう一杯飲んじゃおうかなあ」と言いながら冷蔵庫に向かう栗林を笑顔で眺めていた。

「ＤＮＡ鑑定でそういう結果になったんなら、じゃあ、そういうことで、しょうがないっていうか、いいですけど」

二回目の調停の席で、荻野目朱里は、まずそういう言い方をしたことを、調停委員が伝えた。

「いいですけどって、それ、なんちゅう言い方やっ」

すると、その場に相手がいるかのように、杉原耕史が声を荒らげる。彼は、まるで条件反射のように、別れた妻が口にした言葉を聞く度に声を上げずにいられなくなっている様子だった。

「それがどういうことか、分かってんのかっ」

男女二人の調停委員は互いに目配せをし合い、まず女性の方が「落ち着きましょう」と口を開いた。

「杉原さん、どうぞ、お気持ちを鎮めて下さい。冷静になりましょう。そして、出来るだけ穏便に、また具体的に話を進めていきたいと思いますのでね」

この道数十年の調停委員は聞き上手である上に様々な男女の泥仕合を見て、あらゆるやり取りの調停に携わってきている。年齢的に言っても、何があっても慌てるような人たちではなかった。

「とにかく息子さんのことに関しては、荻野目さんもお認めになる、ということで落ち着きそうですから」

杉原耕史は、かのんと向き合って話しているときとは別人のように、マスクをしていても分かるほど顔を真っ赤にして、「そ、そんなら」と声を震わせている。

「その分だけでも、まず慰謝料、どんだけ払う言うてるんですかっ」

今は別室にいる荻野目朱里は、今日は明るい茶色の瞳をしている。服装も初夏らしい色合いの薄手のニットに白いパンツというスタイルだ。髪の毛はハーフアップにしているから、例のタトゥーが見えるということもなかった。

「元はと言えばあいつ——あの女が『俺の子や』言うたことから始まった、俺にかけた迷惑、損害、俺の人生を狂わせたこと、全部ひっくるめてどんだけ払ってくれるつもりなんですか、言うてるんですわ」

すると女性調停委員が、荻野目朱里は「そんなの、払えません」と言ったことを伝えた。

「だって、お金、ないもん、とのことです」

男性調停委員が「うーん」と低く唸るような声を出す。

「本当は、そこで開き直られても困るんですがね。ご自分の子だと思うから、杉原さんは荻野目さんと結婚して、家庭を築いてきたわけですよね？　最初から杉原さんの子どもではないと分かっていて、いわば、杉原さんを欺《あざむ》いたということになりますよね？　それは申し上げたんですが」

男性調停委員が、ちらりとかのんの方を見るから、かのんはゆっくり頷いて見せた。その部分は既に調査済みだという報告を、調停前の打合せで済ませてある。

「堕ろすには手遅れだったし、他にどうしようもなかったんだ、とのことでした」

その話を聞いたときは、マスクをしたままでも十分にふてくされていると分かる表情で、荻野目朱里はまたそっぽを向いたものだった。

「本当のことを言おうとは思わなかったんですか？」

「思わなかったです」

「一度も？」

「一度も」

二人の調停委員は互いに顔を見合わせて、さて、どうしたものかといった様子になっていた。彼らは、荻野目朱里が婚姻期間中に渡されていた預金通帳から金を自由に使っていたことに関しては、おそらく慰謝料は請求できないのではないかと言っていた。そこは、調査官室でかのんたちが話していたのと同じ意見だ。また、離婚前の不倫に関しても、具体的なやり取りの記録や物的証拠などが出てこない限りは、慰謝料請求は難しい。だが、子どものことに関してだけは、これではっきりした。

「それで、あたし、考えたんですけどぉ」

さっき、少しの沈黙の後で、荻野目朱里が口を開いた。

「本当にお金ないし、慰謝料って言われたって、払えないし、じゃあどうしたらいいかなって」

「それで？　どう、お考えになったんですか？」

女性調停委員が、変わらず穏やかな口調で問いかけた。すると荻野目朱里は少し間を置いてから、今、自分が持っているものの中で、何よりも大切だと思うものを、慰謝料代わりに杉原耕史に渡すというのではどうかと切り出したものだ。

「一番大切なもの？」

「そうです」

「それは？」

「親権。息子の」

一瞬、室内がしん、と静まりかえった。

4

「一体、何を考えてるんや、あの女はっ」

吐き捨てるように言った後、杉原耕史は面接室の椅子に腰掛ける前に、テーブルに片手をついてもたれるようにしながら、もう片方の手で自分のこめかみを押さえていた。前回のことがあったから、今回も調停が荒れ、杉原耕史が激高しかねないことは想定済みだ。そして案の定、杉原耕史は顔を真っ赤にして目を異様なほどにギラつかせた。

「信じられへん、普通やないっ、あたま、おかしいわ！」

ようやく椅子に腰掛けても身体ごと横に向け、彼はこめかみを押さえたまま、もう片方の手を色が変わるほど強く握りしめている。

「私も、まさかあんなことを言い出すとは思いませんでした」

「――人のこと、何や思てんねん」

「私も、あの提案は少し――」

非常識ですね、と言いかけたとき、杉原の口から「そう」という言葉が洩れた。

「颯真《そうま》――息子のこと、何やと思てんねん！」

その瞬間、かのんは、小さく胸を衝かれたような気持ちになった。杉原耕史は、いつの間にか瞳に涙さえ浮かべている。ぽろり、とマスクの上を涙の雫が一粒落ちた。

「ものやないんですよ。あいつは――あいつは、れっきとした一人の人間で、これから、もっと成長していかなあかん子なんです。それやのに、慰謝料代わりに俺に渡す？　それが、実の母親の言うことですかっ」

自分の思い違いを恥ずかしく思った。かのんとしては、荻野目朱里の無神経な身勝手さを腹立たしく思ったし、実子でないと分かっていながら、その子どもを差し出すと言われたことに対して、杉原耕史が腹を立てているとばかり思ったのだ。だが杉原耕史という人は、それよりもまず子どものことをいちばんに考えている。

「あいつの腹は読めてます。要するに息子が邪魔になったんでしょう。チャラチャラした格好して、都心の一等地に住んで、新しい男と幸せになろうっちゅうときに、息子がいたら何かと面倒やとでも思ったんです」

そうかも知れない。密かにへそくりをため込んで購入したマンションは古くて狭いという話だった。再来年には中学生になろうという息子にひと部屋与えていることだけでも、今の荻野目朱里には重荷に感じられているのかも知れなかった。

「でも、だから、俺に押しつけるって――それを慰謝料代わりにするって、あんまりやないですかっ」

言葉が終わるか終わらないうちに、ダンッという音が面接室に響いた。ついにたまりかねたように、杉原耕史が自分の拳でテーブルを殴りつけたのだ。

「一体、どこまで俺を苦しめたら気が済むんや――」

　拳を震わせ、ほとんど肩で息をしているような状態の杉原耕史が落ち着きを取り戻すまで、かのんはしばらくの間、黙って彼を見守っていた。

「俺――僕はねえ、調査官さん」

　ずい分と時間がたったところで、杉原耕史がようやく暗い瞳をこちらに向けた。目は赤く充血しているし、額の辺りにも汗が滲んでいる。

「言いませんでしたけど、これまでもう、数え切れないほど考えたんですよ。あいつの家に乗り込んでいって、一、二発くらいぶん殴ってやろうか、とか、その彫り師にも少しは痛い思いさせてやろう、とか。当たり前でしょう？　だって、要するに間男やったんだから」

「そうでしたか」

「だけどこの前、庵原さんが『よく我慢した』って言ってくれたのが、やっぱり頭のどっかに残ってたし、それから颯真のね――息子のことを考えると、あいつの目の前で、女に手ぇ上げるところなんか見せたらあかんなと思って。ほんで思いとどまってきたんです。とにかく早く決着がついて、全部きれいさっぱり縁が切れればいい、もしも、あの女が息子に何か吹き込んで、それが元で息子と会えんようになったとしても、もともとが他人なんやから、それはそれでしゃあないって、そこまで腹をくくってたんです」

　杉原耕史は「でも」と、そこで大きく深呼吸をした。

「まさか、こういうことを言い出すとは思いませんでした。そこまでする女だとは、さすがの僕も分からなかったです。ある意味、すごいわ。いや、ほんま、すごいです」

「――私も、失礼ですが、そう思います」

「失礼なんかや、ありません。その通りや」

頷きながら、かのんは自分に出来ることは何があるだろうかと考えていた。たとえばもう一度、荻野目朱里と面接したとして、何を聴き出すことが出来るだろうかと思うが、残念ながら思い浮かばない。普通の思考回路とは違う人のようにしか思えなかった。

「もしもお望みでしたら、私、息子さんに会ってみましょうか」

せめて、それくらいなら出来るだろうかと思ったのだが、杉原耕史は暗い瞳のまま「いや」と首を横に振った。

「まさか自分の母親が、まるでボールでも放り投げるみたいに自分のことを棄てようとしてるなんて分かったら、どんだけ傷つくか」

重苦しい沈黙が続いた。結局、十分以上もそうしていた後、かのんは「もう少し考えることにしましょう」と、面接を切り上げることにした。

「調停委員から聞いたわよ。また、すごいこと言い出したわねえ、相手方は」

疲労を引きずりながら調査官室に戻ると、三好主任がアクリル板の向こうからまず声をかけてくれた。

「申立人は、どうだった？」

「――泣いてました」

平瀬総括が自分の席から「えっ」というように顔を上げた。かのんは自分の席につくと、がっくりと肩を落としてしまった。

「私は、相手方の非常識さや身勝手さに腹が立ったんです。申立人も同じだろうと思ったんですよね。でも、違ってました。申立人は、子どもが可哀想だって言って、それで涙をこぼしたんです」

結局、杉原はこれまで短気な行動を起こさなかったのも、物騒なことをしなかったのも、要するに息子のことを一番に思って自重していたようだと話すと、三好主任は「なるほどねえ」と頷いた。

「ものすごい子煩悩な人なんだわね」

「しかも、実子じゃないって分かってるのにっていうことよね。大した男だわ」

平瀬総括は天を仰ぎ見るようにしながら「今どきいるんだ。そういう男が」としきりに感心している。

「何か、昔の映画を思い出すなあ。ほら、何だっけ、モノクロで、どっかの川べりか何かで赤ん坊を拾った男がいて」

隣の組の四戸主任が「バンツマでしょう」とすかさず応えた。かのんの隣で醍醐くんが「バンツマ?」ときょとんとした顔をしている。かのんも初めて聞く名前だ。

「アレですよ、『狐の呉れた赤ん坊』」

平瀬総括が「それそれ！」と嬉しそうな声を上げる。

「あれ、バンツマだったかしらねえ」

「戦後間もなく、GHQ下での映画だったと思いますよ」

「さすがは四戸主任。映研出身」

かのんは、こっそりパソコンを立ち上げて「キツネのくれた赤ん坊」と検索してみた。するとすぐに、かのんが思ったのと表記は違うものの、阪東妻三郎《ばんどうつまさぶろう》主演の映画がヒットした。阪東妻三郎という俳優が、つまりバンツマということか。今度の休みにでも、栗林と一緒に観てみよう。

「とにかく、ここまで来たからにはなりゆきを見守るしか、ないわねえ」

三好主任が仕方なさそうに呟く。

「庵原さんにとっては、今回の件では大きな反省点も生まれたみたいだし、また一つ学んだと思って」

かのんは殊勝な気持ちで「はい」と頷いて、ここまでの調査報告書を整理することにした。今ごろ杉原耕史はどこをどう歩いているだろうかなどと考えると何とも落ち着かない気持ちになるが、無茶な真似だけはしないだろうという確信を持つことは出来たから、それ以上は考えても仕方がないと自分に言い聞かせていた矢先、調査官室の電話が鳴った。真っ先にかのんが受話器を取ると、聞き覚えのある声が「庵原さんお願いします」と聞こえてくる。途端に肩に力が入った。通称「こじらせてしまった人」、田井岳彦氏に違いなかった。

こんなときに限って。

調査官たちの間で既に何年も前から有名人になってしまっている田井氏は、最初は自分から妻との離婚調停を申立てたにもかかわらず、その内容がまったくの虚偽だったためにかえって墓穴を掘る結果となり、長引いた離婚訴訟でも大負けして、それが納得出来なかったためか、次々に新たな申立てをしてくるようになった五十代のエリートサラリーマンだ。最初に家裁と関わるようになってから、既に五年近くも過ぎているという。

「お宅からの連絡を待ってたんですがね。何も言ってきてもらえないから」

「こちらからご連絡差し上げるような進展がありませんので。次回の調停までお待ちいただきたいんですが」

「つまり、それまで何も調査しないって言うんですか？　娘のことも？　娘の母親のことも、ですか。それは、家裁として、どうなんですかねえ」

かのんの前任者も、その前任者も関わってきた田井氏だが、かのんが担当することになってからも、氏は恫喝《どうかつ》紛いの電話をかけてきたかと思えば、別の時にはネチネチとしつこく文句を言い、三十分でも一時間でも電話を切ってくれなかった。そういう場合は時間の許す限り相手の話を聴くというのも、調査官の仕事の一つだ。とにかく彼は、自分が不本意な形で家族を喪い、長年にわたって思い通りにならなくなったのは、すべて家庭裁判所の職務怠慢と、偏った裁量に問題があると考えているらしかった。

「あの女が誰と再婚しようと構いませんが、娘は、僕の血を分けた娘なんですから」

「ですが、娘さんは新しいお父さんにもとても懐いているという話ですし――」

「だから、そこなんだよ。そこ！　そういう話を鵜呑みにするのかって、そう言いたいんだ、僕はっ」

まったく、何度説明しても、田井氏は「娘はもともと田井家の跡継ぎなのだから、田井の姓を名乗り、血のつながった父子が共に暮らすのが道理だ」の一点張りで、まったく譲ろうとしない。だが、田井氏が足掻けば足掻くほど一人娘は父親を嫌い、面会交流さえ拒絶しているのが現実だ。それが、どうしてこの人には分からないのだろうかと本当に不思議になる。田井氏がそうやって一人で悪足掻きをしている間に、田井氏の元妻は最近になって再婚し、もう新たな家庭を築いていた。パート先で知り合ったという相手は、高収入でも社会的地位が高いというわけでもないらしいが、大らかで温かな人柄だということだった。つまり、エリートサラリーマンの田井氏とは正反対なタイプなのかも知れない。そうして元妻と娘とは、着々と新たな人生を歩み始めているというのに、田井氏だけが今も武蔵小杉の高級タワーマンションにいて、たった一人で高いところから街の夜景を眺めて過ごしている。

「とにかくだ、ちゃんと確認するように。そして娘には、直接、いいですね、直接、自分の人生にとってどっちが有益か、ちゃんと考えるように言って下さい」

そういう考え方をしているから娘に嫌がられるのにと思っている間に、電話は一方的に切られた。

「夫婦も難しいけど、親子もなあ」

思わずため息をついていたら、醍醐くんが隣から、すっとチョコレートを差し出してくれた。

「糖分、摂りましょ」

慰めるように言われて、かのんも思わず微笑んだ。こんな日にコンビニスイーツの一つも買っておかなかったのは、自分としては大きな手抜かりだった。

5

親権者変更の申立てをしたいと、杉原耕史が電話をしてきたのはその三日後のことだ。

「出来れば、次の調停の時に書類を提出したいと思うんで、アレと息子の戸籍謄本を用意してくるようにって、向こうに伝えてもらえませんか。印紙とかは、僕の方で用意しますから」

かのんは受話器を耳にあてて「それは構いませんが」と応えながら、こんな大切な話を電話一本で済ませるわけにはいかないと思った。どこかで時間を調整出来ないかと持ちかけると、杉原耕史は自分の都合のつく日を何日か教えてくれたから、かのんも慌ただしく自分の予定表を繰った。調査官は常に六、七件の事件をかけ持ちしているから、それらの調査面接や調停への出席などで、予定表は大分先までかなり埋まってしまっている。コロナ禍で前ほど外出は多くなくなったとはいっても、それらの予定のどこかの隙間に突っ込むより他になかった。

「親権者変更って、じゃあ、決心したっていうこと？」

電話を切るなり、平瀬総括のよく通る声が室内に響いた。かのんは「そうじゃないでしょうか」と首を傾げるしかなかった。果たしてどんな思いで杉原耕史が決心したのか、じかに聞いてみるまでは分からない。

「息子から電話がかかってきたんです」

約束の日、面接室で向き合うと、杉原耕史はこれまでになく穏やかな、というよりも神妙な様子で話を始めた。

「僕が悪いんです」

「どう、されました？」

「コロナを言い訳にして、ここんとこしばらく会わずにいたから。あいつから言われました。『コロナが終わらない限りは、ずっと会えないの？』って」

大人でさえ、これだけストレスの溜まる日々を送っている。ましてや子どもたちは、学校が休みになったり授業も変則的になったりで、遠足などの行事も軒並み中止になり、いちばんの成長期でありながら相当な影響を受けている。そんな日々の中で、父親に会える日だけを心待ちにして過ごしているような少年だったとしたら、絶望的な気分になるのも無理もない話だ。

「それから、どうしても今の学校に馴染めないとも言いました。前の学校に戻りたいって」

定期的に会っていたときは、そんなことは言わなかったので、会わずにいた間に何かあったのかと思ったと、杉原耕史は語った。そのことを尋ねると、息子は、実は最初から転校などしたくなかったのだと、だんだん涙声になったのだそうだ。

「何とかして元の学校に通えるようにしてくれないかって、そう言うんですよね」

表情全体は摑めないものの、杉原耕史は眉根のあたりをぴくぴくと動かしていて、それが彼の動揺を窺わせた。

「僕が今、住んでるのは前の家からそう離れてませんから、学区は変わらないはずなんです。だけど、ちんまりしたワンルームのアパートですからね、もうちょっと金が貯まるまでは、僕一人で住むにしてもそこで我慢しようと思ってたもんですから、『俺んとこのおんぼろアパートに住む気があんのか』って、まあ、冗談半分で言ったんです。そうしたら、息子は『そこでいい』って」

その上、元の学校に戻れるのなら、苗字も元に戻したいと、小学五年生の少年は、そう言ったのだそうだ。

「それから急に、本当に泣き始めて、『父さんと一緒がいいんだ』って——そう言い出しおって」

杉原耕史の喉仏が大きく上下に動いたのが見えた。かのんは、つい自分の方が胸が詰まりそうになった。

「それで、決心なさったんですか。つまりそれは、荻野目朱里さんの申し出を受けるということになりますが」

何度も細かく頷いて、杉原耕史は「それは癪《しゃく》なんですけどね」と呟く。

「だから一応、あいつにも尋ねたんですよ、息子にも。母さんから何か言われたんかって。もしかして、アレから『父さんのとこにいけ』とか『もう、お前はいらない』とか言われて、それで僕しか頼れへんと思ったのかな、とか、どうしたって疑いたくなりますからね」

もしも、荻野目朱里がそんなことを言ったのだとしたら、今度こそぶん殴りに行こうと思ったと、杉原耕史は大きく息を吐き出した。

「あそこまで図太い神経の女です。何を言い出すか分かりませんからね。だけど、よくよく聞いてみても、そうやないらしい。息子は最初っから俺と離れたくなかったんやって、泣きながら言うてました。『母さんは昔から嘘ばっかりつくし、もともと僕なんかに興味はないんだから』って、そうとも」

「小さいなりに、お子さんは、ちゃんと見て、感じてきたんですね」

杉原耕史は深々とため息をつき、そのまましばらくの間、俯いている。

「それで、杉原さんはよろしいんですか」

ずい分、時間がたってから、かのんの方が口を開いた。親権を移し、親子として生きていくことが、また新しいわだかまりを生みはしないだろうかと、かのんとしてはそれが心配だ。

杉原耕史は俯いたまま、首をぐらぐらと揺らすように頷いている。

「これで、アレ——あの女と、本当にきっぱり縁を切ることさえ出来れば、後は僕が黙ってたらええだけの話です——いや、それでもいつかは分かるときが来るかも知れないですけど」

　そこまで言って、彼はようやく顔を上げる。

「そのときは、そのときです。僕がいいって言うてくれる息子を、今、突き放すことなんか出来ませんから」

　杉原耕史は、そう言って、目尻に皺を寄せる。

「では、次回の調停で、この件は終わりということにしますか？　それとも、まだ他の部分での慰謝料請求を続けますか？」

　ふうう、という大きなため息が室内に広がった。

「開き直って、それで終わりだろうと思うんです。僕も、金のことでいつまでも怨み続けたくはないし――それより、これで息子を手放すんやから、もう二度と息子には関わらない、無論、面会交流もさせないって、そこんとこだけしっかり、確認取りたいです」

　あとは、男二人でどう楽しく生きていくかを考えていきたい、好きなパチンコも控えて、まずはせっせと引越し資金を貯めることにすると、杉原耕史はさっきよりもはっきりと、目尻の皺を深くした。

「では、次回は、この調停が終了するにあたって、相手方の考えを改めてきちんと確認しましょう。それで問題がないようであれば、親権者変更の申立て手続に入りましょう」

　かのんが頷くと、俠気溢れるというのか、お人好しというのか、今どき珍しいほどあの映画のバンツマっぽい杉原耕史は「よろしくお願いします」と、深々と頭を下げた。

はなむけ

1

※この申立書の写しは、法律の定めるところにより、申立ての内容を知らせるため、相手方に送付されます。

【夫婦関係等調整調停申立書　事件名（内縁関係調整）】

横浜家庭裁判所川崎中央支部　御中

令和三年〇月□日

申立人　守村　美玖　㊞

添付書類　（審理のために必要な場合は、追加書類の提出をお願いすることがありま
す。）

申立人
本籍（内縁関係に関する申立ての場合は、記入する必要はありません。）
住所　神奈川県川崎市川崎区大島六丁目×番×号　コーポ日の出二〇二号室
氏名《フリガナ》　守村《モリムラ》　美玖《ミク》
　昭和52年○月△日生（44歳）

相手方
本籍（内縁関係に関する申立ての場合は、記入する必要はありません。）
住所　神奈川県川崎市川崎区四谷上町×△―○
氏名《フリガナ》　土取《ドトリ》　昴生《コウセイ》
　昭和59年□月△日生（37歳）

申立ての趣旨
　関係解消
　　申立人と相手方は内縁関係を解消する。

申立ての理由
同居・別居の時期
同居を始めた日
平成十八年□月○日
別居をした日
令和三年×月○日

申立ての動機　※当てはまる番号を○で囲み、そのうち最も重要と思うものに◎を付けてください。

1　性格があわない　2　異性関係　③　暴力をふるう　④　酒を飲みすぎる　5　性的不調和　⑥　浪費する　7　病気　⑧　精神的に虐待する　9　家族をすててかえりみない　◎10　家族と折合いが悪い　11　同居に応じない　⑫　生活費を渡さない　⑬　その他（借金）

山田判事の部屋に呼ばれて、庵原かのんは判事の前で二枚綴りの申立書に目を通していた。内縁関係の解消なら、普通に考えればさほど面倒なことはないと思う。しかも、この申立書を読んだ限り、関係解消の理由は複数あげられているものの、既に別居もしている様子だ。家裁に調停を申立てるくらいだから、それなりに深刻な事情があるのかも知れないが、調停委員が双方の意見を聞いた上で何とか折り合いをつければ、それで済むのではないだろうか。正式な夫婦と違って法的に縛られていないだけに、財産の分配などについても権利を主張出来ないのが内縁関係だ。それでも調査官が呼ばれるとなると、もっと他の事情があるということになる。申立書をひと通り読み終えたところで、かのんは机の向こうからこちらを見上げている山田判事に視線を移した。ボブカットというより、おかっぱ頭と表現した方がしっくりくる小柄な山田判事は、いつもと変わらず秀才中学生のような風貌で、度の強い眼鏡の奥にある小さな瞳を真っ直ぐこちらに向けてくる。

「この人たちには子どもが二人いるんですが」

「はい」とは頷いたものの、それがどう問題になるのか見当がつかない。子どもの認知や親権に関することだろうか。かのんが考えを巡らせている間に、判事は机の上で両手を組み合わせて「こういう偶然もあるんですね」と微かに肩を上下させた。

「偶然、ですか?」

山田判事は小さく頷いた後、二人の子どものうち十六歳の長女は内縁の夫の連れ子で父親の姓を名乗っており、一方、十四歳になる長男の方はこの夫婦の間に出来た子で、こちらは母親の姓を名乗っているのだと説明してくれた。

「子どもの苗字も別々なんですね」

「そういうことです。それで、その姓の異なる姉弟がですね、実は現在、揃って鑑別所にいるんです」

「――え?」

つい、顔を突き出すようにして目を大きく見開いてしまった。

「長女は売春防止法違反、長男は大麻取締法違反。長女は二度目で長男は万引きの補導歴があります。二人とも家出中に起こした犯行です」

「それはつまり、かなり荒れている家庭だということでしょうか」

「そう考えるより他ないでしょうね。子どもたちの調査面接は普通に進んでいるんですが、問題は両親の方なんです」

少年事件を扱う場合、家裁の少年部に属する調査官は、まず警察などから回ってきた記録を読んだ後、本人はもとより保護者に「照会書」という書類を送って少年の生育歴や性格、普段の生活態度、また本人に対しては自分が引き起こした事件についての感想や反省などを書き込んだものを返送してもらう。その上で本人に会い、また保護者とも面接して、じかに話を聴いていくのが通例だ。ところが今回の場合、長女についても長男についても、照会書を送付した父親と母親、どちらからも返信がないのだという。

「家出中の子どもが二人揃って、しかも同じ時期に鑑別所に収監されているなんて、普通に考えれば親としては少なからず動揺して、すぐにでも何とかしようとするものでしょう。ですが、この夫婦にはまったくそういう気配がありません。子どもたちの面会に行っている様子もありませんしね」

さらに、長女は中学の途中から、長男も中学生になるとすぐ学校へ行かなくなったというから、他に調査面接の出来る先もほとんど見つかっておらず、少年部の調査官はほとほと困り果てているという。共に前回は、とりあえず父親とは会えたというが、今回はそれも出来ないのだそうだ。話を聞いているうちに、かのんは他人事とは思えない気持ちになってきた。自分が担当していたら、さぞ頭を抱えることだろう。

本人や周囲から話を聴き、少年たちが何とか更生してくれそうな道を探り、報告書である調査票に処遇意見を添えたものを判事に提出するのが少年部の調査官の仕事だ。判事はそれを参考にした上で独自に審判を下す。親がしっかり見守り、少年と共に立ち直りに努力すると確約すれば、調査官は必ずそのことを処遇意見として書き込むし、判事も審判を下す際、その部分を少なからず考慮に入れるものだ。

家庭裁判所の調査官は、ほぼ三年ごとに異動を繰り返す。キャリアを積んでいけば、得意分野や向き不向きがはっきりしてくるが、中堅くらいまでは異動の度に家事部と少年部のどちらに配属になるかは分からない。かのん自身、この横浜家裁川崎中央支部に来る前は福岡家裁の北九州支部で少年事件を扱っていた。それだけに今、少年部でこの姉と弟を担当している調査官たちの苦労も容易に察することが出来た。

「さて、どうしたものかと考えていた矢先に、母親からこの申立てがあったというわけです」

「つまり、子どもたちが今そんな状態だというのに、彼らが安心して帰れる場所がなくなるということでしょうか」

「その可能性が高いでしょう」

「それで、私は——」

「そこなんです。庵原さんには、内縁関係解消の理由を調査すると共に、この夫婦から、子どもたちに対する気持ちや考えなども調査していただきたいんです」

山田判事は机の上で重ね合わせていた手の指を組み合わせて、改めてこちらを見る。

「何しろ少年部の担当調査官は、もうすっかり覚えられてしまっていて、どちらからも顔を見るなり『帰れ』『話すことはない』と門前払いを食らわされるんだそうです」

「どうしてそこまで頑ななんでしょう」

今度は、山田判事はわずかに首を傾げたが、とにかく父親の方は短気で投げやりな雰囲気の人らしいし、対して申立人である母親の方は小さな一杯呑み屋を一人でやっていて、本人はその二階に住んでいるのだが、すっかり昼夜逆転の生活になっていると言った。店は、このコロナ禍でも看板を出さずシャッターも半分下ろした状態で、それでも営業を続けているそうだ。当然のことながら行政から指導なり要請なりを受けているに違いないが、そんなことにはお構いなしといった感じらしい。

「電話をかけても日中はほとんど出ないし、店の営業中は『仕事の邪魔だ』と言われるし、とりつく島がないとのことなんです」

短気な夫と昼夜逆転の生活を送る妻との内縁の夫婦。学校にも行かず犯罪に走っていく子どもたち。話を聞いているだけでも、いかにも殺伐とした家族の風景が思い浮かぶ。

「でも、さすがに自分たちのことなら面接に応じるでしょう。少年部の方には話を通してありますから、さり気なくでも聴いてみて欲しいんです。とにかく父親と母親、双方ともまともに話が出来ないのでは、どうしようもありません」

判事からの指示に「分かりました」と頷いたものの、調査官室に戻るときのかのんの足取りは重たかった。さっき思い浮かんだ、砂漠のように乾ききった家庭の風景が、頭に浮かんだままだ。

「これまた厄介な事件を任されたもんだわね」

調査官室に戻ってまず三好主任に報告をすると、主任は「やれやれ」と言うように肩をすくめる。

「黄金井さんの問題がやっと片付いたと思ったのにね」

そうなのだ。ずい分長い間もめていた黄金井さんという一家の問題が、奇しくも昨日ようやく片付いたところだった。

2

黄金井さんの問題とは、故人の妻と四人の子ども、さらに故人と先妻との間に生まれた子どもが二人と、それだけの人間が絡み合っての相続争いだった。彼らは揃って自己主張が強く、等しく「不公平」という言葉を頻繁に使い、遺産のどの部分を現金化するかでもめたかと思えば、誰かの隠し事が発覚してまたもめるという風で、ようやく昨日、全員が「納得したというよりも妥協した」という形で決着を見た。大体、家裁の調停とはそういうものだ。一方の主張が百パーセント通るということはまずない。必ずどこかで互いに妥協点を見つけなければ、諍いはいつまでも収まらない。

「これで気分的には相当、風通しが良くなったと思ったんだけどなあ」

かのんは自分の席につくと、がっくりとうなだれた。実際、調停の席で黄金井家の人たちと会うたびに、かのんは気持ちが塞がれる思いになるのが常だった。揃いも揃って、あまりにも生々しい欲望をむき出しにする一家だったからだ。兄弟姉妹間で駆け引きし、見え透いた嘘をつき、時に罵り合い、老いた母は子どもの前で狡猾な猿芝居を打った。父親の記憶すらない異母兄妹は寡黙で一見良識的に見えたものの、常にどこか恨めしげで、自分たちこそが被相続人の長男長女であるという意地のようなものを持ち続けており、自分たちの取り分が一円でも減らされないように、遺産目録の正確さにこだわり続けた。そんな人々の顔を見ずに済むようになっただけで、どれほど気持ちが楽になったか分からない。だから昨日は、結婚して一年以上が過ぎても未だに中学生の頃のままの呼び方をしている夫を相手に、自宅でささやかに盛り上がったくらいだ。

まずは帰りの電車の中でウーバーイーツのスマホアプリを立ち上げて、ベトナム料理店から生春巻きにフォー、空心菜のニンニク炒めにベトナム風オムレツ、ついでにソフトシェルクラブの丸ごと揚げまでデリバリーを頼んだ。次いで「今夜はベトナム料理だ！」と栗林《くりりん》にLINEで宣言しておいたら、彼は仕事帰りにベトナムビールの「333《バーバーバー》」と、ダラットワインも買ってきてくれた。

「すげえ久しぶりだなあ。ベトナム料理」

帰宅するなりシャワーを浴びて、彼はTシャツの首からタオルをかけたまま、いかにも嬉しそうな表情でテーブルについたものだ。

実は六月の下旬に、栗林の勤める動物園ではジャイアントパンダが双子の赤ちゃんを出産していた。コロナ禍になってから暗い話題ばかりだったから、このニュースにマスコミは飛びついた。以来、動物園はマスコミ対応でバタバタしっぱなしだという。栗林が飼育を担当しているのはニシゴリラだから関係ないのだが、それでも園内の雰囲気そのものが、何となく落ち着かないらしい。赤ちゃんパンダは勿論まだ公開などしていないし、コロナの影響で今は整理券がなければ入園出来ないのだが、入園できた人たちは飼育員を見つければ「赤ちゃんパンダはいつ見られますか」と似たようなことばかり聞いてくるし、一方で整理券を取れなかったにもかかわらず動物園の前までやってくる人もいて「何とか入れてくれ」とごねることがある。さらに「あやかり商法」を狙って、あんなものを売りたい、こんな商品を作りたいと連絡をしてくる業者も後を絶たないという。

「もちろん嬉しいことだし興奮もしてるけど、飼育員には相当なプレッシャーがかかってるよ。何しろ日本中が注目してるわけだから、とにかく二頭とも順調に育ってくれるようにって、もう二十四時間、必死」

そんなパンダ騒動の一方、六月頃までは多少落ち着いていた新型コロナウイルス感染者数が、七月に入ってから再び増加に転じて、しかも急増していた。そのペースの速さは医療を次第に逼迫させていて、自宅療養せざるを得ない感染者も増えている。中にはそのまま自宅で死亡していたという悲劇的なニュースが流れることもあった。東京都には四回目になる緊急事態宣言が出されたものの、既に自粛疲れしている人たちには以前ほどの緊張感はない。動物園もずい分長く休園していたが、経済を回すことも考えなければならないからと、入場制限を設けたままで休園はしていなかった。その分、栗林たちは人間に近いニシゴリラに、万に一つも感染させてはならないと神経を配っているらしい。アメリカの動物園では、動物向けのワクチン接種も始まったという情報を得て、日本も早くそうなればいいのにと言っていたのは、つい最近のことだ。

二月に医療従事者から始まったワクチン接種は、高齢者、持病のある人、一般の順で、全国各地で少しずつ進み始めている。だが、それを嘲笑《あざわら》うかのようにウイルスの方でも変異株が従来のウイルスに取って代わりつつあって、このところの東京都の一日の感染者は千人どころか二千人に迫る日もあった。このまま、どこまで感染者が増えるのか想像もつかない状況の中で、街を往き来する人々は、猛暑の中でもマスクを欠かすことなく、数年前から流行り始めたハンディタイプの扇風機などを持って顔に風を送りながら歩いている。

飲食店では営業時間から同席出来る人数、酒類の提供までが制限されているから、ゆっくり外食を楽しむことは難しい。そうは言っても、いつもと違う味を楽しみたい日だってあるものだ。そんなときにはお取り寄せやデリバリーなどを上手に利用するしかなくなりつつあった。だからこそ昨日は夫婦二人で久しぶりのベトナム料理を楽しんで、ビールとワインを呑みながら、最後には「こんな状況でオリンピックを開いて本当に大丈夫なんだろうか」「第一、選手たちはこの暑さをどうするのかな」などと思いつくままを言い合ったりもした。そうしてようやくストレス発散出来たというのに、ひと晩明けたら、また難しい事件がかのんのところに回ってきたというわけだ。

「ちょうど昨日ね、さて、誰に任せようかっていう話をしてたんだわ。山田判事と、あと少年部の総括主任調査官も一緒に」

自分の席から平瀬総括が、いつもの伸縮性孫の手を片手に、こちらを向いている。だが、かのんは思わずマスクの下で口を尖らせずにいられなかった。

「それで、私なんですか？　ちょっと荷が重過ぎる気がするんですけど」

もう少しベテランの調査官が当たってくれてもいいではないかと思う。だが平瀬総括は「他の人は今ちょうど手一杯だし、何事も経験だからね」と言って、孫の手をワイパーのように左右に振るばかりだった。

「それに何となく、庵原調査官が向いてると思うんだ」

「またそんな――」

「やってみたら。平瀬総括の眼力は確かよ」

三好主任もなだめるような口調で「私たちもサポートするから」と、励ますように目を細めている。かのんは仕方なく「分かりました」と言いつつも、気がつけば大きなため息をついていた。

中立人を訪ねたのは翌週のことだ。最初は、家裁まで来てもらえないかと電話で言ってみたのだが、男性かと思うような低くかすれた声の主から「忙しいんですよ」と一蹴された。

「調停の日だけ、行けばいいんじゃないんですか？」

それでも「ご主人との関係を出来るだけ速やかに解消されたいんですよね」と、かのんが確かめるように言い、そのためには予め詳しい話を聞いておく方が結果的には早くことが済むのだと畳みかけると、ようやく「会いに来てもらう分には構わない」と応じたから、約束した日の午後、まるで陽射しに焼き殺されそうな中をスマホの地図アプリを頼りに、家裁から三十分近くも歩いた。もう、全身汗みずくだ。

たどり着いたのは、昭和な雰囲気の古い木造モルタル塗装のアパートだった。一階に店舗が四軒入っているが、左端と右から二軒目には下ろされたシャッターに「貸店舗」の貼り紙がされていて、それだけで相当に寂れた雰囲気を感じさせる。その二軒に挟まれた格好なのが「つくし」という、中立人の店だった。やはりシャッターは下りているが、店先に使用済みおしぼりの入ったポリ袋や一升瓶のケース、それに二、三の鉢植えが置かれているから、多少なりとも生活感のようなものがある。右端の物菜店だけが営業中で、店先には「から揚げ弁当」というのぼり旗が陽射しに焼かれていた。歩いている人はほぼいない。建物の横に回り込んで階段を上がっていくと、「つくし」の真上にある部屋の化粧合板で出来た扉に

「モリムラ」と殴り書きされた紙切れが黒い絶縁テープらしいもので囲むように貼りつけてあるのを見つけた。

何となく縁起が悪い感じ。

とりあえず扉の脇のチャイムを押してみるが、鳴っている気配がない。仕方なく何度かノックして、隣近所をはばかりながらドアに顔を近づけ「守村さーん」と、ノックと共に呼び続けると、ようやく姿を見せたのは、胸元に汗染みの出来ているTシャツを着て、下はステテコタイプの薄手の膝丈パンツを穿いた女性だった。赤茶色の長い髪は波打って乱れたまま、ただ無造作に一つに束ねられている。唇はぽってりと厚く、目鼻立ちも比較的整っている方だと思うが、化粧を落とした顔は眉もないし肌がくすんでいて、いかにも不健康そうに青白く浮腫んでいた。

「ああ、家裁の人――今日でしたっけ」

かのんが名乗ると、寝起きに違いないかすれ声が「そうか、今日か」と呟き、面倒くさそうに首筋を掻く。それから汗の染み込んだTシャツの胸元を摑んでバタバタと煽りながら「ここじゃ、アレなんで」と一つため息をついた。

「下の店で、待っててもらえます？　エアコン、入れてもらって構いませんから」

言うなり、彼女はすぐ脇の下駄箱の上に置いてあったキーホルダーを摑み取った。

「こっちの、赤い縁取りがついてるのが裏口の鍵ね。入ってすぐ脇に電気のスイッチがあるんで。ああ、エアコンのリモコンは、多分、レジの脇あたり」

幾つかの鍵が鈴のついたキーホルダーに束ねられているものを、ためらいもなく差し出してくるから、かのんも受け取らないわけにいかなかった。

「着替えたら、下りてきますから」

それだけ言うと、守村美玖は一方的にドアを閉めてしまった。閉ざされた扉の前で、かのんは思わずマスクを外して大きく息を吐き、顔の下半分をタオルハンカチで押さえた。とてもではないが、店に下りるまでも我慢出来なかった。不織布マスクは本当に蒸れる。しかもマスクをしていても紫外線は通るという話だから厄介だ。この汗で、ファンデーションと一緒にＳＰＦ50の化粧下地だって流れ落ちるに違いない。

一階に下り、今度は建物の裏手に回って渡された鍵で「つくし」の裏口を開いた途端、独特の匂いが鼻腔を刺激した。時々出くわすことのある、いかにも古い飲食店の匂いだ。だが、匂いには敏感でも、父や妹のように「匂い」の専門家ではないから、その原因までは分からない。あえて想像を膨らませるなら長い年月、様々な料理や油、調味料に酒などの匂いが壁や天井に染み込み、またこぼれたそれらを濡れ布巾で拭くことを繰り返した結果、テーブルやカウンターにも染み込んで、すべて混ざり合った匂いが四方から立ちのぼるようになった、そんな風に感じられる。決して清潔感があるとはいえない、湿り気のある匂いだ。

電気のスイッチを入れると、十坪にも満たない小さな呑み屋の店内が浮かび上がった。こういう店の、しかも厨房側に立つのは初めてだ。まずは言われた通りレジの方まで進んでエアコンのリモコンを探したが、テレビのリモコンしか見あたらない。タオルハンカチで額の汗を押さえながら辺りを眺め回すと、レジの脇ではなく六席ほどあるカウンターの上に放り出されていた。客席側に回って、油汚れから守るためか、ラップで包まれたリモコンを手に取って「冷房」のボタンを押す。するとピピッという反応があって、数秒後にエアコンが稼働し始めた。かのんは三つあるテーブル席のうちの一つに腰掛けてマスクを外し、しばらくの間、流れてくる冷風を心地好く感じながらぼんやりと店内を眺め回した。カウンターの上に貼られた手書きの品書きが、まず目に留まる。
アタリメ　300円
ポテトサラダ　300円
揚げ餃子　300円
シュウマイ　300円
ホッケ焼き　300円
おしんこ　300円
他にもイカの塩辛や日替わり焼き魚、もつ煮込みなどがあったが、どれもこれも三百円だった。何ともシンプルというか、大雑把な値段設定だ。シュウマイとおしんこが同じ値段とは、などと感心しているうちに、ようやく汗がひいてきた。喉が渇いていたが、さすがに勝手に何か飲むというわけにもいかない。
「お待たせ」
二十分ほどしたところで、裏口から守村美玖が現れた。顔はそのままで髪だけが多少、整えられている。着るものも、袖口にレースの入っている黒いカットソーにグレーのパンツと、こざっぱりしたものに着替えていた。改めて眺めると、大きめの襟ぐりから鎖骨がはっきり浮いているのが見えた。顔が浮腫んでいるから、さっきは気がつかなかったが、案外痩せているようだ。
「ちょっと、昨日が遅かったもんだから、寝過ごしたわ」
彼女は厨房に立ったまま、口もとに手を添えてまだ大きなあくびをしている。

「お店、自粛してらっしゃらないんですか」

客席に腰掛けたままで尋ねると、カウンター越しに「してないわよ」としわがれ声が応えた。

「閉めてれば協力金が出るんだから、かえって収入は増えるのかも知れないんだけど、うちあたりの規模の店じゃあ、たかが知れてるしさ。周りの話を聞いてると、手続きがえらく面倒だっていうし、それに、振り込まれるまでずい分と待たされるみたいだしね。うちら、お客さんあっての商売だからさあ、いざコロナが明けてから店やりますってなって、お客さんが戻ってこなかったら元も子もないじゃない？」

うちみたいな店は、近所の貧乏な酒呑みでもってるんだからと、守村美玖は薄く笑って、それから腰に手をあてて辺りを見回す。

「こうも暑いと、喉ばっかり渇くわね。お宅――何て呼べばいいんだっけ？」

かのんは慌てて立ち上がって名刺を差し出した。守村美玖はしげしげとその名刺を見つめながら、わずかに首を傾げる。

「調査官、か。いかにもお堅い仕事だわねえ」

「ええ、まあ、いえ――そんなことも」

「そんでもやっぱりさ、お酒なんか呑むこととか、あんの？　さすがに仕事中には呑めないでしょ？　あたしさ、目覚めの一杯ってヤツ、いかしてもらうけど」

「この時間から、ですか？」

「悪い？」

「いえ――」

「あんたは、どう」

まだ午後二時半にもならない。そんな時間から、しかも中立人と酒など呑めるはずがないではないかと言いそうになって、かのんは、守村美玖の視線に気づいた。青白く浮腫んで眉毛がほとんどない顔のまま、彼女は試すような冷ややかな目でこちらを見ている。

「無理にとは言わないわよ。何たってお堅いお役人様だもんねえ、ただでさえこんな貧乏くさい店の酒なんか、とてもじゃないけど呑めないよねえ」

試されている、と咄嗟に感じた。同時に、店の出入口近くにぶら下がっている提灯に目がいった。「ホッピー」という酒があるらしいことは、折あるごとに同じ提灯を見かけるから分かっているが、実のところその正体は知らない。

「さて、と。じゃあ、あたしは勝手にやらせてもらうかな」

少年部の調査官は、おそらくここで失敗したのだ。理由は知らないが、とにかくこの女性は家裁調査官を、というより、いわゆる公務員などの職業を毛嫌いし、ことによっては敵対視さえしているのかも知れない。このままでは、とてもではないが彼女の子どもの話まで聴き出すことなど出来そうにない。こうなったら仕方がないと、かのんは密かに腹をくくった。

「あの、前から気になってたんですが、ホッピーって、どんなお酒なんですか？」

提灯の方を見やりながら尋ねると、案の定、守村美玖の表情がわずかに変わった。

3

カウンターの上に、汗をびっしょりかいた大きめのビアタンブラーをどん、と置いて、守村美玖はふう、と息を吐き出す。かのんの方は「ほとんど呑めない口なので」とごまかして、かなり薄いホッピーを作ってもらい、それを意識してちび、ちびと呑んでいた。もともと喉が渇いていたのだから、油断するとごくごくといってしまいそうだ。それに、初めて呑むホッピーとは、焼酎を「ホッピー」という炭酸麦芽飲料で割った、いわばたいして泡の立たないビールのような味わいで、意外にすっきりと呑みやすかった。一方の守村美玖はそのホッピーをキンミヤという焼酎と半々の割合で割って、既に二杯目も飲み終えようというところまで来ていた。目覚めの一杯は、二杯、三杯になり、もしかするともっといくのかも知れない。

「要するにさ」

額にてのひらをあて、指先で頭皮を掻くような仕草をしながら、守村美玖はまた大きく息を吐き出す。

「そんなこんなで、もう何もかも、嫌んなったってこと」

ホッピーの二杯目に差し掛かった頃から、彼女はようやく自分について、ぽつり、ぽつりと語り始めていた。生まれは北関東。最初の結婚は十九歳のときだった。相手は中学を卒業後に就職した川崎の工場で共に働いている男だったという。子どもも生まれたが、結婚直後から相手のギャンブル好きと風俗店通いに悩まされ、しかも酔えば暴力を振るわれることもあったため、結婚六年が過ぎた頃に夫から性病をうつされたこともあって離婚した。子どもは父親の方に取られたという。どうせ自分一人でちゃんと育てられる自信もなかったしさ、と彼女はまるで熱でも測るように、額に手をあてた格好のままで呟いた。そして十五年前、交際相手との間に子どもが出来たのを機に、一緒に暮らし始めた。それが現在の内縁の夫だ。

三十歳になる少し前のことだったという。籍を入れなかったのは、また別れることになったとしたら、戸籍ばかりが汚れると思ったからだという。

「で、思った通りになったってわけ。嫌にもなるわよ」

「何もかも、ですか」

かのんはテーブルの上に開いたいつものA4判ノートにペンを走らせながら、「そう、何もかも」と応える守村美玖を見つめていた。酒のせいか、口調だけは少し勢いが出てきたようだが、それでも素顔の彼女から疲労の色が消えることはなく、眉のない顔は、表情そのものさえ失ったままだ。

「それなりに必死でやってきたつもりなのに、あたしの人生って何だったのさって、思っちゃったんだよね。こんなはずじゃなかったのにって――ホント、今まで何やってきたんだろう、バカみたいって」

まったくやりきれないと、彼女は言った。だから、本当に取り返しがつかなくなる前に清算出来ることはしてしまいたいのだ、と。

「もうさ、ほとほと、愛想が尽きたから。ダンナに」

そう言って、彼女はホッピーの残りを飲み干す。からん、と氷の音がした。かのんは「そうだったんですね」と頷いて見せた。

「でも今回はご主人と入籍されていないわけですから、普通に考えれば、わざわざ家裁に調停の申請をすることもなかったのかなと思うんですが」

かのんが話している間に、彼女は立ち上がって厨房に回り込み、グラスに氷を足してホッピーの三杯目を作り始めた。店を開ける前からそんなに呑んでしまって大丈夫なのかと心配になるペースだ。

「あんた、全然呑んでないじゃない」

ふと、こちらのグラスに気がついた様子で、彼女はすぐに癇の立った不機嫌そうな顔になる。かのんは「いただいてます、いただいてます」と繰り返し、慌てて薄いホッピーを何口か飲んだ。それだけで守村美玖は多少、表情を和ませる。ふと、この人は孤独なのだなと感じた。味方がいない。信じられる相手がいない。普通に会話出来る相手さえいないのかも知れない。

「それで、何だっけ」

「ですから、わざわざ家裁に――」

ああ、そうだった、と言いながら、守村美玖は厨房の中を移動して、今度は換気扇のスイッチを入れた。ぶうん、とうなりを上げるレンジフードの下で煙草を吸い始める。煙が来ないこともあるが、コロナ禍では換気が重要と言われているだけに、お互いにマスクを外して話しているこの状況では、まず心理的にありがたい。

「ダンナがさあ、出ていかないわけよ、家から。もともとあたしの家なのに。前の亭主と別れるときに、あたしが慰謝料代わりにぶんどったんだから」

「そうなんですか」

「いざ別れるって時になって向こうが色々ごねたから、『あんたに親権をやるんだから、性病だけくれるんじゃなくて、家くらいよこしな』って言って、ぶんどったんだよね。タチの悪い男の割に、実家の親には頭が上がんなくてさ、子どもだけは『家を継ぐものだから』とか言っちゃって、親から絶対に渡すなって言われたらしいんだわ」

「お子さんは、お一人、ですか？」

レンジフードに向かって斜めに顎を上げるような格好で、守村美玖は、ふう、と煙草の煙を吐き出しながらVサインのように指を二本立てた。

「ふたぁり。もう、それぞれ独立してる歳だわね。向こうとの約束で、別れたっきり、会ってないけど」

「なるほど——すると、守村さんのお子さんは、そのお二人だけですか」

「あと一人いるわよ。今のダンナとの子が」

「あ、そうか。さっき仰ってましたよね。すると今回は、別居されるまでは親子三人で住んでいらしたんですか？」

「四人。ダンナの連れ子もいたから」

「ご主人の、連れ子さん」

夫と暮らし始めて長男が生まれた後で、ある日突然、押しつけられる格好で来た子がいるのだと言ったところで、守村美玖は少しばかり顔を歪めながら最後の煙草の煙を吐き出し、ホッピーのグラスを持ってカウンター席に戻ってきた。お互いにマスクを外している分だけ距離を取って座っている。なみなみと注がれているホッピーの三杯目に口をつけ、彼女は遠くを見る目になった。

「そりゃあ喧嘩もしたけど、結構よく笑ったし、毎日賑やかだったしねえ、皆で出かけることもあったりしてさ、普通の四人家族だったんだけどねえ」

「そのお子さんたちは、今はご主人と？」

浮腫んだ目元が、ちろりとこちらに向けられた。かのんは努めて何食わぬ表情を崩さないようにしながら、また薄いホッピーを呑んだ。ちびちびと呑んでいるつもりだが、さすがに残りが少なくなってきている。それを、守村美玖は見逃さなかった。

「も一杯、どう」

「あ、ありがとうございます。本当に弱いんで、じゃあ、うすーいので、お願いします」

皮肉っぽく見える笑みを口の端に浮かべながら、彼女はかのんの座るテーブルに歩み寄り、グラスを持ってまた厨房に向かう。

「本当はさあ、あんた、調査官さん？　知ってんじゃないの？」

グラスにカラカラと氷を入れながら、寝起きのときよりは通るようになってきた声で彼女が言った。

「何を、ですか？」

「うちの子たちのこと。だってさあ、同じ裁判所なわけでしょう」

「同じ？　何か、あったんですか」

白々しいかとも思ったが、始めてしまった芝居をやめるわけにもいかない。守村美玖はカウンター台に置いたかのんのグラスに、キンミヤ焼酎の一升瓶を意外なほど注意深くちょろちょろと注ぎながら、またちろりと上目遣いになってこちらを見た。

「知らない？　うちの子。土取萌由《もゆ》と、守村尚也《なおや》っていうんだけどさ」

「どういう字を、書くんでしょう？」

本当は分かっていることを、空とぼけて尋ねるというのも、気分のいいものではなかった。それでもかのんはペンを構え、守村美玖が説明するように二人の子どもの名前をノートに記した。

「おいくつなんですか？」

「萌由は十七、いや、まだ十六か。尚也は十四歳」

かのんのテーブルに「はい、うっすーいの」と二杯目のホッピーを置くとカウンター席に戻って片肘をつき、身体を半分捻るようにして、守村美玖はその二人の子どもが「揃いも揃って」鑑別所に入っているのだと、何とも言えない表情で呟いた。苦々しいというのか、無理にでも笑おうとしているのか、口もとを大きく歪めている。マスクをしていないと、やはりこういう表情が分かるからいいと、改めて思う。かのんの方も、わずかに口を開いて目を大きく見開き、いかにも意外な話を聞いたという表情を作った。

「それ、うちの家裁で扱ってるんでしょうか？」

「そうでしょうよ。川崎に家庭裁判所がいくつもあるってわけじゃなければ」

「――そうですね。それにしても二人揃ってというのは」

「揃ってったって、やってることは別々よ。あの二人は、本当はお互いのこと大切に思ってるわりに、どっか素っ気ないようなとこがあるからね。萌由は――実の母親から捨てられて、この家族にとってははみ出しものだってずっと気にしててさ、人の顔色を見るようなとこがあんのね。で、尚也はわがままで小生意気だからさあ、そういうお姉ちゃんを甘え半分で、小馬鹿にしたような態度、とるんだわ」

自分の境遇を思い出さないわけにいかなかった。かのんだって、姉弟の中で自分だけが母親の違う環境で育った。だが、だからといって家族の顔色をうかがうことも、グレることもなく成長した。それもこれも母のお蔭だが、それでも一つ間違えば道を誤っていた、危なっかしい時期があったことは確かだ。

「普段はお互いに素っ気ないのに、パクられた時だけほとんど同じだっていうんだから妙なもんだわよ」

「一体、何をしたんでしょう？」

「萌由は、ウリをやってたんだって。で、尚也はさ、クスリ。大麻入りのリキッドっていうの？　あれをパンツの中に入れてたらしいわ」

「――売春に、大麻、ですか」

「それも、聞けば初めてじゃないっていうんだから、好い加減バカなんだよ。二人揃ってずっと家出中だったんだってさ。それなのにダンナときたら、まるで探さなかったどころか、前にパクられたときも、あたしに連絡もよこさなかったんだから。『母親も家出中で』とか何とか適当なこと言ったんだって。で、いつの間にパクられるようなことんなったのか、まるで心当たりがないとか、寝ぼけたこと言ったわけよ。これじゃ、愛想も尽きるってもんでしょ」

「そうだったんですか――それは、さぞご心配ですね」

するとと守村美玖は、片手にホッピーのグラスを持ったまま「心配？」とかのんの顔を見て、喉の奥に痰がからむようないがらっぽい声で笑った。その声を聞いた瞬間、かのんは背筋から首筋にかけて、ぞくぞくとするものが走るのを感じた。笑い声が、これほど虚しく響くこともあるものだろうか。

「心配ねえ。親なら当たり前ってか？」

そう言って、また笑う。

「言ったでしょう？　あたしは今、人の心配なんてしてる場合じゃないわけ。そういうことも含めて、もう何もかも嫌んなったんだって」

「でも、まだ十代のお子さんですよね」

「だから？　ウリとかクスリとか、今どきのガキなら小学生でもやっちゃいけないことぐらい分かってるわよ。大体、あの子らのことをどうにかしたいっていうんなら、ダンナがやるべきだったんじゃないの。何もかもあの男のせいで、こんなことになったんだから」

「ご主人の？」

細く、年齢より老けて見える喉首を見せてホッピーをあおり、ごとん、とグラスをカウンターに置いてから、守村美玖はまた額に手をあてる。

「まったく——こんなことになるなんて」

「——何が、あったんですか？」

さすがに少しは酔ってきたのだろう。彼女はわずかにとろんとなった目を向けてきて、「知りたい？」と言った。

「そのために、来たので」

かのんが応えると、彼女は初めて思い出したように「ああ」と言って何度も大きく頷いた。そんなに頭を揺らしては、余計に酔いが回るのではないかと、こちらの方がハラハラするくらいだ。だが、そんな思いなどお構いなしに、守村美玖はまたグラスを手に取る。

「それまでは、うちはうちなりにうまくいってたのにさ——あの男が全部ぶち壊したってことよ」

すべての始まりは内縁の夫が交通事故を起こしたことだと、守村美玖は語り始めた。かれこれ四年前のことだという。仕事帰りに自分の軽ワゴン車を運転していて、交差点で出会い頭に衝突した。相手が大型トラックだっただけに、夫の軽ワゴン車は簡単にはじき飛ばされて横転し、弾みで信号機一本と交通標識一本を折った上にガードパイプもいくつか壊した。軽ワゴン車は大破。他に怪我人を出さなかったのは不幸中の幸いだったが、夫自身は頭を打ったために急性硬膜下血腫を起こし、さらに肩の骨と脚の骨まで折ったのだそうだ。

「そんな大怪我を。大変でしたね」

「大変なんてもんじゃないわよ、あんた。ダンナってさ、自営業なわけ。日銭を稼いで暮らしてきたわけよね」

かのんは二杯目のホッピーをひと口呑んでから「どんなお仕事なんですか」と尋ねた。一杯目よりも少し濃く感じる。これは氷が溶けるのを待たなければならないようだ。

「ひと言でいえば、掃除屋かしらね。ダクト専門の」

へえ、と首を傾げたときに、頭の中心が少しばかりふわりとしたのを感じた。いくら薄くしてもらったとは言え、酒は酒だ。

「ほら、アレみたいな換気扇とかさ、あと、トイレなんかの天井にくっついてる換気扇とか、色々あんじゃない？　ああいうダクト専門の掃除屋。換気扇ってのは毎日、当たり前に動かすもんだから、結構、汚れが溜まってくんだけど、素人には掃除出来ない場所だからね。だからさ、まあ、専門職みたいなもんよ。それに一度、客を摑んだら、あとは定期的に回っていけるからね」

なるほど、そういう仕事があるのか。かのんは、今日は学ぶことが多いなと思いながらノートにペンを走らせた。

だが、事故で怪我をしたせいで、夫は長い間、仕事が出来なくなってしまった。しかも夫の側が赤信号を見落として交差点に進入したことから起こった事故であることが、トラックのドライブレコーダーや複数の防犯カメラ映像から断定されて夫側の責任が九割とされ、入っていた保険では賄い切れない金額の支払いが必要になったという。このままではたちまち生活が困窮するのは目に見えていたから、守村美玖はすぐにパートで働き始めた。それでも生活は切り詰めなければならず、結局、長女は高校受験のために通っていた進学塾とヒップホップのダンススクールをやめることになり、長男も同様に英会話教室とギター教室、そして水泳教室をやめた。

「そこからどんどん歯車が狂い始めたってわけ。萌由は落ち込んで泣いてばっかいるし、尚也は変な友だちとつきあい始めるしさ。ダンナは退院してきたときも脚のギプスが取れてない状態だったから、松葉杖で、もうイライラしちゃって、家族中に当たり散らして」

夫は頭も打っていたから、そのせいで性格が変わったのではないかと、守村美玖は子どもたちとそんな話までしたと語った。中でも娘の萌由に対して、夫は明らかに当たりが強くなり、すぐに怒鳴り散らしたり、時には手を上げたりすることもあったという。すると、それを見ていた息子の方までがいよいよ反抗的な態度を取るようになったらしい。

「ダンナは酒の量も増えちゃってさ、呑んじゃあ、また絡むんだわ。いったんスイッチが入ったら、もう手がつけられない。その間にも貯金はどんどん減ってくし、私のパート代じゃ、もう無理だ、さあ、いよいよ困ったってなったとき、ちょうど居抜きの古い店があるって教えてくれた人がいたもんだから、じゃあ私がやるわって、借りることにしたのがここ。あたし、前に離婚した後も、しばらくこういう商売やってたからさ」

なるほど、それでこういう古い匂いがする店なのかと納得した。だが、いざ店を始めると、当然のことながら帰宅は遅くなり、家事も疎《おろそ》かになる。子どもたちと顔を合わせる時間はほとんどなくなり、夫とは口を開けば諍いになった。そうして気がついたときには、長男も長女も学校に行かなくなっていたらしい。

「ホント、あっという間よ。私もダンナも学歴がないからさ、子どもたちだけにはまともな教育受けさせたいって、ずっと思ってたのに、気がつけば中学にも行かないで、みんなバラバラ。何やってきたんだろうって、思わない方がおかしくない？」

三杯目のホッピーもいい調子で呑み続け、守村美玖は「ま、そんなわけよ」と虚ろになってきた目で呟いた。

「とにかくダンナの顔を見たくなくてね、それに、やっぱり店まで通うのがしんどかったもんだから、上に部屋を借りたってわけ」

「でも、お子さんたちのことは――」

「だぁかぁらぁ！」

守村美玖はいかにも気だるげに、投げやりな声を出した。

「今のあたしは、自分が生きていくだけで精一杯なんだったら。子どもらの心配してる余裕なんか、これっぽっちもないわけ」

だが、そうして子どもたちを捨てて自ら孤独になり、果たしてそれで本当のやり直しが出来るとでもいうのだろうか。見捨てられた子どもたちがどうなるのかは考えないのかという言葉が喉元まで出そうになった。

「じゃあ――お子さんたちには、もう会わないおつもりですか？」

「先のことなんか、分かりゃしない――だけどさ、わざわざこっちから行ってる暇なんてないって話よ。たとえ鑑別所に入っていようと、どこにいようとね。暇があったとしても、あたしのここ、ここがね。もう、耐えらんないわけ。分かる？」

守村美玖は片方の手を拳にして、自分の胸を何度か叩く。静脈の浮いた手の甲が妙に痛々しかった。とにかく内縁の夫が家を出て行ってくれないことには、自分は我が家を取り戻すことが出来ないのだと、酔いが回るにつれて彼女はそればかりを繰り返すようになった。

「あの家を取り戻してさ、ちゃっちゃと売っ払いたいんだ。もう、出来ることなら明日にでも、そうしたいわけ」

結局「つくし」を出たのは午後五時近かった。最後に守村美玖との間に「払います」「いらないったら」という押し問答が続いたものの、「ぜひ払わせて下さい」と千円札を一枚押しつけると、守村美玖は、それを押し頂くようにして「どうもね」と愛想笑いを浮かべた。その顔は、相変わらず青白く浮腫んだままだった。

4

「言われなくたって、俺だって出ていく気んなってますよ」

数日後、グレーのTシャツにサンドベージュのチノパン、そしてクロックスという出で立ちで家裁に現れた土取昴生は、黒いウレタンマスクで顔の下半分を覆い、細面の顔を不快そうに歪めて、吐き出すように呟いた。切れ長の目つきは鋭くて、目の端に苛立ちのようなものが見え隠れしている。彼に対しても電話をかけたときに子どもたちのことは一切触れず、ただ守村美玖から出されている申立てについて、相手方である土取昴生の話を聴かなければならないのだと繰り返して、やっと家裁まで来てもらった。こちらから訪ねていっても構わないと言ったのだが「散らかってるから」と、今度はそっちの方を拒否された。

「他に行くところさえあれば、とっくに出てってやるって言ってんのに、こんな、裁判所にまで駆け込むなんて。何、考えてやがんだか」

金色に染めた髪は、前髪が目にかかるほど長く、根本の方からは黒い毛がずい分と伸びてきている。その髪の間から左の耳だけにピアスが見えた。眉間に深い縦皺が一本刻まれて、それが土取昴生を少なからず悪相に見せている。Tシャツの袖から出ている二の腕の筋肉が発達しているのは、やはり身体を動かす仕事だからだろうか。

「私がお会いした印象では、守村美玖さんは精神的にもずい分お疲れになっている感じでした。このコロナ禍でもお店は続けているそうですし、色々と大変なんじゃないでしょうか」

「今どき大変じゃないヤツなんて、エリートとか公務員とか、そういう人らだけなんじゃないスか。俺だって一杯いっぱいんとこでやってんだから。べつに、あいつだけじゃないっスよ」

「やはり、お仕事は大変ですか」

「まあね」

コロナ禍に入って仕事の依頼が激減していると、土取昴生はやはり吐き捨てるような口調で言った。

「自分、ダクト専門の清掃の仕事してるんスけど、何年か前に仕事帰りに事故っちゃって、しばらく仕事が出来なかったときがあったんスよね。その間に、太客を仕事仲間に取られたりして――」

「あの、ふと客というのは、どういう？」

土取昴生は「へ？」と少しばかり頓狂な声を出して小さく顎を突き出してから、「ああ」と初めて目元に微かな笑いを浮かべた。

「太っ腹の客って意味っスかね。気前のいい客っていうかね。ひょっとすっとこれ、ホスト用語なんかな。自分、昔、ちょっとだけやってたんで」

はあ、とマスクの下の口をぽかんとさせたまま、かのんはノートに「太客」と書き込んだ。前のページには「ホッピー」「キンミヤ」「ダクト掃除」などと書いてあるし、今回は色々と新しいことを教わるようだ。

「で、嫁は嫁で働き始めたんだけど、このまんまだとマジでヤバいんじゃね？ってなったときに、コロナまで始まっちゃったってわけっス。自分の場合、会社とか住宅よか飲食店の方を多くやってたんスけど――その方が実入りがいいからね。油汚れがひどいぶんだけ――でも、その店自体が結構つぶれたりしたもんだから」

一旦、口を開けば土取昴生という人は意外に饒舌になるタイプのようだった。これなら子どものことについても案外、簡単に聴き出せるのではないかと、かのんは、ノートにペンを走らせながら少し先が見えてきたように感じた。

「では、失礼ですが収入の点では、やはり大分――」

「激減っスよ、もう、オニのように激減。それに、さっき話した事故のせいで借金も出来たしね。怪我で入院とかもしたもんで、そういうのが色々と積み重なって」

「奥さまが今のお店を始められて、結局、家を出られたのも、そういうことが原因だったりするんでしょうか？」

　土取昴生は、切れ長の目に一瞬ぎゅっと力をこめて「奥さまねえ」と呟く。きっと、マスクの下の口もとはさぞ皮肉っぽく歪められていることだろう。

「ま、そうでしょうよ。事故るまでは結構、普通ってか、まともにやってたんスから。子どもらに習い事なんかさせたりして」

「お子さんがおいでなんですね」

　咄嗟にしめた、と思った。向こうから子どものことを言い出したのなら、そこを突かない手はない。土取昴生は、一重まぶたの目元をすっと泳がせるようによそに向けて一瞬、口を噤み、それから「まあね」と言った。

「お子さん、お一人ですか？」

「――二人」

「では、今は三人で暮らしておいでなんですか？」

「――今は自分だけスね。二人とも――独立したからね」

「そんなに大きなお子さんたちがおいでなんですか」

　土取昴生の目元に明らかな苛立ちが見えた。かのんはそれを無視して、意識的に淡々とメモを取る姿勢を続けた。

「では、独立したお子さんたちは、今回のご両親のこととか、どう言っておられます？」

「――知らないっス。会ってないからね」

「会ってないんですか」

「ちょっと、遠くに行ってるもんで」

「遠くに、ですか。お二人とも？」

「——うっせえなあ」

突然、吐き捨てるような言葉と鋭い舌打ちが狭い面接室に響いた。次いで、いかにも苛々した感じのため息。透明のアクリル板で隔てられていても、咄嗟に身構えそうになるほどだった。土取昴生は細い目をさっきまでとは打って変わって異様にぎらぎらとさせている。こんなに一瞬のうちに目つきが変わるものなのかと、かのんは恐怖に近いものを感じた。

「人ん家のガキがどうしていようと、お宅に関係ないじゃないっスか」

「——でも、お子さん方にとっても大切な問題だと思うんです。たとえ内縁関係だとしても、ご両親が別れるということは——」

「内縁のどこが悪りぃんだよっ！　ガキどもの苗字が違ってて、誰に迷惑かけてんだ、あぁ？」

「私は、そんなことは——」

「学校とかでも色々と言われてきたけどよう、俺ぁべつにどっちでもいいって言ってきたんだよっ。だけど、あの女が籍は入れたくねえって言って聞かねえんだから、しょうがねえじゃねえかっ！」

論点がずれている。

「そんでも俺が奴らを食わせてきたんだよっ。毎日まいんち油と埃だらけんなって！　それが事故って怪我したからって、何だってどいつもこいつも、俺のことを軽くあしらうんだ！誰に断って家まで出てんだよっ」

こんなにも興奮しやすく、また、言うことが支離滅裂になる傾向がある人なら、自分の思い通りにならないときなど、家庭内でどんな様子になるか容易に想像がつくというものだ。

「落ち着きましょう。落ち着いて下さい、ね、土取さん」

土取昴生の指が三本でトトトン、トトトンとテーブルを打ち鳴らす。すっかり横を向いてしまっている男をこちらに向かせるために、かのんは少し間を置いてから「実は」と口を開いた。優に三十秒は時間を置いたつもりだ。怒りが沸点に達し続ける時間は、そう長くはない。その間をやり過ごせば、人は大体落ち着きを取り戻す。

「守村美玖さんからも聞いたんです。そうしたら、言ってました。実は、お子さんたちは今、二人とも鑑別所にいると」

金色の髪が顔の周囲で揺れて、土取昴生は、今度は逆に開き直った表情でこちらを向いた。

「――だろうと思った。やっぱ、知ってて言ったんだ」

「すみません。本当のことをご自分から話していただきたくて」

土取昴生は、ふん、と鼻を鳴らして再びそっぽを向く。

「ある意味、本当のことだけどね。二人とも、勝手に家をおん出てったんスから。母親と同じにね。だから、その先何をやろうと、俺の知ったこっちゃないでしょう。俺から『出てけ』なんて、ひとっ言も言ったことなんて、ないんスから」

「でも、まだ成人になっていないんですよね？」

「――そうじゃなきゃ、簡単にムショ行きだよね」

「そういうお子さんが、二度と同じ失敗を繰り返さないために、親御さんとしては、どうお考えでしょうか」

「どうって――」

土取昴生は、テーブルをトトトンと叩き続けている。聞いているとこちらの方が苛々してきそうだ。それを、あえて気にしないように努めながら、かのんは土取昴生の顔を見つめていた。三十七歳。そこに、その年齢なりの責任感や重みというものがあるだろうか。年齢的にはかのんとほとんど変わらないというのに。

「だからさ」

「だから、何でしょう」

「美玖は、あの家を出てけって言ってんでしょう？　そりゃ、あいつの家だしさ、別れるとなったら出てかないわけにいかないでしょうが」

「そうですね」

「だとしたら、俺はまず、自分のねぐらを探さなきゃなんないわけっスよ。とてもじゃないけど、ガキどものことまで考えらんないっスね」

言った後で、彼は「あ、でも」と、急に真っ直ぐにこちらを向いた。

「あいつら、そうすぐには帰ってこれないでしょう。どうせ少年院行きっスよね」

「そうと決まったわけではありません。お子さんの非行の進み具合や、また、社会に出てきたときの受け入れ先の問題なども考慮に入れて、この後、審判が下されることですから」

土取昴生は細い目を余計に細めた。どうやら、笑ったらしい。それは、どこか人を小馬鹿にしたような、いかにも冷ややかな上に、意外なほど野卑にも見える目つきだった。

「行きますって。だって、やつらが何したか、知ってんですか？　娘はウリですよ、ウリ。しかもパクられたのは、これが二回目。だから実際にはもっと何回も、その辺の男とヤりまくってたってことだよな。で、息子の方は、今度はリキッドだもん。前は万引き程度で可愛いもんだったけど、今度は大麻ッスからね。どう考えたって、そりゃ、行くことになるでしょうよ、ねえ？」

まるで、自分の子どもが少年院送りになるのを待ち望んでいるような言いようだった。かのんは密かに一つ息を吐いてから「それでは」と改めて土取昴生と向かい合った。

「もしも、です。もしもお子さん方が少年院に収容されたとして、その後は、どうなさいます？」

土取昴生は初めて首を傾げて「うーん」と唸るような声を出し、そんな先のことは分からないと言った。

「自分の明日さえ分かんないのに、クソガキどものことまで、分かるわけないじゃないスか。第一、ウリやらクスリやらやるような連中なんかと一緒に暮らす気になんか、なれませんって。そんな、薄汚ねえヤツらと」

我が子を薄汚いと言うとは。

正直なところ、こんな夫婦が別れようがよりを戻そうがどうでもいい。ただ、自分が扱うこの夫婦の問題よりも、今ごろ鑑別所にいて不安を抱えているに違いない姉弟のことが哀れでならなくなった。

5

家裁調査官は週に一度、事例検討会議というものを行う。それぞれの調査官が抱えている事件について、各々が議題に挙げて互いに意見を出し合うというものだ。その会議に、今回は少年部の調査官も二人参加していた。それぞれ土取萌由と守村尚也の事件を担当している調査官だ。

「――以上のように、中立人にも相手方からも、内縁関係を継続する意志はまったく見られず、その点での調停に問題はないものと思います。一方、子どもたちに対してですが、二人揃って鑑別所にいるという事実は認識しているものの、それを重く受け止めて心配するという様子はなく、まったくの無関心という印象を受けました。両親共に『自分のことで精一杯』という表現を使いました。現状では今後も子どもたちと暮らすとか、共に更生に取り組むといったことは期待出来ないだろうと思います。ことに父親の方は、まるで子どもたちが少年院送致になることを期待しているかのような口ぶりでした」

かのんが報告すると、少年部の調査官たちは互いに顔を見合わせ、マスクをしていても分かるほど大きなため息をついた。

「家事事件と少年事件とは、合わせ鏡のようなものです。問題のある家庭では問題のある子どもが育ちやすく、また、育てにくい子どもがいることで、夫婦の間に不和が生じるということも珍しくはありません。ですが今回のように、こうもタイミングが合ってしまって、すべての問題点をさらけ出すというのも、まあ、そうあるものじゃないわね」

平瀬総括主任家裁調査官が「やれやれ」といった様子で口を開いた。そのとき、少年部の調査官が「あの」と小さく挙手する格好をした。

「それにしても、あの母親から、よくそこまで話を聞き出せましたね。僕は何回あのアパートを訪ねても絶対に相手にしてもらえなくて、最後には塩でも撒かれそうな勢いだったんです」

「私もです。『息子さんが心配じゃないんですか』って、ほとんど言い争いみたいになったくらいなんですが、『うるさい、帰れ』って怒鳴られました」

三好主任をはじめとしてかのんと同じチームの調査官たちも興味深げにこちらを見ている。正面の席からは平瀬総括も机に両肘をついて組みあわせた手の上に顎をのせた格好で真っ直ぐにこちらを見つめているから、かのんはついに「実は」と、本当のことを言わざるを得なくなった。およそ二時間半にわたって、酒を呑むのにつき合ったのだと打ち明けると、周囲からどよめきとも何ともつかないものが上がった。かのんは慌てて「でも」と両手をひらひらと振って見せた。

「ホッピーっていうお酒なんですけど、私はほとんど呑めないからって言って、うーんと、本当に、うんと薄いのにしてもらったんです。守村美玖という人は、何かこっちを試してる感じがあって、そうでもしないと話をしてくれないなと——咄嗟に思ったものですから」

最後の方は、我ながら尻すぼみのような小さな声になってしまった。規則に反していることは重々承知している。上目遣いに見回すと、少年部の二人は半ば感心したような、半ば呆れたような目つきになっているし、三好主任は明らかに眉をひそめている。平瀬総括はといえば、ただ真っ直ぐにこちらを見ているだけだ。そして「庵原調査官」と姿勢を改め、いつになく低い声でかのんを呼んだ。

「——はい」

「ずい分また、思い切ったことをしてくれましたね。いい度胸だと言ってあげたいところだけど、とんでもないことよっ。そういうときにはメールでも何でもいいから、せめて連絡してくれないかな。いくら誘われたからといっても、そんなものに応じて仕事中に呑んで、万に一つも後から問題にされたりしたらどうするつもりだったの」

「――すみませんでした」

「お蔭で話を聴き出せたんだから、私個人としては、その判断は、まあ間違ってなかったと、思います、いえ、思いたいけどね、規則は規則です」

ようやく平瀬総括の目元が少しだけ和らいだから、かのんは心底ほっとした。場合によっては処分を受けることになるかも知れないと思いつつ、ずっと隠し続けているのも、実は結構、苦しかったのだ。

ようやく話題が戻った。いずれにせよ子どもたちは「親に棄てられた」という思いを強くするに違いない。そういう子たちが、これから先どう立ち直りのチャンスを見つけてくれるだろうかと思うと、自分が担当しているわけでなくても暗澹たる思いになる。出るのはため息ばかりだった。

それから数日後、田井岳彦氏から電話があった。調査官たちの間で「こじらせてしまった人」と呼ばれる田井氏は、ここ何年もこの家裁に調停や訴訟を持ち込んではすべてが不調に終わっている人だ。離婚調停の中立てから始まって、自分から家庭を壊しておきながら一人娘に執着し、自らのプライドを振りかざすことで余計に厄介なことになっている。面会交流も拒絶され、現在は親権者変更調停を申立てているが、それが不調に終わった場合には審判に移行するからという、いわば新たな宣戦布告のような内容の電話だった。そして、その審判でも自分が望んだとおりの結果が出なかった場合には、なぜか家裁を糾弾するための署名活動を始めるつもりなのだそうだ。

「承りました。上にもそのように報告しておきます」

かのんとしては、ごく事務的にそう返事するより他になかった。時として感情的になってかのんを罵り、責任者を出せと声を荒らげ、家裁に運命を狂わされただの、不公平だのと言い募る相手に、下手なことを言えば今度は言葉尻を捉えられる。だから、ただひたすら彼の話を聴くだけだ。

聴くこと。

それが、家裁調査官の仕事の、基本中の基本だった。

「とは言ったって、聴きたくない話もあるよねぇ」

田井氏の電話が終わった後、思わず椅子の背もたれに身体を預けて「あー」と天井を見上げていると、背中合わせに座っている保科さんが「あるある」と調子を合わせてくれた。「だよねぇ」と振り向きかけたとき、また電話が鳴った。隣の席の醍醐くんが電話を取ったようだ。短く何度か相づちを打った後、かのんが呼ばれた。

「どこから？」

「川崎中央病院って言ってます。『庵原さんっていますか』って」

「病院？」

怪訝に思いながら電話を替わると、聞こえてきたのはてきぱきとした女性の声で、改めて病院名を名乗った後で「守村美玖さんをご存じですか」と言った。

「昨日、救急で運ばれてきたんですが、今日になって意識が戻ると、庵原さんに連絡をして欲しいと言われまして」

軽く頭を叩かれたような小さな衝撃があった。守村美玖の、ホッピーをあおる姿と、最初にアパートの扉を開けたときの汗染みた姿が交互に思い出された。それにしても、これだけコロナウイルスの感染者が増加しているときに病院に運ばれたというのも緊張させられる話だ。しかも、かのんを呼んでいるという。とりあえず三好主任の許可を取って仕事の調整をした上で、かのんは強い陽射しの中に飛び出した。

病院の救急受付で守村美玖の名前を出し、少し待たされた後でようやく病室を教えられた。大きな病院だったが、コロナ禍だからか患者の数は意外なほど多くない。無機質な空間に、冷房だけがキンキンに効いていた。時折、水色のビニール製医療ガウンとキャップをした医師や看護師らしい人たちが廊下を歩いていく。かのんはマスクを顔に密着させるように改めて上から押さえつけながら廊下を進み、ようやく目指す病室を見つけると、扉の前に立って「守村美玖様」という入院患者のプレートを確かめた。緊張しながらそっと扉をスライドさせる。すると、まず看護師の姿が視界に入り、ついでベッドに横たわり、酸素マスクをつけて点滴の管につながれている守村美玖の姿が現れた。四人部屋だが、他のベッドはすべて空いている。コロナなら面会など出来るはずないし、看護師もガウンなどは着けていなかった。おずおずとベッドに歩み寄ると、まず看護師が顔を上げて「裁判所の方ですか」と言ってくれた。電話をくれたのは彼女だそうだ。そして、かのんが頷いている間に、酸素マスクをつけたままの守村美玖に顔を近づける。

「守村さぁん、裁判所の方が来てくれましたよぉ。守村さぁん、聞こえるかなぁ？」

すると、守村美玖はゆっくりと目を開けて、かのんの方を見た。看護師にすすめられた椅子に腰掛けて、かのんがベッドの方に身を乗り出すと、「調査官さん」と、例のかすれ声が聞こえてくる。

「ごめんなさいねえ、こんなとこまで」

「救急車で運ばれたんだそうですね。どうしたんですか？」

看護師が、キュッキュッとナースシューズの音をさせながら部屋を出て行く。点滴されていない方の細い腕が、かのんの方に伸びてきた。

「昨夜、ぶっ倒れちゃってさ――そんなことより、ねえ、調停って、いつだった？」

「来週です。来週の木曜日」

「木曜日ね――それまでには何としてでも退院するわ。それで、ねえ、調査官さん」

守村美玖は浅く荒い呼吸を繰り返しながら、その調停一回で必ず決着をつけたいのだと言った。そうしたら、もう翌日にでも家を売りに出したいのだと。

「そんなに急ぐんですか？」

「言ったでしょう？　時間が、ないのよ」

守村美玖はゆっくりと目を閉じると、少しの間、呼吸を整えるようにする。

「あたしさ、余命宣告っていうの、受けてんの」

「――え」

今度こそ頭を殴られたような、目眩《めまい》を起こしそうな衝撃を受けて、かのんは言葉に詰まった。「まさか」という思いと「やっぱり」という思いが自分の中でない交ぜになっている。同時に、アパートの扉に黒いテープで縁取りをされていた「モリムラ」という紙を見たときの印象が蘇った。確かにあの時、かのんは「縁起が悪い」と思ったのだ。それに、話をしている間も、守村美玖は何度となく額に手をやり、まるで熱でも測るような仕草をしていた。

「気がついたときにはもう手遅れでさ、がんが全身に広がっちゃってたんだよね」

再び目を開けて、守村美玖はしわがれ声で呟いた。

「いよいよ、ヤバいらしいわ――だけど、こんな格好、子どもらに見せられやしないじゃない？　前のあたしってね、七十キロ近かったの。こう、ボリュームたっぷりの母ちゃんだったのね。ダンナや子どもたちが知ってるのは、そういうあたし。それなのに、今の、こんな痩せこけた姿、子どもたちに見せられると思う？　それも鑑別所にいてさあ、毎日、一人で泣いてるに違いない子たちに」

胸が苦しくなってくる。それでもかのんは、椅子から身を乗り出して守村美玖を見つめていた。喉の奥がはりつきそうだ。とにかく聴く。彼女の言葉を一字一句、洩らさず聴こうと自分に言い聞かせる。

「残された時間がないって分かったとき、あたしはもう、あの子らに母親らしいことは出来ないんだなって思ったわけ。それでも何が出来るかって考えたらさ、せめて、お金だけでも残したいって思ったのよ――だから、あの家を売って、半分ずつ、萌由と尚也の口座に振り込んでおけば――そうすればさ、きっと何かの役に立つだろうって」

守村美玖は、自分なりに調べたのだと、途切れ途切れに話を続けた。今のまま死を迎えてしまうと、法的には前夫との間に出来た子どもと尚也が美玖の遺産を相続することになる。だが、前夫との間に出来た子たちは既に成人しているし、暮らしに困っているという話も聞いていない。一方、そんな法律に則ってしまっては、萌由には一銭も遺してやれないばかりでなく、尚也が相続する分にしても、おそらく間違いなく土取昴生の懐に入るだろう。事故後の内縁の夫は本当に変わった。今なら、息子の財産でも食い潰すに違いない。そこで自分が生きているうちにあの家を処分して、生前贈与という形で萌由と尚也の預金口座に振り込んでおきたいと考えたのだそうだ。二人の預金通帳は、今も守村美玖が管理している。幼い頃から毎年のお年玉などを、そこにコツコツと貯めてやってきているのだそうだ。本当なら二人が二十歳になったときに渡してやるつもりだったのにと、守村美玖は言った。

「だからさ、早く、早く家を売りたいわけ」

薄い胸を上下させながら、守村美玖は力のこもらない目をこちらに向けてくる。かのんは、何度も唾を呑み込みながら、ただ頷くことしか出来なかった。そんなことを考えているとは、まったく分からなかった。ただただ自暴自棄になって、酒に溺れて生活している人なのだとばかり思っていた。あの時どうして見抜けなかったのだろう。

「ご主人には、守村さんの病気のことを知らせなくていいんですか？」

守村美玖は「言ったでしょう」と微かに首を横に振った。

「もう愛想も尽きてるって。あいつにあたしの面倒なんて、看られやしない。看る気もないでしょうよ——そんな男よ」

だから、このことを知っているのは、この病院の医師やスタッフたちと、あとはかのんだけなのだと、守村美玖は言った。

「本当なら誰にも言わないで、煙みたいに消えようと思ってたんだけどさ、思ったより早く、お迎えが来そうだから、こりゃあまずいと思ってさ——申し訳ないんだけど、調査官さんしか思い浮かばなかったのよ」

胸が詰まって、どうしても涙がこみ上げてきそうだ。それを懸命に耐えながら、かのんは「分かりました」と頷いた。酸素マスクをつけたままの青白い顔が、わずかに微笑んだように見えた。

「精一杯、努力します。必ず、一度で調停が済むように。守村さんのお気持ちが非常に強く、何としても早期の解決を望んでいると、裁判官や調停委員にも伝えますから」

守村美玖は、ゆっくりと頷いて、それからまた大きく息を吐いた。

「よかった——初めてなのよ」

言いながら、彼女は痩せた腕をかのんに差し出してくる。

「あんたみたいなお堅い仕事の、多分いい大学でも出てるような人が、あたしを相手にちゃんと話してくれたの。それにさ、ホッピーまで一緒に呑んでくれたでしょう——あれ、嬉しかったなあ」

また熱いものがこみ上げて来そうになる。かのんは、守村美玖の手を握りしめながら、

「頑張りましょうよ」と言うことしか出来なかった。

「私も努力します。どんなことをしても、お子さんたちに遺してあげられるように」

守村美玖の目尻から、初めて涙の雫が伝い落ちた。次から次へと流れ出る涙をティッシュで押さえてやりながら、かのんは、きっとこの人のことは生涯、忘れられないだろうと思っていた。

翌週の調停の日、守村美玖は見違えるほど生き生きと見える姿で現れた。キラキラ光るビーズをちりばめた紫のサマーニットに白いパンツという出で立ちで、髪もきちんと整え、きっちり化粧している彼女は、マスクをしていても、まるで別人のように美しかった。

「最後は喧嘩なしで終わりたいんですよ」

調停委員の前で、守村美玖は別室から呼んでもらった土取鼎生に向かって静かな口調でそう言った。すっかり痩せた彼女を見て驚いたのだろう、土取鼎生はしばらく言葉を失った様

子だったが、最後に「分かったよ」と肩をすくめた。

「その様子だと、どうせ新しい男でも引っ張り込もうって算段なんだろう？　俺はもう、いられねえってわけだ。いいよ、あんな家、いつだって出てってやるよ、今日にでもな」

「それはありがたいわ。そんならあたし、明日には家に行くから。そんとき、あんたにいてもらっちゃ困るわよ。鍵も全部、替えるからね」

守村美玖の口調は毅然としていて、とても病院のベッドで横たわっていた姿など思い浮かばないほどだった。

子どもたちのために。

この人は今も生命を削ってる。

病院を訪ねた後、かのんは調査官の皆にことの顚末を話した。誰もがしばらく言葉を失い、守村美玖という人の決意の固さに感嘆し、そんな形で母親としての愛情を示そうとする人を見たことがないと口を揃えた。

「それでは、土取鼎生さんは、守村美玖さんの申立て通り、内縁関係の解消に同意されるのですね？」

調停委員が静かな口調で尋ねた。土取鼎生は、まるでイヤホンで音楽でも聴いているのかと疑いたくなるほど、不真面目に調子を取って細かく何度も頷いた。

「これから帰ったら車に荷物詰め込んで、すぐ出てってやりますって」

おそらくもう覚悟はしていたのだろう。意外なほどあっさりとそう言うと、土取鼎生は「面倒ごとは嫌いなんでね」と吐き捨てた。籍は入れていなかったとしても、十五年も連れ添った妻が、残り少ない時間の中で何とか子どもに出来ることをしようとしていることを、この男は何も知らない。そう思うと、この男はこの男で哀れにも思えてくる。だが、何も知らせたくないというのが、守村美玖の意思だ。家裁を出るときの彼女の笑顔は、実に晴れやかなものだった。

「さて、と。明日から忙しくなるわ。もう、バリバリやるわよ」

最後に守村美玖は「お世話になりました」と、かのんに深々と頭を下げて去っていった。

守村美玖が亡くなったと知らされたのは、史上初の無観客で行われた東京オリンピックとパラリンピックも終わって、夏の暑さもようやく峠を越え、それと同時に新型コロナの感染者数が激減し始めた九月末のことだ。一時期は一日の全国の感染者数が二万六千人に迫り、二十一都道府県にまで発出されていた緊急事態宣言も九月いっぱいをもって解除になるという話だし、人々の間にも、ようやく安堵感が広がりつつあるときだった。

本人の遺言通り、守村美玖は誰に見送られることもなく荼毘に付され、そのまま市営の納骨堂に納められたという。その頃、二人の子どもたちは土取昴生が予測した通り、それぞれ別の少年院に収容されていたが、母親からの手紙と、家族四人が揃っていた頃の写真、そして死の知らせを受け取って、姉弟で顔を合わせることも出来ない環境で、どちらも泣き崩れていたと、少年部の調査官が教えてくれた。

その夜、かのんは栗林に頼んで買ってきてもらったホッピーで自宅にある焼酎を割り、開け放った窓から虫の音を聞きながら、静かに献杯をした。

「すげえ、久しぶりだな。学生以来かも」

栗林が感慨深げにグラスの液体を眺めている。

「今度から、たまにやるか。これ、安上がりだし」

「そのたんびに、あの人のことを思い出すよね」

「それが、いちばんの餞《はなむけ》だ」

かのんは「そうだね」と頷いた。後にも先にも一度きり、病院で握りしめた彼女の手の感触が思い出されて仕方がなかった。

装画
agoera

初出

幽霊	小説新潮2021年７月号
待ちわびて	小説新潮2021年８月号
スケッチブック	小説新潮2021年９月号
引き金	小説新潮2021年10月号
再会	小説新潮2021年11月号
キツネ	小説新潮2021年12月号
はなむけ	小説新潮2022年１月号

乃南アサ　のなみ・あさ

1960年、東京生れ。
早稲田大学中退後、広告代理店勤務などを経て、
1988年に『幸福な朝食』で日本推理サスペンス大賞優秀作を受賞し、作家活動に入る。
1996年に『凍える牙』で直木三十五賞、2011年に『地のはてから』で中央公論文芸賞、
2016年に『水曜日の凱歌』で芸術選奨文部科学大臣賞を受賞。
他に『鎖』『嗤う闇』『しゃぼん玉』『美麗島紀行』『六月の雪』『チーム・オベリベリ』『家裁調査官・庵原かのん』など、著書多数。

雫《しずく》の街《まち》
家裁《かさい》調査官《ちょうさかん》・庵原《いおはら》かのん

発　行……2023年 6 月 20 日

著　者……乃南《のなみ》アサ
発行者……佐藤隆信
発行所……株式会社新潮社
〒162-8711　東京都新宿区矢来町71
電　話　編集部03-3266-5411
　　　　読者係03-3266-5111
https://www.shinchosha.co.jp
装　幀……新潮社装幀室
印刷所……大日本印刷株式会社
製本所……大口製本印刷株式会社
乱丁・落丁本は、ご面倒ですが小社読者係宛お送り下さい。
送料小社負担にてお取替え致します。
価格はカバーに表示してあります。

ISBN978-4-10-371017-2　C0093